기형도를 읽고 나는 쓰네

기형도를 읽고 나는 쓰네

김태연 지음

초판 발행 | 2018. 3. 7.

발행처 | Human & Books
발행인 | 하웅백
출판등록 | 2002년 6월 5일 제2002-113호
서울특별시 종로구 삼일대로 457 수운회관 1009호
기획 홍보부 | 02-6327-3535, 편집부 | 02-6327-3537, 팩시밀리 | 02-6327-5353
이메일 | hbooks@empas.com

ISBN 978-89-6078-561-8

기형도를 읽고 나는 쓰네

김태연 장편소설

Human & Books

차례

기막히다.

처음부터 끝까지. 기형도를 대학에서 처음 만났을 때는 물론이고 살아 있는 동안에도, 심지어 죽은 이후에도 무슨 법칙처럼 똑같았다. 그를 좀 아는 사람들은 한결같이 기막히다는 수식어가 딱 어울린다는 데 동의했다. 개인적으로 나는 '죽이는 인간'이란 속된 표현을 더 즐겨 썼다.

하면, 얼마나 기막힐까?

어차피 최종 판단은 여러분의 몫. 우리가 주고받은 짧은 엽서와 긴 편지들을 포함한 젊은 날의 일기장을 공개하는 것은 그 판단을 돕고자 하는 데 있다.

우리는 엄혹한 시대였지만 연세대학교 교내 서클 「연세문학회」에서 만나 잘 놀았다. 아주 신나게, 아주 희한하게, 아주 은밀하게. 푸른 20대를 어깨동무하고서 푸르디푸르게 보내다가 서른 고갯마루 앞에서 기형도는 그만 푸른 노을 대신 검은 노을을 보고 말았다.

어언 만 29년이다. 어느 날 갑자기 기형도가 우리 곁을 기막힌 방식으로 떠난 지도, 벌써. 문득 셈해보니 그가 이 땅에 머문 기간만큼 우리 글벗들은 '따블'로 더 살았지 않는가. 당혹스럽다. 브레히트 어법을 빌리면 '오직 운이 좋았던 덕택에 기형도보다 두 배로 더 살다 보니'[1] 예상 못한 일이 연속으로 일어났다. 죽기 직전 무명 시인에 불과하다고 중얼거리던 기형도가 졸지에 말 많고 탈 많은 공간에서 운명을 달리하자마자 거짓말처럼 널리 알려지기 시작하여 어느덧 유명 시인이 되어 경기도 광명시에서 문학관까지 세웠으니까.

아무리 기막힌 죽음일지라도 대개는 시간과 함께 통증이 줄어들기 마련이다. 기억 역시 마찬가지다. 퇴색하지 않는 게 오히려 이상하다. 허나 나에게 있어 기형도는 예외였다.

나는 왜 지금까지도 기형도를 한시도 잊지 못할까.

나는 반드시 찾았다. 단 한 해도, 단 한 번도 거르지 않고 기형도 묘지를! 불가능했다. 해마다 3월 첫주 문제의 기일만 되면 거기로 가지 않고 배기는 것은. 뿐이랴. 사무치게 그리우면 시시때때로 찾아가 무언의 대화는 또 몇 번이나 나누었던가. 해외여행처럼 피치 못할 사정으로 돌아가신 아버지 산소는 간혹 못 찾는 해가 있을지언정 기형도에게만은 꼭 발길이 향하였다.

도대체 왜, 나는 어이하여 기형도한테 이다지도 오래도록 연연하는 것일까.

이 소설은 여기에 대한 나의 진술한 답이자 기록이다. 한마디로 내가 아는 기형도 이야기라는 소리다. 우리 두 사람이 어떻게 얽히고설

켰길래 아직도 내가 그 엉킨 실타래에서 못 빠져나오는지를 리얼하게 보여주고자 한다. 소설이란 형식을 빌리되 가능하면 사실에 기초해 집필한 것은 이 때문이다. 되도록이면 단편적으로 떠오르는 기억들은 배제하려고 애썼다. 기억이란 요물은 시간이 지나면 왜곡되기 쉽다는 속성이 있어서다. 하여 그 당시를 적바림해놓은 비망록 등에 많이 의지했다. 그 연장선상에서 내 입으로는 차마 발설하기 곤란한, 부끄럽고 내밀한 이야기까지 가감없이 담았다. 오래도록 이 소설이 세상 밖으로 나올 수 없었던 이유도 결정적으로 여기에 있었다. 여러 가지로 오해의 소지가 많아서다. 두 사람 사이에만 있었던 극히 사적인 이야기가 대개 그렇듯 제3자가 들으면 상당히 거북하고 불편한 이야기가 많을 줄 안다.

미리 양해를 구한다.

아무리 생각해도 별다른 이유는 없었다. 그저 일상이었을 뿐이다. 습관에 가까웠다. 1989년 3월 6일 오후 6시경 기형도가 일하고 있는 중앙일보 편집부로 연락한 것은. 수시로 통화하고 여차하면 만나는 사이였으니까. 퇴근시간이 오후 6시라 그 직전에 전화를 걸었다. 다른 사람과 한 약속 장소에 30분쯤 일찍 도착해서 시간 때우기용으로 만만한 기형도를 이용한 거였다.

그동안 강산이 세 번 가까이 변했음에도 불구하고 내가 연월일시는 물론이려니와 전화한 장소, 그러니까 연세대 문과대학 건물(현 외솔관) 현관 한쪽 구석에 놓여 있던 공중전화를 이용한 정경까지 흡사 엊그제 벌어진 일인 양 생생히 기억하는 이유는, 그렇다, 그로부터 불과 일고여덟 시간 후 기형도가 싸늘한 시신으로 발견됐기 때문이다. 나와 왕왕 출입했던 「파고다극장」 의자에 앉은 채, 쓸쓸히.

충격이었다. 곱으로 나를 기함시켰던 것은 바로 다음 날 야심한 시각에 문제의 극장에서 만나기로 약속했기 때문이다. 그런데 하루 전날, 아닌 밤중에 변고를 당해 기형도가 적십자병원 영안실에 누워 있다? 비현실적이었다. 소설이라고 해도 너무 작위적이고 비약이 심하다고 욕먹을 정도 아닌가.

마지막 통화 내용을 복원해서 대략 소개하면 전반부는 특이할 게 없다. 내가 먼저 퇴근 직전 전화를 건 만큼 주로 이쪽에서 떠들었다.

"허승구, 약속 끝나고 종로로 나오지 않으련? 나 오늘 밤늦게 인사동 카페들을 전전할 것 같거든."

내가 오늘 밤 잘 아는 교수와 한 잔 진하게 마시기로 해서 모교에 들렀다고 하자 기형도가 한 말이다.

"봐서. 덜 취하면 갈 거고, 마이(많이) 취하면 좀 힘들겠제. 지금으로선 반반."

"어쩐지 오늘 밤은 너랑 함께 있고 싶은걸."

"아무래도 오늘은 좀 그렇고, 내일 저녁에도 인사동 「평화만들기」에서 누굴 만나기로 했니라. 내일도 3차까지 갈 게 뻔하니까 앗싸리 자정쯤 파고다극장에서 보자고."

"그래, 그럼."

"……"

"참, 타이밍이 좀 그렇긴 한데, 오래전부터 이 말을 꼭 너한테 해주고 싶었거든. 한데 우리 허승구가 워낙 술탐이 강한 관계로 내 속엣말을 털어놓을 만하면 항상 취기가 있어서 말이야. 흘려 듣기 십상이라 오랫동안 타이밍을 못 잡았지 뭐니."

"내일 만났을 때 하면 안 되나? 내 취기가 정 문제라면 술 마시기 전에 하면 될 꺼 아인가베."

"그럴듯한 제안이긴 한데, 너랑 마주 보면 어쩐지 쑥스럽고 낯간지러울 것 같아서 말이야. 그러니 들어. 잠자코."

기형도가 주저주저하면서 들려준 그 내용은 뜻밖이었다. 신선하면서도 민망했다. 그의 한마디 한마디가 한 영혼을 송두리째 쒜혼들었다. 전율이었다.

기형도가 자신의 '입 속에 검은 잎'뿐 아니라 '입 속에 황금 잎'도 숨어 있음을 극적으로 연출하였다. 글벗을 감격하게 만드는 황금 잎을 거리 퍼레이드 때 색종이를 뿌리듯 연거푸 날렸다. 실바람만 불어도 꽃비가 되어 날리는 벚꽃 모양으로.

그날 결과적으로 유언이 된 문제의 본심을 왜 뜬금없이 전했을까. 수수께끼였다. 죽음을 예감하고? "글쎄"였다. 꺼지기 직전 최후로 타오르는, 나에게만 은밀히 보여주고 싶은 불꽃이었을까. 자신없다. 아니면 '사람이 죽기 직전에는 그 말이 선하다'는 『논어』 차원일까. 감미롭기까지 한 밑도 끝도 없는 황금 잎 공세를 편 것을 보면 일견 『논어』 문법이 정답에 가장 가깝다.

원래 기형도란 인간은 천성적으로 남 기를 살리는 데 일가견이 있지만, 그날 분명히 기형도는 작정했다. 허승구란 인간을 하늘 높이 붕붕 띄워주기로. 나는 낯간지럽고 민망하여 몸둘 바를 몰랐다. 적응이 안 돼 계속 코웃음만 친 것도 그 때문이다. 그래도 기형도는 특유의 경쾌한 톤으로 예수와 부처까지 팔아가며 맹세할 수 있다고까지 하였다. 진담임을, 진실임을.

성정이 편벽되고 옹졸하여 다른 사람들로부터 평소 좋은 소리를 들어본 적이 있던가. 거의 없었다. 드물다. 아마 그래서 더 기형도의 황금 말이 아직도 잊히지 않고 내 귀에 쟁쟁하니 울리는지도 모르겠다.

한 30분가량 이어진 긴 통화가 끝나자 어느새 낮이 밤에게 바통을 넘기는 중이었다. 하지만 내 눈에는 사방이 환했다. 기형도가 마구 뿌린 황금 잎이 온누리에 휘날리고 있었으므로.

누구보다 기형도를 잘 아는 나 허승구부터 그의 때 아닌 작심 발언이 선뜻 접수가 안 됐다. 하물며 타인들이야 오죽할까. 그 배경을 짐작이라도 하려면 우리 두 사람 사이에 대관절 무슨 일이 있었는지 첫 만남에서부터 하나하나 다시 저작하지 않을 수가 없다. 예나 지금이나. 따라서 처음 접하는, 듣도 보도 못한 이야기가 그대에게 필요하리라고 본다.

'이제는 그대가 모르는 이야기를 하지요. 너무 오래되어 어슴프레한 이야기[2]를!

바로 지금.

신촌 서곡

우연, 인연, 필연

1

"여기와 저기 사이, 이곳과 저곳 사이에는 무엇이 있을까. 이곳과 저곳이란 두 곳만? 아니면, 그 사이의 한 곳이 우리 모두가 찾는 답일까?"

나는 '두 곳'은 물론이고 '한 곳'도 하나의 답이 될 수 있겠지만 그것만이 답이라는 데는 동의하지 않았다. 오히려 각자 자기가 믿는 '곳곳' 혹은 '각곳'이 정답에 가깝다고 믿었다.

이것이 나를 아는 사람들이 개똥철학이라고 비웃는 나의 '모토'이자 생활철학이다.

내가 이 같은 소신을 입으로만 떠들지 않고 행동으로 옮길 때 언제나 문제가 생겼다. 그때마다 파열음이 일어났다. 그것도 심하게. 1979년 대학입시를 앞둔 나에게 주변 사람들이 보인 반응이 그 좋은 예다. 나는 조언, 충고, 자문 등의 이름으로 행하여지는 그 모든 것을 과감히 거부하고 나의 평소 철학을 실천에 옮김으로써 어른들로부터는 '미친놈' 소리를, 또래들로부터는 '또라이'라는 소리를 듣기에 이르렀다.

내 성적에 맞는 학교와 적성에 맞는 학과를 모두 보기 좋게 다 차버리고 입학한 대학이니만큼 등교 첫날 느끼는 감회가 남달랐다. 정문이 한눈에 들어오는 굴다리 아래에서 한동안 우두커니 서 있었다. 더 이상 오가지 않았다가는 이상한 사람 취급받겠다 싶어 움직이려고 하자마자 작은 고민에 휩싸인다.

왼쪽의 지하도(현 창작놀이센터 자리)를 이용하느냐, 오른쪽의 횡단보도를 이용하느냐가 당장의 사소한 두통거리로 다가왔다. 그런데 가만히 보니까 학생들이 대부분 횡단보도를 이용해 등교하고 있었다. 극소수만이 지하도를 드나들었다.

그제야 나는 잠시도 머뭇거리지 않고 평소 스타일대로 나갔다. 지하도를 택한 나는 곧 후회했다. 지하도 안의 조명등이 입구부터 어두운 데다 여기저기서 깜박거려 고고장을 연상하게 했으니까. 게다 청소까지 안 돼 있어 몹시 음침하고 지저분하였다. 흔히 하는 말로 꼭 도깨비 소굴에 들어선 기분이었다.

그 순간, 대학에 입학하기 전까지 내가 걸어온 모습과 지하도가 공통점이 많다는 데 생각이 가 닿는다. 섬찟했다.

악몽이었다. 왜냐하면 보통 학생들보다 이중으로 더 힘들게 공부했기 때문이다. 하나는 돈으로 말미암아서다. 그것은 생각 이상으로 사람을 수시로 비참하게 만들곤 했다. 다른 하나는 암기 과목들이었다. 나에게는 수학 이외 과목은 정도의 문제이지 모조리 암기과목으로 다가왔다. 그중에서도 특히 국사와 생물 과목이 정도 이상으로 사람을 괴롭혔다. 그 괴물들을 억지로 집어삼키느라 중고등학교 시절 내내 허름한 독서실 구석에 자리 잡고 앉아서, 눕지도 못하고 앉은 채 자며 고행에 가까운 시간을 보냈지 않는가.

"이제부턴 칙칙한 것들하고는 영원히 작별을 고하노라."

지하도 중간쯤에서 돌아나오는 즉시 나는 부정 타지 말라는 제스처를 요란하게 한다. 나의 이 돌발적인 행동은 누가 봐도 또라이처럼 보였던 모양이다. 옆을 지나던 어떤 남자가 "덜떨어진 새끼 아니야"라고 내 귀에 들릴락말락하게 내뱉으며 지나가는 것을 보면.

으레 하는 소리로 치부한다. 개든 사람이든 입 달린 자의 자유를 최대한 존중하자는 게 평소 소신이므로. 그리고는 횡단보도와 지하도 사이에 있는 나만의 길, 정확하게 말하면, 사각지대 같은 빈 공간을 나도 모르게 순간적으로 무심결에 선택하고 만다.

거기는 굴다리에서 볼 때 정문과 마주 보는 공간이라 지름길이었다. 최단 거리라는 생각에 기민하게 움직인 것이다. 하지만 이내 문제가 발생했다. 횡단보도와 많이 떨어져 있는, 왕복 8차선 차량정지선 쪽과 가까운 공간을 내가 교묘하게 활용했기 때문이다. 자연히 푸른 신호등을 받고도 미꾸라지 한 마리로 인해 제때 못 출발했다고 여긴 차량 운전자 한 명이 가만히 있지 않았다.

"죽으려고 용써? 저런 또라이 같은 새끼가 설마……"

운전석 유리창을 급히 내린 영업용 택시기사가 내 뒷덜미에 대고 한 욕이었다.

그 소리를 듣고 차마 바로 대학 정문으로 직진할 수는 없었다. 개학 첫날 교문 안으로 들어서기도 전에 학교 명예를 실추시키기 일보 직전이니까. 그렇다고 대학 정문 오른편에 위치한 세브란스병원에 볼 일이 있어 가는 것으로 위장할 수도 없는 일.

진퇴양난이었다. 나는 오도 가도 못해 본능적으로 가만히 서 있었다. 영업용 택시가 현장을 벗어났다 싶을 때까지 살아 있는 동상이 됨으로써 얼결에 문제를 간신히 해결했다.

2

1979년 3월 2일 입학식이 거행된 대강당에서도 그랬지만 6일 개강을 맞이해 대학에서의 첫 강의를 듣기 위하여 종합관(현 교육과학관)으로 가려고 대학 정문을 들어서면서 나는 결심하고 또 결심하였다.

"다시는 또라이 소리를 듣지 말자. 지금부터는 정말로."

택시기사의 '또라이' 소리 여운이 메아리가 되어 귀에 연신 울렸지만 어디까지나 정문에 들어서기 전의 일 아닌가. 애써 무시한다. 아무 일도 없었던 것처럼.

청소년기를 보낸 부산에서도 나는 허승구라는 이름보다는 '왕또라이' 아니면 '왕사이코'라는 별명으로 통했다. 지겹게 들은, 신물이 나도록 들은 소리를 이제는 영영 작별할 시점이 됐다 싶다.

나는 무슨 일이든 일단 불이 붙으면 거기에 미치는 버릇이 있었다. 아울러 '땡깡' 버릇도 못 말릴 정도였다. 체질이자 병이었다. 이 같은 기질은 젖먹이 때부터 발현됐다고 한다. 무엇이 자기 마음에 심하게 들지 않으면 까무러치거나 기절했다고 하니까. 아버지와 어머니가 무슨 중병인가 하여 큰 병원을 전전하며 알아낸 결과가 '성질이 못돼서' 였다. 젖먹이라 말을 못하니까 의사 표시를 그렇게 한다는 의사 진단에 자연히 나는 태생적으로 '내놓은 놈' 혹은 '못 말리는 놈'이 됐다.

"그래, 미친 부산 갈매기에서 이제부터는 착한 새끼 독수리로 거듭나보자고."

이처럼 중얼거리며 가죽잠바 안주머니에서 담배를 꺼낸다. 「거북선」을. 라이터는 좀 야한 맛이 나는 「까르X에」다. 아는 누나한테 입학 선물로 받았는데 성냥으로 담뱃불을 붙일 때와는 맛이 또 달랐다. 고급 담배에다 고급 라이터, 여기에 더해 그럴싸한 대학에 다니게 됐다는 우쭐한 치기(稚氣)까지 겹치자 휘파람이 절로 나온다.

주변을 두리번거리며 천천히 여유롭게 가다가 다시 한 대 더 피우려고 이번에는 가방을 열었다. 책 사이에 거북선과 가격이 같은 「선(SUN)」이 웅크리고 있었다. 일종의 새참용이다.

"그래 그래, 이왕이면 골초 티도 가능하면 내지 말자."

도로 가방을 닫았다. 머쓱했기 때문이다. 나처럼 등굣길에 담배를 꼬나물고 흐느적거리는 학생이 눈에 띄지 않는다는 사실이 뒤늦게 의식되어서다. 오전 9시부터 시작되는 1교시 강의에 늦지 않으려고 다들 하나같이 앞만 보고 걸음을 재촉하지 않는가.

차도를 가운데 두고 양옆으로 시원하게 뚫린 길, 이른바 「백양로」 가 학생들로 거대한 강줄기를 이루고 있었다.

"그래 그래 그래, 최대한 남들 눈에 띄는 그 어떤 행동도 삼가자."

결심으로는 모자라 결의를 더하고 결단까지 곱함으로써 의지를 과시했다.

3

　공과대학 신입생인 나에게 주어진 첫 강의는 『미분적분학과 해석기하』라는 과목이었다. 화, 목, 토 1교시 강의였다. 조교가 진행하는 연습문제 풀이시간이 따로 한 시간 더 잡혀 있었다.

　교재는 수학과 교수 세 사람이 공동으로 집필한 『미분적분학』이란 책이었다. 그런데 며칠 전 학생회관 1층 구내서점에서 책을 훑어본 결과, 지나치게 친절하지 않은가. 수학을 어려운 과목이라고 생각하는 신입생이라면 도움이 될지 모르겠지만 좀 하는 신입생이라면 만만하게 보고도 남을 정도였다. 그만큼 평이했다. 여북하면 구입할 필요성조차 못 느꼈을까. 책값 4,500원을 단 1초의 망설임도 없이 술값으로 썼다.

　종합관 503호 강의실에 들어가기 앞서 먼저 화장실로 향한다. 볼일 때문이 아니었다. 아까 마저 못 피운 「선」 한 개비를 연기로 만들어 목구멍 깊숙이 빨아들이기 위해서였다.

　비록 교재는 안 샀으나 강의에 대한 기대는 컸다. 공동저자 중 한 명이 직접 강의했기 때문이다. 그 교수는 수학에 관심 있는 전국의 자연계 고교생이 많이 보는 수학잡지 등에 기고를 많이 해서 이름 석자가 제법 눈에 익었다.

　아직 강의가 채 시작되지 않았는데도 강의실 뒷자리까지 꽉 차 있었다. 대형 강의실인데도 제일 앞자리만 몇 개 비어 있지 않은가. 선호하는 뒷자리가 아니어서 내키지 않았다. 그렇지만 모범생이 되자고 거듭 다짐한 만큼 별 수 없이 앞으로 가서 앉자 마침 교수도 들어왔다. 출석을 부를까 말까 잠깐 망설이더니 관두었다. 수강생 70명이 다 왔다는 것은 한눈에 봐도 알 수 있었을 테니까. 더구나 『미분적분학과 해석기하』는 이공계열 신입생들이라면 필히 통과해야 하는 전공필수 아닌가. 대학에서의 첫 강의부터 빠질 정도로 기본이 안 된 학생은 없겠지 하는 믿음이 교수에게 있었지 않나 싶다.

이윽고 교수가 무미건조한 얼굴로 수강생들을 쓱 한 번 일별한다. 그러고는 백묵을 들더니 곧장 칠판 제일 왼쪽 상단에서부터 말없이 수식을 전개했다. 칠판을 대략 6등분한 후 앞뒤 아무 설명없이 빼곡하게 써내려가기 바쁘다. 내용은 별것 없었다. 집합과 함수 그리고 극한에 대한 그렇고 그런, 식상할 대로 식상한 수식 나부랭이들이었으니까.

'교재에 다 나오는 내용을 왜 팔 아프게 다시 옮겨 쓰지? 수식의 의미를 설명하는 것은 고사하고 대체 뭐 하자는 거고? 맥을 잡아주는 것도 아니고. 무슨 퍼포먼스? 아니면, 지금 무언극을 하고 있는 건가?'

기대와 실망이 비례 관계임을 이보다 더 잘 보여줄 수가 없었다.

술 마시기 이외에는 반복이라면 딱 질색 아닌가. 나는 하도 어이가 없어 강의실을 둘러보았다. 다른 수강생들은 나와 달리 판서 내용을 군소리 없이 그대로 옮겨 적기에 바빴다. 나처럼 황당해서 어찌할 바를 모르는 학우가 단 한 명도 없지 않은가. 한 번 보고, 두 번 보아도.

극히 실망이었다. 눈이 맞는 단 한 명의 동지가, 동족이 없다는 사실이 무엇보다.

교수가 판서를 시작한 지 5분은 그래도 억지로 참았다. 물론 노려보긴 했다. 아주 날카롭게, 아주 경멸스럽게. 하지만 10분을 넘겨서도 줄창 수식만 나열하자 마침내 인내심이 바닥났다. 어느 순간 수없는 작심이 말짱 도루묵이 됐다. 대학생한테 고등학생, 아니 똘똘한 중학생도 알 만한 내용을 재탕 삼탕 십탕해서 사람을 진절머리나게 만들어서다. 아무리 풀쳐 생각해도, 이건 아니었다. 숨이 막히고, 살이 떨리고, 욕지기가 나와 더는 참을 수가 없었다.

"뭐야, 이 교수님?"

나는 저도 모르는 사이에 교탁 위로 올라와 양팔을 들어올리는 제스처를 취하며 말했다. 때 아닌 돌발상황에 교수는 물론이고 수강생들도 모두 벙쪘다. 한동안 정지화면이 이어졌다. 내가 성질을 못 죽여 강의실 앞문 문짝을 걷어차며 나오자 그제야 비로소 화면이 돌아가기 시작하였다.

내가 온몸으로 격한 거부감을 표출한 건 절대로 계산된 행동이 아니었다. 머리가 아니라 몸이, 본능이 앞뒤 가리지 말고 행하라는 명령을 내렸고, 나는 거기에 충실히 복종했을 따름이다.

잠시 망설이기는 했다. 신촌시장(현 현대백화점 자리) 안 달동네 단칸방처럼 일렬로 줄지어 있는 잡탕집들 중의 하나인「전주집」으로 가기까지는.

종합관 1층 101호 계단식 대형 강의실에서 교양필수 과목인『한국사』강의가 3교시부터 4교시까지 연달아 있었기 때문이다. 그러나 대학에 입학하며 내심 가장 기대가 컸던 강의를 보기 좋게 걷어찬 마당 아닌가. 눈에 들어올 리 만무였다.

　교수의 구태의연한 일제식 강의를 탓하며 한 잔, 나 자신의 광기를 탓하며 한 잔, 대학생으로서의 첫 걸음부터 스텝이 꼬였음을 탓하며 한 잔, 또 한 잔, 또또 한 잔을 했다. 거나한 낮술이었다. 알딸딸하였다. 그렇다고 대낮에 2차까지 가기는 좀 그랬다. 고심하다 독한 술을 책가방에 두 병 사 넣고서 다시 학교로 향한다. 학교에서 일어난 일이므로 학교에서 해결하자는 심산이 작용했다고나 할까.

　갈지자와 지그재그로 걸으며 캠퍼스 여기저기를 기웃거렸다. 아직은 사람도, 건물도 낯설었다. 캠퍼스 일원을 이리 비틀 저리 비틀하며 한 바퀴 둘러보고서 정중앙에 위치한 건물로 간다.

　1924년에 지었다는 고색창연한 석조건물(현 언더우드관)이었다. 문과대학이 쓰고 있다는 소리는 오리엔테이션 시간에 들어서 알고 있었다. 「학관」이라는 이름을 가지고 있는 문제의 건물 현관 앞 돌층계 한가운데에 앉았다. 대학의 중심에서 본격으로 고민해보자는 의미였다.

　코앞에 언더우드 동상이 내려다보였다. 그 너머로는 교문과 신촌 일대가 아스라이 눈에 들어왔다.

　"때려치우느냐, 마느냐, 그것밖에 대안이 없을까?"

　고심을 해도 오뇌(懊惱)만 찾아왔다.

　한 번 아닌 것은 절대 아니라는 성격 아닌가. 천하의 독불장군이 일보후퇴한다? 있을 수 없는 일이었다. 곧 죽어도 교수한테 찾아가 사죄할 마음은 없었다. 거꾸로 사과는 교수가 해야 된다고 확신했다. 실망시킨 죄가 무례한 죄보다 천 배 만 배 더 크다고 굳게 믿었다. 자퇴 문제까지 진지하게 고려하게 된 것은 사안이 생각보다 심각했기 때문이다.

공대 신입생 같은 경우 모든 교과목이 교양필수와 전공필수로 짜여 있었다. 특정 교수 강의를 철회하고 다른 교수한테 강의를 듣는 식의 차선책도 원천 차단되어 있지 않은가. 게다 1학기 『미분적분학과 해석기하』 과목을 F학점 받으면 2학기로 이어지는 『미분적분학과 해석기하(II)』는 물론이고, 그 연장선상에 있는 2학년 1, 2학기 전공필수인 『응용해석학 및 연습』 과목까지 도미노처럼 다 무너지는 시스템이었다. 수강할 자격 자체를 주지 않으므로 속수무책 아닌가. 1차방정식을 모르고서는 2차방정식을 배울 수 없다는 취지였다.

다시 말해, 한 과목에서 낙제하면 그 여파가 만만찮았다. 무려 12학점이 줄줄이 뒤로 밀린다는 이야기이므로. 실제로는 12학점이 '빵구' 나는 격이라고 해도 과언이 아니었다. 한 과목 때문에, 그것도 첫 시간에 불같은 성질을 못 죽여 자칫 잘못하면 대학을 4년이 아니라 5년을 다녀야 할지도 모른다고 생각하자, 앞이 노랬다, 문자 그대로.

대학을 계속 다니는 것도, 자퇴하는 것도, 눈 질끈 감고 타협하는 것도, 그 어느 것 하나 마음이 들지 않았다. 답이 없었다. 그 어떤 해법도 떠오르지 않았다. 알콜 도수 40도인 보드카 「알렉산더」 700ml 한 병을 다 비울 때까지도.

4

죽기 살기로 마셨으니 당연히 반쯤 죽을 수밖에. 「알렉산더」 한 병으로는 모자라 「하야비치」라는 보드카까지 마저 비웠다. 결국 과도한 낮술에 그만 맛이 가고 말았다. 필름이 끊겼다.

어느 순간이었다. 정신을 차려보니 희미한 형광등이 맨 먼저 눈에 들어온다. 수명이 다해 가는지 약간 긴 간격으로 깜박이고 있었다. 아침에 본 학교 앞 지하도 형광등 모양으로. 나름대로 애썼음에도 불구하고 어두운 세계로 다시 추락한 듯한 느낌에 소름이 돋는다. 주변을 좀 더 살피자 이윽고 창살이 시야에 잡혔다. 두어 평 될까 말까 한 골방이었다. 그 골방의 긴 나무의자 위에 널브러져 있지 않은가.

대형 사고라도 쳐서 경찰서 유치장 같은 곳에 갇힌 것일까. 심히 불안했다.

"여긴 어딥니꺼?"

한 남자가 머리맡에서 무슨 책을 보고 있었다. 형광등이 눈꺼풀처럼 주기적으로 깜빡거리는데도 독서 삼매경에 빠져 있다. 집중력이 대단하다. 방해하게 돼서 미안하나 상황 파악이 우선이라 실례한다.

"학관(현 언더우드관) 입구에 있는 연세문학회 서클룸입니다. 아까 돌 층계에서 로댕의 「생각하는 사나이」 포즈로 낮술을 마셔서 별난 괴짜가 우리 학교에 다 있다며 지나쳤답니다. 그런데 제가 두 시간 연강인 『철학개론』 강의를 다 듣고 올 때까지도 벌벌 떨며 여전히 앉은 채 곯아떨어져 있지 뭐예요. 보다 못해 제가 여기로 들쳐업고 왔답니다. 돌 층계에서 구르면 크게 다칠 것 같아서요."

술에 '만땅고'가 되었으니 판단이라는 이름의 기름이 질질 새는 게 당연하다 해도, 민망했다. 차마 못 볼 정경이 눈에 선하다.

"문학회라고 그랬습니꺼?"

“네.”

“수학회는 혹시 없는지예?”

나도 모르게 고맙다는 말 대신 용건부터 묻고 말았다. 오나가나 급한 성미가 언제나 문제였다.

“없는 걸로 알아요.”

“억수로 아쉽네예. 있었으면 숨 좀 쉴 수 있었을지도 모르는데……에이 씨X, 복쪼가리가 없을라 카이……”

“문학이 수학을 품을 수도 있으니까, 문학회에 들어와서 같이 그 문제를 고민해보는 거 어때요?”

“글이 먼저일까예, 수가 먼저일까예? 애초의 인간한테.”

“……”

“수학이 문학의 부분집합, 아니 Element(원소)라! 정말 말도 안 되는 개떡 같은 소리를, 아주 부드럽고 우아한 목소리로 속삭여서, 더 기가 찹니다.”

그것이 계기였다. 수학과 문학, 문학과 수학 간 힘겨루기에 들어간 것은.

약간 곱슬진 머리카락을 가지고 있는 남학생이 만일 고무줄처럼 신축성 있는 성격 소유자가 아니었다면 진작에 신경전이 일어났으리라. 내가 한 성질하는 데다 누구한테 지기 싫어하는 성정 소유자여서다. 여기에다 억센 경상도 사투리가 본의 아니게 시비를 거는 어조라 오해하기 딱 좋지 않은가. 그러나 기우였다. 경상도 남자들에게서는 좀처럼 듣기 힘든 미성 소유자하고의 대화가 뜻밖에 술술 잘도 풀렸다. 정면으로 대치하면서도 언성이 높아지기는커녕 외려 흥미진진한 대담이 이어졌다. 별일이었다.

부드럽게 흘러내리는 각진 턱을 가지고 있고, 형형한 눈이 인상적인 남학생의 재치 덕이 무엇보다 컸다. 남학생은 남유럽 소년을 연상시킬 만큼 이국적인 외모를 가지고 있었다. 검은 외투 안에 받쳐 입은 카디건도 썩 어울렸다. 칼라 없이 앞자락을 터서 단추로 채운 회색 스웨터가, 특히. 은근히 멋을 내는 사람으로 다가왔다.

"기형도라고 해. 올해 정법대에 입학했어."

"난 공대에 입학한 허승구라고 해. 난 니가 선배인 줄 알았구마는. 이 서클룸 주인 행세를 하도 자연스럽게 해서."

"불과 며칠 먼저 문학회에 들어왔지만 내가 붙임성이 좀 있는 편이거든."

이야기가 잘돼 통성명도 하고, 별 생각 없이 입회 원서까지 썼다. 고등학교 때 대학에 가서 전공하고 싶은 학문 순위를 매겼을 때 문학이 1순위였던 수학 다음 자리를 차지한 데서 보듯 문학회에 대한 거부감은 없었다. 기회가 되면 언젠가는 멋진 장편소설 한 편 쓰리라는 소망을 가지고 있던 터라 마침 잘됐다 싶다.

초면인데도 죽이 기형도처럼 잘 맞는 경우가 있었던가. 없었다. 이런 친구가 있는 문학회라면 함께 어울려서 놀 만하다고 보았다.

"한 시간 후쯤 학생회관 3층 제5회의실에서 '시 합평회'가 열리거든. 자기가 써온 시를 복사해서 돌린 후, 회원들로부터 평을 듣는 형식이야. 매주 화요일마다 문학회 정기 모임 겸해서 열리니까, 화요일 저녁 시간은 비워놓으라고. 알았니? 자, 그럼, 우리 같이 가보자."

기형도 제안에 나는 다음 주부터 참석하겠다고 일단 한 발 뺀다. 문학에 대한 마음의 준비운동이 너무 부족하다는 핑계를 댄 것이다.

사실 느닷없기는 했다. 하지만 그보다는 낮술 여파로 인해 그대로 한잠 더 잤으면 하는 원초적 수면욕이 진짜 동행 거절 이유였다.

5

개강 첫날 야심한 시각에 캠퍼스 안에서 모닥불을 피워놓고 만판으로 놀게 될 줄이야. 미처 예상 못한 음주가무였다. 「청송대」는 학교 뒷산이라기보다는 옆산이라는 표현이 더 어울리는 곳이었다. 그 숲 속에는 모닥불을 피워놓고 놀기 좋은 장소가 여기저기 있었다.

문학회 회원들이 정기 '시 합평회'를 끝낸 후 학교 바깥으로 나가 뒤풀이를 한 모양이다. 1, 2차까지. 집이 먼 사람과 여학생들은 빠지고 3차는 주당들만 남은 거였다. 문제는 1, 2차 때 돈을 다 써서 포장마차에 들어갈 술값도 수중에 없다는 사실이었다. 궁여지책으로 각자 시내버스비로 남겨둔 동전까지 탈탈 털었다고 한다. 그리하여 안주거리는 엄두도 못 내고 한 병에 170원 하는 2홉들이 소주만 잔뜩 사 들고 다시 캠퍼스로 돌아왔다지 않는가.

내가 문학회 3차 모임에 합세한 것은 전적으로 기형도 때문이다. 그가 서클룸에 들러 그때까지도 널브러져 자고 있던 나를 깨워 소매를 끈 탓이었다.

"기형도한테 다 들었다. 신입생 주제에 개강 첫날부터 강의 다 '땡땡이' 까고 낮술에 '잇빠이' 취해 여태까지 주무셨다고? 꼴통이거나 물건이거나, 둘 중 하나겠네."

나를 간단히 소개하자 선배로 보이는 한 회원의 반응이다.

"문학회 사상 공대생 회원은 처음이야. 70년대 통틀어. 아마도 50, 60년대에도 없었을걸. 우리 문학회는 전통적으로 문과대생들이 주축이고, 정법대생들과 상대생들이 양념으로 끼여 있는 형국이니까. 그 어떤 일이든 처음으로 무엇을 하기는 힘든 법. 하지만 처음으로 무엇을 하면 남들이 다 기억하니까, 기대가 커, 허승구."

곱상한 외모에다 음전한 목소리를 가진 선배가 격려성 발언을 했다.

"형, 어쩌다 공돌이 하나가 굴러 들어온 걸 가지고 너무 띄워주는 것 아닙니까? 과연 배겨낼까요? 저는 일 년도 못 배긴다는 쪽에 만 원 겁니다. 만일 졸업할 때까지 회원으로 남으면 십만 원 겁니다."

어디를 가나 남 비위를 건드리는 사람이 꼭 있지 않는가. 문학회 역시 예외는 아니었다. 속에서 '욱' 하고 뜨거운 무엇이 올라왔지만 나는 참았다. 옆자리에 앉은 기형도가 손을 지긋이 잡으며 윙크로 '참아'라는 사인을 보내 가까스로 웃어넘겼다.

"숭문사상이 아직도 시퍼렇게 살아 있는 현장이네. 정말로 여전히 사농공상 세상이라면 왜 꼴찌인 '상'의 후예를 기르는 상과대학보다 일등인 문과대학 입시 커트라인이 더 낮지? 세상이 바뀐 지가 언젠데 얻다 대고 이 짜식이 이조시대 논법을 들이대. 연희전문(연세대 전신)이 1915년 개교할 때 사농공상이라는 전통사회 계급을 타파할 목적으로 다 끄트머리에 있던 '상'을 수석 학과로 내세운 숭고한 건학 취지도 모르는 자식 같으니라구. 조범룡, 앞으로 내 앞에서 말 조심해. 이 선배님께서 장똘뱅이과(科)에 다닌다는 걸 명심하라고."

경영학과에 다니는 선배였다.

"선배님, 암것도 모르고 나불거린 소리를 가지고, 자라나는 새싹 야코 그만 죽이시지요. 다른 사람들도 분위기 죽이는 소리 작작하고, 우리, 음주가무 시간으로 넘어갑시다. 허승구, 한 곡 뽑아봐."

이때야말로 분위기를 전환하기 위해서라도 시원하게 한 곡 뽑는 게 정답이었다. 하지만 나는 뒤통수를 긁을 수밖에 없었다.

"죄송하지만 노래를 듣는 건 좋아합니다만 하는 건 정반댑니다. 절대자께서 허승구란 인간을 태양계에서도 지구, 지구에서도 한국, 한국에서도 경상도 산골짜기에서 태어나게 하며 '음치'라는 이름의 저주를 내리셨거든에."

사실이었다. 술자리에서 젓가락을 두드리며 노래를 따라부르는 건 그 누구보다 즐겼다. 그러나 혼자 노래 부르기만큼은 절대 사양이었다.

내가 지독한 음치 그리고 박치임은 국민학교(현 초등학교)에 입학한 즉시 확인하였다. 선생이 음악시간에 어떤 동요를 시켜서 불렀는데 교실이 완전히 뒤집어졌다. 이어 선생이 애국가도 시켰는데 나름대로 열심히 불렀다.

"세상에 애국가도 안 되는 놈은 첨 봤네. 원숭이가 노력한다고 해서 사람이 되는 건 아니니까 미안하지만 노래는 포기해야겠다."

그날 이후 영영 포기했다. 여파는 컸다. 누구나 다 아는 유행가일지라도 아예 관심을 끊어 처음부터 끝까지 외우는 가사가 한 곡도 없었다.

내가 알아듣게 전후 사정을 설명해도 선배들은 단칼에 잘랐다. 구구한 변명에도 불구하고 선배들이 으르고, 달래고, 혼내고, 온갖 수를 모조리 썼다. 아무리 그래도 요지부동이자 분위기가 많이 썰렁해졌다.

"제가 허승구 몫까지 해서 두 곡 부르면 안 되겠습니까? 공부든 운동이든 무엇이든 잘하는 사람이 있으면 못하는 사람도 있는 법이니까 허승구를 너무 코너로 안 몰았으면 합니다. 저는 술을 잘 못 마시지만 허승구는 잘도 마시는 것만 보아도……"

구세주였다, 기형도가.

"좋아. 대머리한테 머리털 기르라고 할 수는 없지. 기형도의 백기사 정신이 보기 좋구만. 정 그렇다면, 허승구는 기형도가 노래 한 곡 부르는 동안 벌주를 마시도록. 곁에 나란히 선 채 소주 한 병을 병나발 불라는 소리야."

간신히 취기에서 벗어난 상태 아닌가. 둘도 없는 호주가임에도 다시 술을 들이키기가 저어됐지만 여건상 어쩔 수 없다. 내가 기형도 옆에 어정쩡하게 서서 병나발을 불기 시작할 즈음에 기형도가 노래를 시작했는데, 바로 입이 떡 벌어졌다. 생전 처음 듣는 노래였는데 기막히게 잘 불렀다. 「2인의 척탄병(Die Beiden Grenadiere)」을. 압권이었다.

하이네 시에 슈만이 곡을 붙인, 극적인 발라드 형식의 가곡을 기형도가 자기 식으로 재해석해 사람들을 홀리게 만들었다. 환상적이었다. 노래로 마법을 걸었다. 모스크바 원정에서 패배하여 프랑스로 돌아가는 두 병사 심정을 이야기 형식으로 묘사하는 가곡이었는데, 노래도 노래지만, 나폴레옹 황제를 위하여 기꺼이 목숨을 바치겠노라 다짐한다는 가사가 과하게 시대착오적이고 우스꽝스러워 다들 배꼽을 잡는 것으로도 모자라, 어떤 회원은 숨구멍이 막혀 심하게 캑캑거리기까지 하였다.

"앵콜!"

벌주로 마신 쓴술이 기형도가 선사한 절창이라는 안주로 말미암아 어느새 단술로 바뀌었다. 나뿐 아니었다. 모두 박수로는 모자라 발을 구르며 앙코르를 연호한다.

기형도가 「2인의 척탄병」을 연달아 부르는 동안 벌주로 급히 마신 소주 두 병이 나를 재차 취중도원으로 안내했다. 기형도가 워낙 절창을 뽑아서 그렇지 다른 회원들의 노래 솜씨도 예사롭지 않았다. 「봄비」와 「명태」 같은 우리 노래는 물론이고 프랭크 시나트라의 「마이웨이」 같은 외국 노래까지 다들 원곡 근사치에 가깝게 불러젖혔다.

'아싸라비야'와 '쿵자락짝짝 삐약삐약'이 난무하는 모닥불 근처에 2미터 남짓한 높이의 비석이 서 있었다. 주변에 산소가 없는 것으로 보아 액면 그대로의 비석은 아니었다. 소변 보기 안성맞춤이라 다가가서 보니까 시멘트를 이용해서 비석처럼 만든 물건이었다. 볼일 보려고 허리춤을 풀다가 주춤한다. 무슨 글이 눈을 쏘았기 때문이다. 라이터를 켜서 들여다보았다. 시멘트가 굳기 전에 나뭇가지 같은 조악한 도구로 누가 무슨 글을 의도적으로 파놓았다.

다음과 같은 글을 보고는 차마 거기에 대고 실례할 수는 없었다.

옛날에 한 소년이 살았습니다. 소년은--내일은 오늘과 다르리라 생각하며 살았습니다.

<h1 style="text-align:center">6</h1>

한 편의 대본 있는 드라마 같았다.

개강 첫날은 이래저래 극적이고 요란했다. 돌발변수의 연속이었다. 새벽까지 모닥불을 둘러싼 채 고성방가를 즐기게 될 줄이야. 노천극장으로도 넘어가서 파김치가 되도록 발광하다가 학교 인근에 사는 회원들의 자취방, 하숙집 등으로 뿔뿔이 흩어졌다. 나와 기형도는 영문학과 선배가 자취하고 있는 봉원동 골짜기로 향하였다.

어둑새벽이었다. 청송대를 가로질러 간다는 구실로 길도 없는 야산을 넘은 것은. 봉원사와 거의 붙어 있는 선배 방에 도착했을 때는 패잔병이 따로없었다. 나뭇가지와 가시덤불에 여기저기 긁혀 꼴이 말이 아니었다.

당연히 정신없이 곯아떨어졌다. 어제와 똑같은 해가 솟았지만 환경은 많이 달라져 있었다. 선배는 더 자겠다고 하여 우리 두 사람은 냉수 한 사발씩 들이킨 후 자취방을 나왔다. 마당이 있고, 자취용 방이 대여섯 칸 있는 집이었다.

"참으로 얄궂네. 기묘한 짝이야, 짝. 별난 쌍 다 보구만."

두 사람 다 오전에는 마침 강의가 없었다. 한가롭게 봉원사 경내를 둘러보았다. 초행이라 사소한 것마저 눈여겨보느라 정신없는데 누가 뒤에서 수작을 걸었다.

우리는 그때 구청에서 보호수로 지정한 느티나무에 홀려 있었다. 수령 400년을 자랑하는 느티나무의 외양이 유별났기 때문이다. 필시한 나무이긴 한데 밑둥에서부터 어떤 가지는 수직으로 솟구쳤고, 어떤 가지는 45도 각도로 기울었고, 또 다른 가지는 완전히 바닥에 드러누운 자세로 위용을 자랑했다.

처음에는 우리한테 하는 말인 줄 몰랐다. 그도 그럴 것이 우리가 친구일지언정 무슨 짝하고는 거리가 있으므로. 그래서 어떤 어울리지 않는 커플이 절 구석 어디에서 애정행각을 심각하게 하자 웬 영감이 혀를 차는 줄로만 알았다. 그런데 아니었다. 우리 주변에 다른 사람은 아무도 없었다.

"어르신, 우리가 무슨 연인이라도 된다 말인교? 호모 냄새라도 난다는 뜻입니꺼?"

주변에서 흔히 볼 수 있는, 아무 특색이 없는 중늙은이가 우리를 보며 의미심장한 미소를 머금지 않는가. 불쾌했다. '짝'과 '쌍'이라는 표현이 귀에 되게 거슬려 발끈한 것이다.

"보아하니 대학생 같은데, 성질머리가 불 같구먼. 10월 10일생이지, 음력으로?"

속이 뜨끔했다. 우연이겠지만 정확히 맞혀서다.

"어르신, 주먹구구 솜씨가 대단하심더. 소싯적엔 '겐또(짐작)' 실력이 상당했겠는데예."

"이름에 혹시 아라비아 숫자 9가 들어가는가?"

"그건 또 왜요?"

재차 움찔한다. 이름이 승구(勝九)니까.

"만일 들어가면 '역(易)도사'가 작명했을 거라. 딱 제 이름을 얻었으니까. 만일 그렇게 안 지었으면 우리 학생은 벌써 이 세상 사람이 아니야. 아니라구."

할아버지가 내 이름을 지었다고 들었다. 그 이상은 아는 게 없다. 할아버지가 돌아가셨으므로 지금으로서는 확인할 길이 마땅찮았다.

"이쪽 학생 음력 생일은 어떻게 되나?"

"2월 16일요. 1960년."

기형도는 공짜로 사주 한번 봐보자는 태도로 가볍게 응수한다.

"경자년, 쥐띠로구먼. '역'에서 하늘을 뜻하는 건(乾)의 책수(策數)³네. 건의 책수가 216이거든. 『주역』 '계사전'을 들여다보면 금방 알겠지만."

"……"

"혹시 한자 이름에 아라비아 숫자 6이 들어가는가?"

"아뇨. 저는 행주 기 씨(奇氏)고요, 이름은 형도(亨度)이니까요."

"모르는 소리. 형통할 형(亨)이 '역'에서는 태음수이자 땅의 수 6을 뜻⁴하거늘."

"……"

"아, 이 부조화의 극치를 어이할거나! 건의 책수 216과 형의 6이라. 아아, 방법이 없구나, 방법이!!"

장탄식으로 미루어보건대, 한마디로 사주가, 팔자가 지극히 사납다는 이야기였다. 그래도 우리는 성명철학관을 운영하는 노인네가 호객 차원에서 괜히 과장하는 것으로, 처음에는 나도 그랬지만 기형도도 그렇게 받아들였다.

"형(亨)은 장(長), 즉 여름을 의미하므로 여름을 극히 조심해야 돼. 인생에서의 여름을."

"……"

두 사람 모두 『주역』 책은 가까이 접해본 적이 없었다. 따라서 어떻게 받아들여야 할지 솔직히 말해 난감했다.

"이 노인네가 자네 두 젊은이를 보자마자 왜 기묘한 한 짝, 한 쌍이라고 했는지 아는가? 9가 '역'에선 하늘과 아버지를 뜻하는 건삼련(☰)이자, 기수(奇數: 홀수), 양(陽), 강(剛)을 가리키거든. 이에 반해 곤삼절(☷) 6은 땅과 어머니를 상징하는데, 우수(偶數: 짝수), 음(陰), 유(柔)를 가리키니까. 즉 6과 9란 음양이 나란히, 산사의 고요를 음미하며 다정하게 노닐고 있으니, 절묘한 파트너라고 할 수밖에 더 있겠는가? 주역을 오죽하면 음양학 혹은 육구학(六九學)이라고도 하겠는가!"

외견상 논리가 그럴싸했다. 내가 직선적이라면 기형도는 곡선적이므로. 다시 말해, 내 성격이 강파른 편이라면 기형도는 물처럼 유한 편이었다. 일견 고개를 끄떡이게 하는 대목이 분명 있었다.

"골때리는 영감탱이네."

내가 뒷목을 잡자 기형도가 예리한 관찰력을 뽐냈다. 노인네가 아까부터 우리 두 사람이 눈치 못 채게 뒤를 밟았다 떨어졌다를 반복했다지 않는가.

"그러면 그렇지. 감히 어디서 개수작을……"

어느 정도 퍼즐이 풀린다. 그제야 영감이 쳐놓은 숫자 덫에서 놓여날 수가 있었다. 승구와 형도라는 이름까지 미행하는 과정에서 감쪽같이 엿들은 후 나름대로의 철저한 계산 끝에 접근했다고 보았다.

"잠깐만."

나의 야유성 농을 들었을까. 아까 그 영감이 바삐 다가와 우리를 뒤에서 불러세웠다. 자신이 운영하는 점집 혹은 성명철학원 주소나 전화번호 따위를 주려고 하는 것 같았다.

"기형도 학생은 말일세. 무슨 종교를 가졌는지 내 알 바 아니나, 만일 불교가 아니라면, 불교나 '역'에 좀 관심을 가져봐. 건의 책수 216은 '108+108'이니까 말이야. 집안에 '백팔번뇌'가 많아. 멀리 갈 것도 없이 형제자매 중에서도. 이 영감탱이가 보기에 자네가 하늘을, 별을 상징하는 꼭 누구 환생 같은데, 차마 그걸 바로 말해줄 수 없는 게 지극히 유감일세. 발설하면 내가 천벌을 받기 때문이라네."

일순 기형도 얼굴에 먹구름이 몰려왔다. 얼굴에 드리워진 짙은 그늘이 좀처럼 쉽게 걷히지 않는다. 아주 어둡고 칙칙하면서도 기분 나쁜 음영(陰影)이었다.

블루 그리고 옐로

1

병이었다, 병. 그것도 구제불능에 가까운 중병.

몸과 입, 머리가 제각기 따로 노는 고질병이 엉뚱한 곳에서 또 도졌다. 나 스스로 붙인 별명이 '삼위일체 불일치증(症)'이다. 평소 아무리 언행에 신중을 기하자고 자신에게 주의를 줘도 소용이 없었다. 막상 특정 상황에 부딪히면 만사휴의였다.

대학에서의 첫 강의를 파투냄으로써 모든 것이 뒤죽박죽이었다. 시계 제로였다. 오죽하면 일주일 강의를 아예 통째로 빼먹었을까. 마지막으로 한 번만 더 노력은 해보고 나서 그만두더라도 그만두자고 마음먹었다. 해서 큰 맘먹고 들어간 수업이 『영어』였다. 3학점짜리 교양필수 『영어』 강의를 맡은 담당 교수는 이름으로 미루어보건대 외국인 여자였다. 교무처에서 발간한 1979학년도 제1학기 「강의시간표」 책자에 의하면.

"I believe that you have been in the wrong classroom? (학생, 강의실 잘못 찾아온 것 아닙니까?)"

오후 1시 10분에 시작하는 5교시 강의라 일찌감치 점심을 해결하고 늦지 않으려 신경썼지 않는가. 하지만 처음 가보는 강의실이라 찾는 과정에서 시간을 허비하고 말았다. 그 바람에 10분쯤 늦었다. 하여 최대한 조심스럽게 은근슬쩍 뒷문으로 들어가 없는 듯이 앉아 있다가 강의가 다 끝난 후 출석을 체크할 요량이었는데 강사가 민감한 스타일인지 수업을 중단하고서 따진다.

"아, 아닙니더. 아니라꼬예. 맞심더, 여기가."

상경하는 길로 사투리를 덜 쓰려고 작정했지만 소용없다. 저도 모르는 사이에 억센 억양이 생짜로 터져나왔다. 당황했기 때문이다. 수강생들 사이에서 킥킥거리는 소리가 여기저기서 터져나온 것은 어쩌면 당연했다.

사실 내가 정말 몸둘 바를 몰랐던 이유는 본의 아니게 수강생들의 주목을 받은 이유도 있지만 그보다는 강사의 외모가 너무 눈부셨기 때문이다. 환상적이었다. TV에서 자주 방영하여 널리 알려진 「소머즈」의 여주인공[5]이 강단에 서 있을 줄이야. 게다 우리 또래밖에 안 돼 보이는 금발 백인 아가씨 아닌가.

"What's your name?(이름이?)"

"까묵었습니더. 쌤 미모에 홀려서."

이렇게 농으로 받고 싶은 마음이 굴뚝 같았다. 하지만 이를 악물고 참았다. 또 수업을 듣기도 전에 강의실을 등지는 불상사가 일어나고 말 테니까.

얼굴은 오목조목하고 몸은 호리호리한 백인 아가씨를 처음 본 것은 아니었다. 부산만 해도 시내에 「캠프 하야리아」 같은 미군 부대가 주둔하고 있었으므로. 그러나 멀리서가 아니라 지근거리에서 대화를 나누기는 생전 처음이었다. 지금껏 본 서양 여자들 중 단연 최고였다. 스크린이나 브라운관에서 바로 걸어나온 듯했다. 자연히 그녀가 하는 사소한 동작 하나하나가 예술로 다가왔다.

"강의 중간중간 우리말도 좀 섞어 쓰면 안 될까예?"

영어를 눈으로만, 그러니까 독해로만 배운 탓에 갑자기 귀로도 익히자니 조금 적응이 안 됐다. 그래서 수업 도중에 손을 들고 우리말로 제안을 했건만 도통 못 알아들었다. 아니면, 다 알아들으면서도 무시하는 것일까.

요행히 입시에서는 좋은 성적을 거두었지만 영어에 대한 트라우마가 자심했다. 중학생이 되자마자 부산 보수동 헌책방에서 안현필의 『영어실력기초』를 사서 독학했는데 완전히 장애물 경기였다. '입에서 무의식적으로 줄줄 나올 때까지 무조건 암기하라'는 저자의 훈수를 그대로 따르고 싶었지만 나에게는 단어 하나가 건너기 힘든 냇가였고, 문장 하나가 강이었고, 지문 하나가 막막한 바다로 다가왔다. 철천지원수, 바로 암기 때문이었다. 고등학생이 되면서 보기 시작한 송성문의 『정통종합영어』 역시 똑같았다. 마(魔)였다. 도대체 왜 암기 기능이 나한테는 없는지 머리통을 얼마나 쥐어박았는지 모른다. 나의 이 지독한, 장애인 수준의 암기병 때문이리라. 수학 못 하는 사람들의 심정을 십분 이해하고도 남는 것은.

"What did you say?(뭐라고 했지요?)"

강의시간에 늦은 주제에 브레이크까지 거느냐는 어투여서 기분이
좀 상한다.

"강사님이 제 이상형이라서 도저히 강의가 집중이 안 됩니다. 제아
무리 노력해도요. 어쩌면 좋지예? 딴 생각만 계속 드니…… 가슴은 뛰
고, 숨은 막히고…… 제발 저를 좀 살려주이소! 죽겠심다."

절절했다. 나의 간절한 어조의 고백을 누가 강사한테 중간에서 통
역해주기 전부터 강의실이 뒤집어졌다. 난리가 났다. 새하얀 도화지
같은 여강사 얼굴에 서서히 복숭아빛이 감돌기 시작하는 것을 보면
나의 핑크빛 발언이 그렇게 싫지만은 않은 듯했다.

강사가 보기 드문 미녀인 것만은 틀림없다. 그렇다고 첫눈에 반하
지도, 가슴이 설레지 않았는데도, 마치 오래 뜸들인 후 사랑을 고백하
듯 심각한 태도로 연기하고 있지 않은가. 물론 그녀를 보는 즉시 한번
안아보았으면 소원이 없겠다는 생각을 하기는 했다. 단지 수컷 특유
의 본능으로서. 하지만 가슴앓이 같은 일반적인 연애 절차도 과감히
약분한 채 박력 있는 연기부터 하는 나 자신이 낯설어도 많이 낯설었
다.

나는 생겨먹은 게 수학 이외 그 어떤 것에도 홀려본 적이 없었다. 사
춘기 때 누구나 겪는다는 이성앓이도 건너뛰었다. 수학병과 암기부족
증에 걸려 허우적거렸을 뿐이다. 물론 이웃집 또래 누구, 등하교길에
왕왕 보는 이성을 일시적으로 좋아하기는 해도 결코 빠지는 법은 없
었다. 노래는 원래 못 부르니까 좋아하는 가수 자체가 성립하지 않았
고, 이소룡 같은 영화배우조차 흠모하지 않았으며, 각계의 유명 인사
들에게도 함몰되는 체질이 아니었다.

정작 내가 좋아하는 여자는 따로 있었다. '아주'는 아니고 '어느 정도' 좋아하는. 좌우간 어이없는 행각을 수습할 일이 장난 아니었다. 성이 허 씨여서 헛소리에 능한 것일까. 한심하고 두심했다. 미칠 노릇이었다.

나의 두 얼굴이, 몸과 입 그리고 머리가 따로 노는 '삼위일체 불일치증'이 너무너무 싫다.

2

『미분적분학과 해석기하』에 이어 『영어』까지 또 첫 스텝부터 꼬이자 대책이 없었다. 난국이었다. "에야, 모르겠다"는 소리가 저절로 나왔다.

일단 술로 급한 불을 껐다. 만취만이 답으로 다가왔다. 그러나 '개빙고(개강을 빙자한 고고 미팅)'다 뭐다, 무슨 환영회다 뭐다, 온갖 건으로 연일 술타령을 벌여 주머니 사정이 여의찮았다. 해서 애주가 고교 선배한테 SOS를 쳤다. 술이 환장하게 고플 때 전화하면 자주는 아니어도 한두 번은 진탕 퍼마시게 해주겠다는 장담이 생각나 연락했더니 신촌역과 이화여대 정문 사이에 있는 「한양집」으로 나오라고 하였다.

기이했다. 여대 코앞에 여대생 또래의 꽃순이들이 한복을 입고 젓가락을 두드리며 노래를 불러주는 풍경이. 한두 집도 아니었다. 문제의 술집을 찾는 과정에서 20여 개의 업소가 성업 중임을 확인하였다. 당연히 겉으로는 간이음식점이라는 타이틀을 내걸고는 있었다. 하지만 그렇고 그런 유흥업소임은 접대부들이 저녁나절만 되면 짙은 화장을 한 채 가게 앞에 앉아 호객 행위를 하는 것만 봐도 단박에 알 수 있었다. 문제는 그 술집 거리 앞을 청초한 또래 여대생들이 많이 오간다는 사실이다.

매우 대조적이었다.

내가 논 한양집은 접대부 아가씨가 여남은 명쯤 됐다. 관계 기관에 얼마나 많이 상납했을까. 영업금지시간도 아무 의미가 없었다. 한양집을 위시해 일대 업소 모두 철야영업은 기본이었다.

애주가 선배 단골인 한양집에서 밤을 지샌 후 바로 학교로 갔다. 혼곤한 피로가 학생회관 3층에 있는 음악감상실로 발길을 향하게 만들었다. 교내 낮잠 장소 중 최고라는 명성값을 톡톡히 하였다. 특히 안락의자가 마음에 들었다. 음악감상하는 포우즈와 낮잠에 빠진 자세가 거의 식별이 안 되는 관계로 '낮잠 금지'라는 경고문이 전혀 먹히지 않았다. 이보다 더 좋은 낮잠 온상실이 없었다.

"허승구, 여기서 보네. 왜 어제 문학회 '시 합평회'에 안 나왔니? 오기로 나랑 약속했잖아. 많이 기다렸거든."

누가 까무룩 든 잠을 깨우더니 귀에 가만히 속삭인다. 어지간히 잔후라 기분이 나쁘지는 않다. 기형도였다.

"'장부일언(丈夫一言) 풍선껌'이라는 조크도 있으니만침 그거 가지고 너무 갈구지 마라."

"또 밤새도록 퍼마신 모양이구나. 여태 술냄새가 진동하는 것 보니까. 나가자, 해장국 한 그릇 사주마."

솔깃했다. 학생 주제에 밤새 술시중을 든 아가씨한테 팁을 후하게 주고 나오는 바람에 꿍쳐둔 비상금밖에 없어서다. 그 비상금을 깨야할 정도로 비상 사태가 아닌 상황에서 누가 자청해서 속을 풀어주겠다는데 마다할 사람이 어디 있겠는가. 그러잖아도 벌써 오후 2시가넘은지라 시장기까지 겹쳐 뱃속은 말이 아니었다.

"내가 신청한 곡이야. 혹 무슨 곡인지 알겠니?"

기형도가 내 손을 잡고서 일으켜 세우며 작게 말한다.

"……"

"「운명」이야. 베토벤 교향곡 제 5번 C단조 OP. (작품번호) 67번을 통칭해서 그렇게 불러. 베토벤이 제1악장 첫머리 동기를 '운명은 이처럼 문을 두드린다'고 설명한 데서 연유해."

"……"

"내가 이 곡을 다 듣고 가자고 나오면 되게 짜증나겠지? 내 귀보다 허승구 너 뱃속 사정이 더 급할 테니까. 연주시간이 약 30분이나 되거든."

내가 간밤의 과음으로 인해 숨쉬기조차 힘들 정도로 '맥아리'가 없는 것을 십분 이해해서일까. 대꾸를 거듭 하지 않았는데도 불구하고 형도는 개의치 않고 종알거렸다. 나의 심신 상태를 충분히 이해하고도 남으니 듣기만 하라고 숫제 작정한 모양이었다. 특유의 경쾌한 언변으로 떠드는 자문자답을 대학 정문을 벗어난 후에도 계속한 것을 보면.

무뚝뚝한 남편과 재재거리는 아내 그림이 그려졌다.

3

"허승구, 이 노래 아니?"

내가 중국집에서 짬뽕만으로는 성에 차지 않아 하자 250원짜리 짜장면까지 기형도가 더 시켜주었다. 그것까지 욱여넣고 나자 기분이 좋아졌다. 그의 배려가 고마워 커피를 사지 않을 수가 없었다. 중국집 인근에 「꽃다방」이라는 입간판이 보여 그리로 들어간다.

2층에 있었다. 대학가 앞 다방답게 다방 규모에 비해 뮤직박스가 상당히 컸다. DJ도 요란한 해설보다는 곡에 대해 최소한의 소개만 하는 쪽이었다.

"글쎄다. 어디서 많이 듣긴 했다만서도. 전에 말했다시피 음악하고는 이번 생에선 인연이 없어서 말이야. 음악에 관해선 내 뇌가 작동불능이라 카이."

"아, 충격 충격. 'How many times must a man look up(우리가 얼마나 더 고개를 들어봐야) Before he can see the sky?(진정 하늘을 볼 수 있을까?)'를 모르다니! 히피들의 찬송가인 「Blowing in the wind(바람만이 아는 대답)」를 어떻게 하면 모를 수가 있지? 하는 짓이 히피 같으면서도. 그 신기하네. 그럼, 밥 딜런도 모르겠다?"

"몰라. 참말로. 음악다방 같은 데서 배경음악으로 하도 자주 들었기 땜에 노래야 귀에 익지만, 가사 내용이 뭔지, 가수 이름이 누군지는 전혀 모른다 캐도. 다른 곡들처럼. 폄훼해서가 아니라 원초적으로 관심이 아예 없는 관계로다."

사실이었다, 액면 그대로.

"그래도, 이 노래는 알겠지?"

"당연히 들어는 봤제. 그렇지만 또 누가 부르는지는 몰라."

"아, 당혹 당혹. 비틀즈의「Let it be」도 모르다니. 허승구가 순수 깡촌 출신이라면 이해가 가. 그런데 부산에서 살았잖아. 명색이 직할시라는 데서. 막스 베버가 '음악은 생활필수품'이라고 했건마는."

"생활필수품이 아닌 사람도 있으니까 막스 베버 말에 어폐가 있다고 봐야겠네."

아마도 다른 사람이 쉬지 않고 '쿠싸리' 혹은 '쫑코'를 주었다면 진작에 발끈했으리라. 하지만 젠 체하기 십상인 말도 기형도가 너스레를 떨면 기분 상하게 들리지 않는다는 점이었다. 희한했다. 설명이라는 뜨거운 감자 역시 기형도는 타인한테 잘 식혀서 먹여주는 능력이 있었다. 남발하는 싸구려 감탄사 역시 똑같았다. 묘하게도 기형도가 하면 결코 저렴해지지가 않았다. 천품이었다.

"가사를 음미해보면 알겠지만, 아마도 승구도 좋아하게 될걸.「그냥 내버려둬」라는 제목부터 마음에 들지 않을까. 허승구 자체가 그걸 온 몸으로 씽씽 데모하고 있으니까 말이야."

기형도가 첫 구절 'When I find myself in times of trouble(내가 근심에 처해 있을 때)'를 노래 신청용 메모지에 쓰는 순간, 아닌 게 아니라, 비틀즈의「Let it be」를 앞으로 좋아할 것 같았다. 현재 나의 기분을 그대로 대변하는 듯하니까.

다른 손님들이 신청한 곡도 실내에 퍼지면 기형도는 친절하게 소개했다. 모르는 노래, 모르는 곡이 없다. 곡에 얽힌 소소한 사연까지 낱낱이 꿰고 있었다. 웬만한 DJ 뺨칠 정도로 빠싹하였다.

"이것 한번 풀어볼래?"

누가 신청한 어떤 전주곡이 좋다고 하자 기형도가 영국 록밴드 핑크 플로이드의 「Time」이라고 해, 난생처음 그 노래를 다시 듣고 싶어 신청곡 메모지를 뮤직박스 구멍에 넣고 온 후, 테이블마다 놓여 있는 두부 한 모만큼 큰 직사각형 「향로」 성냥통에서 성냥 한 줌을 꺼내며 말했다. 너무 일방적으로 지도 편달만 받아서 이쪽에서도 뭔가로 균형을 맞출 필요성을 느꼈다.

잘 아는 게 수학뿐이라 그쪽에 관한 가벼운 문제로 다가간다.

"듣고 싶은 노래를 간만에 듣는 심정으로 수학 퀴즈 한번 풀어봐. 신나는 문제로 다가오기를 바란대이."

"좋아. 내봐. 내가 수학을 잘하지도 못했지만 못하지도 않았거든."

"여섯 개의 성냥개비를 $\dfrac{\text{I}}{\text{VII}}$, 이렇게 배열한다고 쳐. 나머지는 그대로 두고, 성냥개비 한 개만 움직여, 그 수학적 값이 1이 되게 하는 방법을 찾아봐. 단 가로로 놓여 있는 성냥개비는 움직일 수 없어."

기형도가 그것 재미나겠다며 눈을 반짝였다. 아주 적극적으로 이리저리 조합하더니 금세 풀지 않는가.[6] 그래서 머리를 좀 더 써야 하는 문제를 고른다.

"어쭈구리, 제법인데. 수학 재치가 있네. 문과 출신 치고는. 그럼, 한 단계 업시킨 이 문제 한번 도전해봐. 성냥개비 10개로 FIVE(5)를 만든 후 7을 빼서 4가 되게 하는 방법은?"[7]

이 문제만은 기형도도 뒷머리를 긁었다. 수학적 비약과 넌센스가 필요해 시간이 걸리는 문제 중의 하나였다.

기형도가 답을 알려달라고 했지만 입을 닫았다. 심심할 때 풀어보라고 일부러 시치미를 떼고 꽃다방을 나온다. 두 사람 커피값까지 기형도가 내려고 해 일거에 거절했다. 두 잔 값 260원을 지불하기 위하여 기꺼이 여투어둔 비상금을 털었다.

4

우리는 꽃다방에서 시간을 하염없이 죽였다. 온갖 객설을 다 떨었다. 그러다가 두 사람 모두 중학교 시절 '삼중당'에서 나온 200원짜리 문고본 애독자였음을 우연히 확인하고는 한참 낄낄거리다 종로로 진출하였다. 내가 종로1가에 있는 일본책 전문서점에 주문해놓은 책을 찾으러 가야 한다고 하자 기형도도 「종로서적」에서 살 책이 있다며 따라붙었다.

"허승구, 이제 어디로 가?"

볼일을 다 본 후 종로서적 출입구에서 헤어지기 직전에 기형도가 묻는다. 거기는 만남의 장소로 유명해 청춘남녀들로 붐볐다.

"삼청동."

"삼청동? 거긴 내 '나와바리'인데. 안양에서 삼청동 종점까지 가는 104번 버스 타고 3년 내내 다녔거든. 내 모교인 중앙고 후문까지 104번이 가거든. 근데, 거긴 왜? 부산에서 올라왔으니까 집일 턱은 없고. 친척집?"

"내 자취방이 거기 있니라. 104번 종점에서 계동 방향으로 가다 보면 나오는 허름한 적산가옥 외딴방이 내 아지트 아이가."

그 동네에 자취방을 얻게 된 것은 친척집이 이웃에 있어서였다. 친척 고 3학년 여동생한테 수학을 가르치기로 했는데 친척 어른들은 입주를 원했다. 하지만 입주 가정교사를 하게 되면 아무래도 눈치를 봐야 하지 않는가. 딱 질색이었다. 하여 무리해서 사글셋방을 인근에 얻었다.

　친척 여동생은 의대 지망생답게 그에 걸맞는 성적을 대체로 유지하는 편이었다. 가끔 성적이 곤두박질칠 때가 있는데 수학에 발목이 잡혀서다. 그걸 보완해줄 구원투수로 내가 적격자로 뽑혔다.

　내가 수학광(狂)임은 친인척 사이에 널리 알려져 있어 일찌감치 가정교사로 낙점은 되었다. 문제는 어떻게 가르치느냐였다. 난상토론 끝에 본고사 대비용 수학 문제를 스스로 풀다가 막힐 때 옆에 있다가 바로 도와주는 게 가장 효율적이라는 결론에 도달하였다. 내가 일요일 하루를 온종일 투자하는 대신 받는 대가는 감미로웠다. 친척집이 경제적으로 여유 있는 탓이 크지만 수학을 가지고 노는 사람이 그닥 많지 않다는 현실 탓도 컸다. '일주일 3일 + 하루 2시간 = 8만 원'이라는 대학생 가정교사 공식을 아주 우습게 아는 고액을 받기로 했으니까. 그에 더해 만일 친척 여동생으로부터 만족하는 발언이 나올수록 두둑한 보너스도 기다리고 있었다.

　다 좋았다. 문제는 술이었다. 일주일에 5일만 마시고 중요한 일요일 하루를 위해 토요일부터 금주에 들어가자고 마음먹어도 그게 생각처럼 쉽지 않았다. 가정교사 조건이 좋은 만큼 빠지는 일은 없었다. 다만 전날의 과음으로 인한 후유증이 항상 말썽이었다. 하필이면 친척 여동생이 냄새에 특히 민감했다. 이를 벅벅 치솔로 닦고 혓바닥까지 훑어도 목구멍 속 내장에서부터 기어올라오는 알코올 냄새까지 지울 수는 없었다. 해서 번번이 곤혹스러웠다.

"그렇다면, 차라리 음주과외를 하지 그러니."

나의 과외 고충기(記)를 듣던 기형도가 농을 던진다.

"안 그래도 시도해봤다 카이. 문제는 이번엔 냄새 때문이 아니라 여동생이 자기까지 술에 취하겠다 하더라고. 밀밭 곁에만 가도 취하는 체질인지, 나 원 참."

"승구는 특수한 경우고, 난 영어 과외를 주 3일 하는데 이거 완전히 돌깨기라니까. 석수장이의 고충을 얼마나 느낀다고. To be or not to be that is question(Be 동사인지 아닌지 그것이 문제로다)이야, 완전히."

"재밌네. 문장 해석은 고사하고 주어와 동사 구분도 못하는 영포자(영어를 포기한 학생) 이야기를 그리 하니까. 그래도 잘 봐주래이. 나 역시 한때는 그랬으니까."

"마침 오늘은 과외가 없어. 우리 시간이 많으니까 내가 종로 일대를 구경시켜주련? 종로에서 낙원동을 거쳐 계동과 삼청동으로 이어지는 지름길도 알아두면 좋을걸."

"그래주면 나야 뭐, 좋제."

하여 우리 두 사람은 종로 일대를 누비고 다녔다. 여기저기를 쑤시고 다니다가 「파고다 공원」 앞에 이르렀다.

"내가 고등학교 입학할 무렵엔 20원 받았는데 이제 100원이나 받네, 입장료를. 승구 니가 한 번도 안 들어가봤다니까, 들어가봐주는 거야."

기형도가 입장권을 파는 창구에서 100원 동전 두 개를 내밀자 입장권이 두 장 나왔다. 입장권은 꼭 그림엽서 같은 모양을 하고 있었다.

"국보 2호야, 이 십층탑이. 위 3층 부분이 오랫동안 따로 떨어져 있던 걸 해방 직후에 복원했는데 그때 비로소 알려진 게 있어. 이 정교하고 아름다운 탑을 만든 예술가가 우리 나이 또래였다는 거 아니니. 열여덟 살밖에 안 된 김석동이란 앳된 청년이 완성했다니까. 대단하지?"

내가 삼일문을 지나서 탑에 주목하자 기형도가 이렇게 토를 달았다. 인상적이다. 국보 2호가 우리 연배의 장인 솜씨라는 사실이, 특히.

공원 여기저기 꼬질꼬질한 마분지에 아무렇게나 장기판을 그려놓고서 밑져야 본전이라고 소리를 지르며 시간을 죽이러 온 사람들 호주머니를 저울질하는 호객꾼에 대해서만 기형도가 입을 다물었을 뿐 나의 눈길이 머무는 곳이라면 그 연원을 특유의 경쾌하고 싹싹한 모범생 어투로 잘도 사분댔다. 다시 한번 확인한다. 기형도가 걸어다니는 인간 백과사전임을.

"뭘 그리 보노? 노인에 관해 시라도 쓰려고?"

어느 순간 기형도가 함구하더니 대도시 중심에서 밀려난 한 노인 무리에 시선을 박지 않는가. 시상(詩想)이, 무슨 영감이 불현듯 떠올랐을까. 멍하니 한참이나 서 있었다.

어느새 사방이 어둑해졌다. 이내 노인들은 밝음을 찾아 하나둘 돌아갔다. 그 빈자리를 어둠이 필요한 젊은 연인들이 하나둘 대신 차지하기 시작한다.

5

서울특별시하고도 종로 대로변이건만, 그 뒤에 후미지고 칙칙한 공간이 있을 줄이야.

"서울 별꺼 없네. 부산이나 서울 모두 뒷골목은 다 거기서 거기구마는."

나의 평에 기형도는 가만히 있는다. 그렇다고 눈살이 찌푸려지지는 않았다. 낯설고 어색하기보다는 어쩐지 익숙했다. 중고등학교 시절을 보낸 부산 도심 뒷골목과 정말로 유사해서다.

낙원동이란 이름은 좋았다. 하지만 풍경은 이름하고 영 어울리지 않았다. 소 천엽처럼 복잡한 미로가 정신없으면서도 친근감이 들었다.

"승구야, 저기 저 국밥집 말이야. 우거짓국에 깍두기만 나오는 단출한 식당인데 육수가 얼큰하고 깊은 맛이 나. 먹어보면 알겠지만 제값보다 열 배 값을 하는 식당이야."

무엇보다 저렴한 값이 눈길을 끌어 허기부터 해결했다. 짜장면보다 더 값싸기 때문일까. 식당 안이 출출한 사람들로 디글거렸다.

"허승구, 난 오래 전부터 대학에 들어가면 저 「파고다극장」에 한번 들어가봐야겠다고 생각했단다. 중고생 출입금지 공간이라서 괜히 더."

정처없이 거닐다가 어느 순간 기형도가 웬 동시상영 극장을 가리켰다. 「대사부」와 「파촌신권」이라는 영화를 상영하는 중이다. 처음 들어보는 정체불명의 영화를 틀고 있었는데 아닌 게 아니라 '미성년자

관람불가'라는 새빨간 글씨가 강렬하게 눈을 쏘았다.

부산에 있을 때 나는 동시상영 극장 애호가까지는 아니어도 자주 애용한 편이다. 중학교 때는 「대성극장」과 「용연극장」이, 고등학교 때는 「보림극장」과 「삼일극장」이 단골이었다. 그 때문일까. 3류 극장 휴게실의 흐릿한 형광등, 꾀죄죄한 매점, 낡아빠져 덜렁거리는 의자, 수시로 비가 내리는 스크린--- 어떤 사람들은 질색할 요소들이 나 같은 경우, 인간이 좀 구질구질해서 그런지는 몰라도, 외려 거실 소파처럼 편하고 안온하게 다가오곤 했다.

"형도야, 그래서 들어가봤냐?"

"아니. 아직. 혼자서는 용기가 나지 않아서."

"짜식, 소심하긴. 그리 간이 콩알만 해가지고 이 험한 세상을 우째 살려고 그카노? 잘됐네, 우리 한번 들어가보자. 말이 나온 김에."

"내가 고등학생일 때 진학을 포기한 불량기 많은 학교 친구들이 가본 후일담에 의하면 말이야. 엄청 음습한 곳이래. 남자가 남자를 좋아하는, 호모들 아지트란 거 아니니. 서울 호모들 집합소라고 들었어. 원하기면 하면 X을 빨아줄 남자를 쉽게 구할 수 있대나. 들어가 볼 의향이 싹 가시지?"

인근에서 고등학교를 나온 사람답게 형도가 지금껏 들은 풍문을 종합해서 들려주었다. 입을 손으로 살짝 가리고서 말했다. 수줍음을 탈 때마다 취하는 기형도 특유의 몸짓이었다.

"아니, 정반대. 도리어 입맛이 쩍 땡기는데 그래. 문학하는 사람이라면 일부러 음습한 곳을 찾아가보는 것도 큰 공부 아이가."

"너 기가 세다. 기는 기 씨인 내가 더 세야 하건만 어찌 허 씨가 더

셀까?"

"그러게 말이다. '튜링 머신(Turing machine)'이란 개념을 만든 수학자 있잖아. 앨런 튜링(1912~1954)을 잘 알 거야. 기계가 지능을 가졌는지를 확인하는 방법인 튜링 테스트를 개발하기도 한. 그가 동성애자였거든. 튜링이 도달한 심오한 경지만큼이나 동성애도 나한테는 이해 불가 세계였느니라. 오늘을 기점으로 우리 함께 그 낯선 세계를 탐구해 보자꼬."

"나 역시 관심은 가. 『지옥에서 보낸 한철』이란 시집으로 유명한 랭보가 동성애자라서. 그래도 난 좀 그래. 시든 소설이든 문학에서는 경험 내지 취재가 필수이긴 하지만."

"문학이니 뭐니 떠나서, 세상엔 무엇이든 궁금해만 하다가 용기가 없어서, 시간이 없어서, 돈이 없어서, 능력이 안 돼서, 위험해서, 또 다른 무슨 이유로 궁금한 채 죽는 사람이 대부분이라고 봐. 난 가능하면 안 그럴라꼬. 무슨 대단한 인물이 되고 싶어서가 아니니라. 죽기 전에 이 세상에 관한 궁금증을 최대한 많이 해소하자는 차원 아이가. 저 세상에 갔는데 이 세상의 무엇이 궁금하다면 문제가 있겠제?"

거창하게 나오며 막상 큰소리를 쳤지만, 솔직히 말해, 동성애 소굴이라는 귀띔에 긴장이 되는 건 사실이었다. 난생처음이니까. 하지만 소심하게 나오는 기형도에게 힘을 실어주느라고 겉으로는 오히려 더 대범하게 나갔다. 무슨 일이든 본능적으로 일단 저지르고, 가능하면 '끝까지 가보자주의(主義)' 기질이 여기서도 기어코 발동했다.

"'바구리'란 말 승구도 들어보았을 거야. 섹스를 속된 말로 표현하는. 그게 원래 동성애를 뜻하는 표현이었다는 거 아니니. 우리 전통사회에서 농촌 조직이던 농사(農社)[8]에 장정이 새로 입사하려면 신고식으로 뒤를 한번 내줘야 했다고 들었어."

기형도가 끝까지 머뭇거리며 말을 돌렸다.

"그래? 우리 경상도에선 '바구리'라 하지 않고 '빠구리'라 안 부르나. 빠구리에 그런 심오한 뜻이 숨어 있는 줄은 미처 몰랐네. 그렇다면 동성애가 유구한 역사를 자랑한다는 말이네? 그 현장으로 한번 가보자꼬."

뻗대는 기형도를 나는 기쓰고 등떠밀었다. 그리하여 '이상한 나라의 파고다극장'으로 드디어 입장했다. 우리 두 사람에게는 그야말로 역사적인 날이었다.

6

달랐다. 달라도 많이 달랐다. 여느 동시상영 극장하고는 분명히.

입구에 들어서자 어두침침하고 눅눅한 공기가 맨 먼저 전신을 휘감았다. 분위기도 묘했다. 우선 여자가 거의 안 보인다는 점이 범상치 않았다. 남자들도 나이 편차가 크지 않아 이색적이다. 대부분 20대였다. 서른 살 전후가 제일 많지 싶다. 여기에 더해, 영화 시작 직전인데도 상영관 안으로 들어갈 생각도 않고, 대기실 등에만 북적거리는 모습도 아주 낯설었다.

"허승구, 갑자기 생각난 건데 말이다. 화장실에 가서 소변 볼 때 바지를 똥꼬 아래로까지 내리지 마. 이곳에선 거기를 보이면 공격해도 좋은 신호라고 여긴다지 아마."

기형도가 여자처럼 다정하게 내 팔짱을 끼며 소근거렸다. 우리는 짝이 있으니 넘보지 말라는 일종의 시위였다.

상영관 안에서는 본영화 상영에 앞서 대한뉴스, 문화영화, 예고편 상영이 줄줄이 이어지고 있었다. 예고편 중의 하나는 놓쳤지만 다른 하나는 귀에 들어왔다. 제목은 「금문의 혈투」. 영화에 관해 뭐라고 뭐라고 하긴 하는데 듣고도 무슨 영화인지 모를 그렇고 그런 영화였다. 그래도 남자들은 들어갈 생각조차 하지 않고 부지런히 눈알만 굴렸다. 탐색전이 자못 치열하다. 흡사 남녀 대학생들의 미팅 장소로 유명한 이화여대 앞 「빠리 다방」에서 파트너를 찾듯. 같은 남자들끼리라는 점만 빼면 행태가 똑같다.

"오늘 초행이지요, 여기?"

30대 중반쯤으로 보이는 남자였다. 남자는 남자이되 옅은 화장을 살짝 한 것으로 보아 여자 역할을 주로 하는 남자로 다가왔다.

"……"

"긴장할 것 없어요. 처음엔 누구나 다 그러니까. 이 누님이 이 세계의 A부터 Z까지 하나하나 안내를 잘 할 테니 우리 밖으로 나갈래요? 내가 잘 아는 여관에서 이 세계 실상을 발라당 까뒤집어 보여달라면 보여줄 것이요, 우리 남동생들이 진도를 바로 많이 나가고 싶다면 얼마든지 응해줄 수도 있다오. 공짜로! 우리 같이 나가자아!"

"다음에요. 오늘은 딴 데서 히네루먹이시이소(유혹하세요)."

느끼했지만 애써 그런 감정을 숨기고 일부러 껄렁패 어투로 받아넘긴다.

"좋아. 오늘은 일단 빼는 거로 하자, 동생들. 남녀끼리든, 남남끼리든 튕기는 맛이 있어야지, 그럼. 언제든 생각나면 말만 하셔."

여성스러운 남자가 뒤로 물러나자 이번에는 건장한 남자가 접근한다. 보디빌더 아니면 역도 선수 아닐까 싶을 정도로 근육질이다.

"승구야, 저 '678(육체파를 뜻하는 은어)'은 좀 겁나지 않니?"

형도가 움츠러든다.

"걱정 마. 내가 이래봬도 산전 수전 공중전에다 우주전까지 겪은 역전의 용사 아이가."

말은 그렇게 했지만 상대를 위압하는 건장한 체구의 남자가 어떻게 나올지 몰라 진땀이 났다.

"형씨들, '옐로 팬티(담배 「청자」가 노란 필터여서 생긴 속어)' 하나 벗어줄 수 있소?"

"'화이트 팬티(담배 「거북선」이 하얀 필터여서 생긴 속어)'는 있소만."

세상 물정 모르는 철부지 대학 신입생 티를 내지 않으려고 내가 우정 똑같은 어조의 속어로 맞받는다.

"우리 알고 지내면 안 되겠소? 여기 온 사람들 치고 착해 보여 내 맘에 꼭 드오."

근육질 남자가 우리 두 사람 얼굴에 담배 연기를 분무기처럼 내뿜었다. 되게 위압적이다.

"저도 형씨 근육맛이 탐나지만 보시다시피 이렇게 깔치(여자 애인)가 있는 몸인지라…… 이 깔치를 차버리는 날이 오면 그때는 고려해보겠심다."

좀 심하게 너스레를 떨며 일부러 기형도 엉덩이를 툭 쳤다. 남자들이 술집에서 접대부한테 흔히 하듯. 기형도가 질색을 했지만 곤란한 상황을 모면하는 데 이 정도 연극은 필수 아닌가.

겉으로는 강한 체해도 자신의 약함을 아는 자일수록 그걸 숨기기 위해 과장된 제스처를 취한다는 것은 상식이다. 개를 봐도 그렇고, 닭을 봐도 그렇고. 음지 세계를 좀 아는 남자들이라면 본능적으로 이것을 안다. 내가 담대하게 나온 배경이었다.

일순 근육질이 주춤했다. 임기응변이 먹힌 것이다. 그렇다고 안심하기에는 일렀다. 우리를 노리는 늑대들이 우글거리니까.

대기실에서 더 어정거렸다가는 골수 동성애자로 비치겠다 싶어 한 발 물러났다. 감당 못할 봉변을 당할지도 몰라 일단 상영관 안으로 피신한다.

간혹 아무것도 모르고 무작정 들어왔다가 당황하는 사람들도 있었지만 대다수는 애초부터 영화가 목적이 아님을 한눈에 알 수 있었다. 대기실에서 금방 눈이 맞아 밖으로 나가는 남자들 짝이 여럿 보이는 것만으로도. 그들에게는 그로테스크한 파고다극장이 일종의 「청량리 588(유명한 창녀촌)」이었다. 그런데 상영관 안도 바깥 대기실과 별반 다를 바 없었다. 짝을 찾느라고 그러는지, 기다리느라 그러는지 큰 기둥과 벽면 곳곳에 붙어 서서 안절부절못하며 관객들을 흝는 남자들이 여기저기 보이니까. 영화는, 그러므로, 핑계였다. 극장 측에서 앞뒤 맥락이 닿지 않는 정체불명의 시끄럽기만 한 영화를 골라 틀어주는 것도 금녀구역으로서의 역할에 충실하려는 고도의 계산으로 다가왔다.

"불과자(담배) 하나 억수로 맛있게 빨고 오게, 형도야."

한 자리 건너에 문제의 근육질 남자가 앉아 있었다. 그가 들으라고 애써 '불과자'를 강조한 것이다. 끝까지 연기함으로써 이쪽을 쉽게 보지 말라는 무언의 시위였다.

상영관으로 들어오기 직전에 한 대 피웠으므로 사실 흡연은 핑계에 불과했다. 실은 상영관 안으로 들어올 때 극장 뒷편 의자에 나란히 앉은 두 남자가 진하게 키스하는 장면을 봤기 때문이다. 그들의 몸맞춤 진도가 어디까지 나갔는지가 궁금해서 견딜 수가 없었다.

한 남자는 입을 벌린 채 의자 뒤로 머리를 젖힌 상태였고, 다른 남자의 머리는 그 남자 하복부에 고정되어 있었다. 거기까지였다. 아쉬웠다. 어두운 영화관 안이라 더 자세히 볼 수는 없었다. 명멸하는 영사기 불빛 사이사이에 번개처럼 잠시 잠깐 밝을 때가 간혹 있는데 그때를 노려도 허사였다.

결국 입맛만 다시고 도로 제자리로 돌아온다. 그런데 기형도가 자리에 없지 않은가. 화장실에 갔거니 하고 기다리는데도 오지 않았다. 혹시나 하고 둘러보니 근육질 남자도 안 보였다. 내가 없는 사이에 근육질이 억지로 끌고 가 치욕을 안길 수도 있겠다 싶자 마음이 급해지기 시작했다. 자칫 잘못하면 평생 원망을 들을지도 모르는 불상사를 예방해야 할 것 아닌가.

주변을 골골 샅샅이 살피고 훑으며 화장실로 다가간다. 마침 기형도가 소변기 앞에 엉거주춤 서 있었다. 한시름을 놓았다. 그런데 이상했다. 기형도가 소변 보다 말고 고개를 돌린 채 소금기둥이 되어 있었으니까. 나도 보았다, 거기서, 전혀 예상 못한 기상천외한 장면을! 동공에 대지진을 일으키는, 영원히 잊을 수 없는, 죽을 때까지 지워지지 않는 화인처럼 강렬한 광경이었다. 4명이 떼로 그 짓을 하고 있었으므로. 문짝이 반쯤 열려 있어 보지 않으려고 해도 보지 않을 수 없는 구조였다. 각기 다른 공간 안에 두 명씩 들어 있었는데, 자세히 보니까, 두 명 중 한 명씩끼리는 칸막이 사이에 난 구멍으로 희한하게 연결되어 있었다.

그야말로 '순간은 영원했다.'[9]

불협화음

1

"선배님, 동성애가 병입니꺼?"

의과대학 신경정신과(현 정신건강의학과)에서 레지던트 과정을 밟고 있는 고등학교 선배한테 단도직입으로 물었다.

"동성애가 미친 짓거리냐, 이 말입니다?"

신입생 환영회를 겸한 고교 동문회 모임 때 처음 인사하고서 두 번째 보는 자리에서 던지기는 주저되는 질문이었지만 내친 김이었다. 성격대로 앞뒤 재지 않고 직설적으로 나간다.

파고다극장에서 본 동성애자들 행태가 머리로는 일면 이해가 됐다. 하지만 가슴으로까지는 받아들일 수가 없었다. 특히 화장실에서 본 적나라한 장면은 눈동자 정중앙에 음각(陰刻)으로 남아 있었다.

현장을 본 지 며칠 지났는데도 여전히 머리가 혼미하다. 마음도 어수선했다. 괜찮은 척했지만 괜찮지 않았다. 4층 의과대학 본관 건물 1

층 복도 왼쪽 구석에 있는 자그마한 휴게실에서 선배를 만난 것은 그 때문이다. 어떤 식으로든 수습할 필요가 있었다.

"그건 왜? 너 혹시……"

"그쪽 아닙니다, 저는. 맹세코."

"근데 왜?"

"그럴 일이 있습니다. 딴말 말고 바로 답 좀 해주이소."

"동성애 역사야 유구하지. 동서양 모두. 때로는 허용되기도 했고, 때로는 금기가 되기도 한 걸로 알아. 그러나 이제는 그런 단계를 뛰어넘었어. 1973년 이후로는, 공식적으로. 그해 미국 정신의학협회에서 회원들 정식 투표로써 동성애 자체가 정신의학적 장애가 아니라고 결정했으니까."

"……"

"나도 정신의학을 전공하기 전에는 homophobic(동성애 공포)이 심하지는 않았지만 좀 있었거든. 실제로 우리 주변에 보면 호모포비아가 제법 많아. 넌 어느 쪽이냐?"

"전 그냥 나하고 성취향이 다른 사람일 뿐이라고 봅니더."

"바람직한 성관(觀)이야. 사람들이 일반적으로 생각하는 것보다 동성애 퍼센테이지가 높아. 다른 나라 케이스이긴 하지만, 킨제이가 남자의 10%, 여자의 5%가 동성애라고 보는 것만 봐도."

선배는 그밖에도 동성애에 관한 잡다한 이야기를 많이 하였다. 동성애자와 이성애자 집단 간 아무런 정신병리상의 차이를 못 발견했다는 연구 논문들까지 챙겨주었다. 찾던 자료라 고마웠다.

"허승구, 난 니가 설령 호모라도 상관 안 해. 고민이 되면 언제든 날 찾아와. 알았지?"

선배가 헤어지기 직전에 이처럼 한없이 부드럽게 말하지 않는가. 어처구니가 없어도 너무 없다. 무서웠다. 예비 신경정신과 전문의가 오해할 정도라면 뻔했다. 일반인 같은 경우 얼마나 쉽게 낙인을 찍을까.

2

경복궁 정문 앞에 자리 잡은 프랑스문화원 지하실에서 오후 4시부터 시작하는 영화 한 편을 감상한 후 택시를 타고 향한 곳은 반포동에 있는 「쟈뎅(Le Jardin)」이란 레스토랑이었다. 프랑스 요리를 잘한다고 했다.

"부산 촌놈 기죽이는 데네예."

프랑스 요리 전문 레스토랑 출입은 생전처음이다.

"허승구가 한 번도 안 와봤다고 해서 일부러 왔어. 뭐든 처음은 신선하잖아. 내가 '처음'으로 허승구한테 무엇을 해줄 수 있다는 게 기뻐. 신라호텔 23층에 있는 불란서 식당, 롯데호텔 37층에 있는 프랑스 레스토랑 「라 세느」도 고려했지만 우리 동네에 있는 레스토랑도 괜찮겠다 싶어서 왔어."

나보다 여섯 살 많은 나이만 빼면 다 좋은 누나였다. 특급 호텔 레스토랑을 술꾼이 청진동 해장국집 드나들듯 만만하게 보는, 만만찮은 경제력에서 뿜어져 나오는 아우라가 장난 아니었다.

"내가 아는 사람 중에서 허승구가 가장 술을 맛있게 마셔. 어쩜 그리 맛나게 먹니, 술을?"

내가 포도주 한 병으로는 간에 기별도 가지 않는다고 하자 누나가 기꺼이 한 병 더 주문해주었다. 나에게는 몹시 부담스러운 가격이었다. 그런데 누나는 대수롭지 않게 여겼다.

"우리집 핏줄 탓입니다. 대대로 술이라면 환장하는 집안 아닙니꺼."

어릴 때 돌아가신 증조부는 물론이고 할아버지와 아버지 모두 딸린 식솔을 팽개치고 술에 늘 거나하게 취해 있었다. 따라서 가족들이 이만저만 힘든 게 아니었다. 특히 수발을 드는 여자들이 죽어났다. 어머니에게서 가장 많이 들은 말이 "저 웬쑤 같은 놈의 술"이라는 소리였다. 나도 동조했다. 중학교 2학년이 될 때까지만 해도 어머니 말에 전적으로. "엄마, 난 어른이 돼도 절대로 술만은 안 마실께요"라고 당신 편을 들었다. 하지만 중학교 2학년 추석 때 어머니의 기대를 조속히, 시원하게 저버리는 사태가 벌어졌다.

내가 합천 해인사 근처 서부 경남 산골짜기에서 국민학교(현 초등학교)를 나와 부산에 있는 중학교로 전학오게 된 것은 친척들이 부산에 많이 살아서였다. 공부 좀 하는 고향 친구들은 대개 가까운 대구로 가는 편이었다.

그해 추석 때 오고가는 교통편이 불편해 당숙네에서 한가위를 보냈다. 그런데 육촌 형들이 제사를 모신 후 청주를 장난삼아 권하지 않는가. 당연히 처음에는 뺐다. 내 대(代)에서 술만은 끊자는 결심이 보통 아니었으므로. 내가 하도 완고하게 나오자 형들의 장난기가 더 발동됐다. 나를 꼼짝달싹 못하게 붙잡고 반강제로 입에 조금 부었다. 아니, 그런데 이게 웬일? 게워야 정상인데 입에 착 감겼다. 한 잔으로는 도저히 멈출 수가 없었다. 청주 댓병 하나를 사서 자취하고 있는 대연동(洞) 옥탑방에서 밤새워 마셔도 취하기는 고사하고 기분만 갈수록 좋아졌다.

"하여간 별나, 허승구는. 본론으로 들어가면 말이야."

드디어 밥값을 하라고 할 모양이다. 본론이 무엇일까. 궁금했다. 나를 좋아한다고, 사랑한다고 고백할 확률이 제일 높았다. 나 같은 스타일이 좋다고 한두 번 이야기하지 않았으니까.

불문과 대학원생인 누나를 처음 본 곳은 신촌에 있는 어느 술집이었다. 그날은 기형도와 친하게 지내는 정법대 A반 친구 패거리들과 어울렸는데 술값이 모자라 학생증을 맡기고 나왔다. 그런데 기형도와 헤어지고 돌아서자마자 누가 뒤에서 내 이름을 불렀다.

조금 전 우리 옆 테이블에서 마신 여자 중 한 명이었다. 그녀가 내 학생증을 돌려주며 앞으로 친하게 지내자고 나왔다. 외모는 분명 보통이었다. 하지만 겉치레를 굉장히 세련되게 함으로써 남자들로 하여금 미녀로 시착각을 일으키게 하는 여자였다. 패션 리더값을 톡톡히 했다. 유명 한정식집과 호텔 바까지 나를 끌고 다녀 호감도가 급상승하였다.

"지금 내 앞에 세 갈래 길이 놓여 있어. 결혼을 하느냐, 유학을 가느냐, 사랑을 새로 시작하느냐는. 사법시험에 붙은 법돌이 아저씨와 작년 가을에 맞선을 봤는데, 나만 오케이하면 당장 내일이라도 결혼하겠대."

"……"

"프랑스 연극과 영화에 관심이 많은 대학생 모임이 있어. 「라시네마
틴」이라고. 매주 화요일 6시 프랑스문화원에서 열리는데, 거기서 만
난 연극쟁이와 오래 사귀었단다. 한데 말이야, 그 연극쟁이가 너무 가
난하다는 거야, 문제는. 그 가난을 극복 대상이 아니라 무슨 훈장처럼
여기는 태도가 처음엔 과히 나쁘지 않게 다가왔어. 예술가 포스가 느
껴졌거든. 그런데 내가 과년한 처녀가 되어선지 어느 순간부터는 지
지리 궁상으로 다가오지 뭐야. 그래서 얼마 전 '미션'을 주었단다. 결
혼식도 올리기 전에 동거부터 하자길래 좋다며 단서를 달았어. 신반
포 5차 아파트 24평 분양 금액이 2천 3백만 원선인데 그것만 마련하
라고. 비슷한 가격대인 도곡동 개나리아파트 31평도 좋다고 했지. 마
지노선이 영동 은마아파트 31평이라고 선을 그었어. 1천 9백만 원쯤
하거든. 내가 비록 좋아하는 남자일지라도 무능력한 남편은 밥맛이라
서 좀 야비하게 나온 거야. 한데 이 인간이 며칠 전 술에 취해 울먹거
리면서 뭐랬는 줄 아니? 선착순 동호수 지정 계약까지 가능하다는 분
양 광고를 대대적으로 하는 은마아파트 31평을 여러 통로로 알아봤더
니, 세대당 은행융자를 2백만 원까지 해준대나. 한데 자기로서는 집
안 대들보까지 팔아도 은행융자액 정도밖에 모을 수 없다고 하지 뭐
니. 그래서 짜를 예정이야. 내가 혼수품으로 집까지 챙겨서 같이 살
정도로 좋아하지 않거든."

"……"

누나가 당신이 처한 상황을 가감승제 없이 있는 그대로 설명해서
침이 꼴까닥 넘어간다. 모두 포기하고 허승구와 새로 사귀고 싶다는
밀어를 속삭일 순서가 다가왔다.

"은마아파트보다 몇 배 더 비싼 맨션 아파트까지 내 쪽에서 혼수품으로 장만하고 싶은 남자가 뒤늦게 나타났지 뭐니. 나보다 여섯 살 어린 게 유일한 걸림돌이야. 그 남자만 좋다면 프랑스로 같이 유학도 가고 싶어. 비용을 내가 전부 부담해서라도. 문제는 그 어린 것이 나를 여자로 안 본다는 거야."

누나를 여자로서는 그다지 안 좋아하나 이 정도 조건이라면 혹할 만했다. 눈 질끈 감고 오늘 밤 당장 만리장성부터, 쌓아? 목하 고민하기 시작한다.

'해버려? 그래, 일단 저질러놓고, 차차 생각해보자고. 프랑스는 내가 좋아하는 베유(A. Weil), 그로텐디크(A. Grothendieck), 세르(J-P. Serre) 같은 수학자들이 사는 나라이기도 하니까, 어쩌면 정말 잘된 일인지도 모르는 일.'

머릿속으로 잠정 결론을 내려놓고 결정적인 순간을 기다린다.

"허승구가 좀 도와줘, 이 누나를. 그 어린 것하고 가장 친한 사람이 허승구니까."

"그 어린 것이, 내가 아니고, 혹시 기형도?"

"그래."

"……"

"신촌 술집 옆 테이블에서 기형도가 「2인의 척탄병」을 부르는 걸 보고, 나 완전히 넘어갔어. 내가 왜 불문, 그러니까 '묻지도 않고' 불문과에 갔는고 하면, 샹송 선율이 무엇보다 좋아서거든. 누구보다 음악 감상을 즐겨서 그런지는 몰라도, 기형도가 부른 스코틀랜드 가곡 「애니 로리(Annie Laurie)」도 환장하게 좋았단다. 특히 'And for bonnie

Annie Laurie(그리고 그녀는 나에게 이 세상의 모든 것) I'd lay me down an'dee(어여쁜 그녀를 위해 기꺼이 이 몸 바치리)'라는 가사에서, 오줌을 지렸다니까, 창피하지만. 아, 그리스 소년처럼 생긴 저 남자라면 나의 모든 것을 줘도 안 아깝겠다는 생각이 드는 거 있지. 한데, 기형도한 테 은근슬쩍 접근했더니 나를 거들떠도 안 보는 거 있지. 그래서 생각다 못해 단짝인 허승구 도움을 받아야겠다고 생각한 거야."

김칫국을 한 모금이 아니라 왕사발로 들이켰음을 알고 굉장히 허탈했다. 착각에는 커트라인이 없다고 했던가. 기분 팍 잡쳤다.

사노라면 경우에 따라서는 쓴 잔을 마셔야 할 때가 있다. 지금이 바로 그때일까.

3

성암관 102호 대형 강의실에서 『교련』 수업을 받다가 내가 교관 눈을 속이고 도중에 몰래 빠져나온 건 벤치에서 늘어지게 자고 싶어서였다. 엎드려 자는 것만 허용됐어도 농땡이를 까지 않았으리라. 5교시에서 8교시까지, 장장 4시간이나 이어지는 교련 과목을, 실내 수업이나 운동장에서 이루어지는 실습 모두, 지루함과의 전쟁이었다. 이미 고교 때부터 교련 수업을 다 받았기 때문에 무엇 하나 새로운 게 없었다. 단순 반복 행진을 끝없이 단순 반복하므로 너나없이 따분함 내지 지겨움과의 전투를 벌였다.

고역이었다. 1학점짜리지만 교련이 있는 날이면 교련복을 입고 등교해야 하는 것도 그렇고, 4시간이나 투자해야 하므로. 그럼에도 '불성실계 1인자'인 나 허승구가 유일하게 거의 안 빠지는 과목이었다. 그 이유는 간단하다. 노골적으로 거부했다가는 징집 같은 무시무시한 폭탄이 기다리고 있어서다.

"진호 씨, 혹시 기형도 못 봤어?"

막상 한숨 자러 나왔지만 잠이 오지 않았다. 해서 바로 아래 건물에 있는 문학회 서클룸에 들어가보았다.

"요 앞 잔디밭에 있을걸. 김창수랑. 한 시간쯤 뒤에 『정치학개론』 강의가 광복관(정법대학 건물)에서 있어 같이 갈 거거든."

같은 정법대 A반이고, 반 번호도 기형도와 나란히 12, 13번이라 친한 권진호가 철학과 선배와 바둑을 두다가 말했다.

권진호는 삼수 끝에 우리와 함께 입학해 '진호 씨'라는 어중간한 호칭으로 통하였다. 재수하고 입학한 경우는 현역이라도 고교 직속 선후배 관계만 아니라면 말을 텄다. 하지만 고교가 달라도 삼수인 경우는 곤란했다. 현실적으로 두 살 터울의 친형제는 많았기 때문이다. 자칫 잘못하면 형 또는 동생 친구와 맞먹는 불상사가 일어날 수도 있었다. 그렇다고 같은 학년끼리 '형'이라고 하기도 어색해 타협책으로 나온 게 '씨'였다.

"노래에 이어 그림 솜씨까지 기형도는 특출나네!"

권진호 말대로 기형도는 학관 앞 잔디밭에 김창수와 나란히 앉아 있었다. 마침 김창수가 형도의 화려한 손놀림을 치켜세웠다. 바로 옆에는 '마이티(다섯 사람이 하는 트럼프 놀이)'에 빠진 한 무리가 보였다.

김창수는 시에 관심이 많았지만 행정고시 공부를 하겠다고 애초부터 작정하고 정법대에 입학한 경우였다. 고관대작 지망생을 기형도가 강권하다시피 해서 문학회로 끌고 왔다며 툴툴거리곤 했다.

"정말 쥑이게 잘 그렸구마는."

다시 보아도 압권이었다. 주걱턱이 좀 강조된 캐리커처인데 김창수의 특징을 절묘하게 포착했지 않는가.

"야 기형도, 너 그럴 수 있냐? 억수로 섭섭하구마는. 난 안 그려주고 말이다."

김창수보다는 내가 더 기형도와 친하다고 여겼는데 아직 내 캐리커처는 시도조차 하지 않았다. 약간 섭섭했다. 그 감정을 순간적으로 버르집는다. 되게 삐친 것처럼 돌아서서 가버리자 기형도가 어쩔 줄 모르고 따라붙었다.

"보여줄 기회가 없었을 뿐이야, 허승구. 자 봐, 보라니까."

나 같은 '땡땡이과(科)' 학생이 꼭 있는 관계로 교련 과목 교관은 중간에 출석 체크를 또 하는 경향이 있었다. 재학 중 단 한 번이라도 F학점 받으면 학생군사교육실시령 9조 3항에 따라 '1년에 2개월'이라는 군복무 단축혜택을 못 받기 때문에 부득이했다. 적당히 놀다가 중간에 강의실로 향한 것은.

좋게 말하면 배려심이지만, 나쁘게 말하면 소심했다, 기형도는. 성암관 현관 앞까지 따라와 들이미는 그림을 보고 눈이 휘둥그래졌다. 믿을 수 없을 정도로 잘 그렸지 않는가. 더구나 내가 기형도와 안면을 처음 튼 날, 학관 돌층계 위에서 술 마시는 장면과 문학회 서클룸 나무 의자에 널브러져 자는 장면 등등이 한두 장도 아니고 열댓 장이나 보였다. 작심하고 그린 드로잉이었다.

거듭 탄복하지 않을 수가 없다.

기형도가 일전에 시작 노트를 조심스럽게 보여주었다. 완성된 시도 있고, 습작 도중인 시도 있고, 아이디어만 메모해놓은 것도 있었다. 여러 편의 시를 두루 살펴보고 음미한 후 나의 첫마디는 이러하였다.

"천생 시인이네. 등단 여부에 상관없이 시인이라 카이. 기형도는 천상 시인이라꼬."

기형도 특유의 시적 분위기와 묘사가 무엇보다 좋았다. 나는 엄두조차 못 내는 '시적 포즈'였다. 해서 "천생 시인이네" 했을 뿐이건만 기형도는 수음을 하다 들켰을 때 이상으로 얼굴을 붉혔다.

"내 시를 첨으로 알아봐줘서 고마워. 진정으로! 허승구가 내 시 첫 애독자야."

사람은 누구나 자기를 알아주면 흐뭇한 법. 기형도도 예외는 아니었다. 입꼬리가 승천한 것을 보면.

성격 좋은 데다 재주가 많디많은 기형도 앞에 나는 재주가 하나도 없다는 사실에 절망했다. 다시 한 번 더, 더욱 더. 성질은 또 얼마나 개떡 같은가.

"허승구, 너 캐릭터가 독특해서 시리즈로 그리는 중이라 아직 보여주지 않을 뿐이야. 완성되면 그때 한꺼번에 보여주마."

백구무언이었다. 아니, 천구무언이었던 것은 빚을 갚을 방법이 아무리 생각해도 떠오르지 않기 때문이다.

4

나를 포함해서 인간의 성심리가 궁금했다. 불문과 누나 일도 그렇고, 의도와 다르게 영어 강사한테 공개적으로 첫눈에 반했음을 공연한 이후부터 곰곰 생각한 사안이었다. 이를 실천에 옮기기로 한다. 평소 금발 아가씨에 대한 선망이 있었다고는 해도 그런 식으로, 더구나 강의시간에 발작적으로 표출되리라고는 나 자신도 몰랐고, 나 자신도 놀랐다. 그에 더해 파고다극장에서의 입이 다물어지지 않는 장면들도 나를 중앙도서관으로 향하게 만들었다.

읽어주기를 기다리는 관련 서적은 많고 많았다. 최대한 찾아보고서 우선 순위를 매길 요량으로 도서목록 카드를 뒤지고 또 뒤지다가 이것이다 싶은 책을 마침내 발견한다.

제목은 『ㅇ 孃(양)의 情話(정화)』였다. 프랑스 소설을 번역한 책이었다. '세계성문학전집 1'임을 표방한 수식어가 결정적으로 작용했다.

신청서를 작성해서 대출 창구로 다가가다가 멈칫한다. '세계성문학전집'이란 노골적 표현이 걸렸다. 창구 직원이 나를 '저열한 인간' 내지 '음침한 신입생'으로 볼 것이 뻔하였다. 대학에 들어와서 처음 대출받는 책이 하필이면 야함을 원초적으로 강조하고 있으니 내심 찔렸다.

그때였다. 신경정신과 레지던트 선배의 말이 문득 떠오른 것은.

"승구야, 시간 나면 말이지. 동성애 사상가로 유명한 미셸 푸코 책을 한번 읽어봐. 도움이 될 거라. 성도착, 성과학, 성욕망 등에 대해서 다룬 『성의 역사』 제1권 『앎의 의지』를."

잠시 고민하다가 위장용으로는 그만이겠다 싶어 갈리마르 출판사에서 나온 문제의 원서도 함께 빌렸다. 불어를 조금밖에 모르면서도 감히 그리고 일부러.

처음에는 "말도 안 돼"라고 했다가 어느 순간부터는 "말은 되는데……"로 끝나는 소설이었다.

시작부터 후끈 달아오르게 만들었다. 젊고 매력적인 여류 사진작가를 교묘한 수작 끝에 성노예로 만든다는 게 줄거리였다. 남자들로부터 가해지는 채찍질 같은 학대와 복종, 비열한 성적 모욕 따위를 여주인공이 처음에는 못 받아들이지만 결국에는 기꺼이 수용할 뿐만 아니라 오히려 진정으로 탐닉하게 된다는 사도마조히즘 세계를 리얼하게, 차분하면서도 아찔하게 보여주었다.

중고생들이 야하다고 낄낄거리며 흔히 돌려보는 주간지「선데이 서울」이나「주간 경향」또는「주간 스포츠」같은 류 아니면, 역전이나 터미널, 동시상영 극장 주변 노점상에서 흐릿한 카바이트 불을 밝히고서 은밀히 파는 포르노물 아니면, 일본 음란소설을 뇌꼴스럽게 번역한『청춘 열차』같은 빨간 책, 그도 아니면『성낙훈』이라는 제목의 음란만화 같은 저질 옐로물에 그동안 길들여져 있었지 않는가. 이런 부류와는 틀리고, 달랐다. 여러 모로 차원이 높았다.

『○양의 정화』[10]는 사디즘과 마조히즘 세계가 생각보다 깊고도 넓을 수 있음을 잘 보여주고 있었다. 문제는 읽는 내내 영어 강사가 여주인공으로 둔갑했다는 점이다. 그녀를 모델로 상정하고 싶지 않아도 가까이에서 접해본 유일한 백인 여자이기 때문인지 불가능했다.

5

학관 206호 연구실.

그 앞에서 나는 후회했다. 낮술을 조금 더 마시지 않은 것을. 술을 전혀 안 마셨을 때처럼 각성된다. 머리가 너무 말짱해졌다. 싸구려 양주 한 병만 마시면 멀쩡한 영어 이름 대신 내가 일방적으로 우리 식으로 이름 붙인 '백금녀'와 일대일로 기분 좋게 당당히 대면할 수 있을 것 같지 않았던가.

아니었다. 약속 장소인 영문학과 과사무실에 가니까 조교가 만남을 요청한 백금녀가 206호 연구실에서 기다린다고 하여 그 앞에 다가섰지만 선뜻 못 들어선다.

백금녀가 나를 찾는다는 전갈은 영어를 같이 수강하는 반 대표가 여러 번 전했다. 하지만 그동안 못 들은 척하였다. 어떻게 해야 할지 대책이, 시나리오가, 그림이 그려지지 않았기 때문이다. 중인환시리에 홀딱 반했음을 고백한 이후 강의실 근처에도 얼씬거리지 않는 날이 길어지자 백금녀 쪽에서 도리어 애가 달았다. 다양한 방법으로 접촉을 시도한 게 그 증거였다. 그래도 요지부동이자 영문학과 조교를 동원해 자취방 주인집으로 심야 전화까지 해서 결국 손을 들었다. 단독 면담 약속은 그렇게 해서 잡게 됐다.

"아니, 연구실 주인이 윤동주 친구잖아."

노크를 할까, 손잡이를 돌려서 그냥 들어갈까 하고 재차 삼차 '짱구'를 굴리고 있는데 연구실 주인 이름이 눈에 들어와서 속으로 혼잣말했다.

연구실 주인이 윤동주와 학창 시절을 함께 보낸 벗임은 비교적 널리 알려져 있었다. 당신이 펴낸 저서와 역서 등에서 그 사실을 적시한 탓이다. 윤동주와 나이도 1917년 생으로 같고 연희전문학교(연세대 전신)도 동기인데, 현재 당신은 까마득한 후배들한테 영시(英詩)를 가르치고 있었다.

"Why doesn't he come?(왜 안 오지?)"

백금녀가 고개를 갸웃거리며 안쪽에서 슬머시 손잡이를 돌리며 문을 열었다. 약속 시간이 지났는데도 내가 나타나지 않자 백금녀가 궁금한 나머지 문을 살짝 열어본 것이다. 그와 동시였다. 내가 바깥에서 손잡이를 힘주어 돌리며 안으로 쑥 들어선 것은.

그 바람에 몸이 엉켰다. 본의 아니게 포옹 아닌 포옹을 하는 난감한 상황과 맞딱뜨린다. 나는 나대로, 백금녀는 백금녀대로 원치 않던 그림이었다.

아찔했다. 곤경에서 한시바삐 벗어나고자 백금녀가 더 즉각 움직인다고 허리를 뒤로 힘껏 젖힌다는 게 그만 너무 과하게 젖히고 말았다. 그것이 결정적인 실수라면 실수였다. 백금녀가 바닥에 꽈당하는 불상사를 막고자 나 역시 본능적으로 기사도 정신을 발휘했으므로.

어색한 포옹을 피하고자 한 발싸심이 오히려 돌이킬 수 없는 장면으로 이어져 머릿속이 허애졌다. 그 순간 아무것도 생각할 수가, 숨쉴 수조차 없었다. 나의 몸은 쓰러진 백금녀 위에 포개져 있었고, 나의 왼팔은 백금녀 허리 아래로, 오른팔은 목을 휘감고 있는 형국이었으니까.

금발에서 나는 묘한 내음, 한국 여자와는 다른 백인 여자 특유의 암

내, 거기에 상큼한 향수 냄새까지 삼박자가 합쳐지자 사람을 몽롱하게 만들었다. 저 아래 가라앉아 있던 알코올 기운이 잠자고 있던 수컷 본능까지 맹렬히 일깨워서 활화산처럼 분출시키지 않는가. 주인이 자리를 비운 연구실에 단 둘만 있다는 사실도 나의 음심에 기름을 끼얹었다. 백금녀가 적극 밀치지 않고 가만히 눈을 감고 있다는 점도 용기백배하게 만들었다. 기왕 이렇게 됐으니 키스해도 좋다는 신호였음은 백금녀가 그 다음부터 보인 일련의 반응으로 잘 알 수 있었다.

백금녀가 "enough is enough!(더 이상은 안 돼!)"라고 외쳐 마지노선은 넘지 않았다. 하지만 프렌치 키스까지는 일사천리로 진도가 나갔다. 스승과 제자 사이에 있으면 안 되는 금기란 사실을 머리가 의식하면 할수록 몸은 더욱 불타올랐다.

6

또 문학회 회원들이 청송대에서 피날레를 장식했다. 도중에 술이 떨어졌고 1학년인 기형도와 내가 심부름꾼으로 뽑혀 교문 밖으로 술을 사러 나가는 길이었다.

오늘도 여느 문학회 정기 모임 때처럼 학교 앞 주점에서 1, 2차를 끝내고 청송대에서 마무리 수순으로 들어갔다. 그런데 다른 날과 달리 오늘은 술이 예상보다 빨리 동났다. 신입생 환영회가 있는 날이라 참석자들이 평소 주량보다 더 마신 탓이다.

내가 술기운에 『O양의 정화』 이야기를 기형도에게 전한다.

"승구가 쇼크를 받을만 하네. 『O양의 정화』 내용이 그렇다면. 그래도 난 별로 읽고 싶지 않아. 욕망의 최대치는 내가 기피하는 세계거든. 난 언젠가부터 욕망의 최소치에 끌렸어. 그래서일 거야. O양과 정반대 스타일인 '권 텔레지아'[11]가 더 매력적으로 다가온 건."

"권 텔레지아?"

"권 텔레지아가 누군가 하면, 한국판 동정녀 마리아라고 보면 돼. 천주교 도입 초기 때 열혈 신자였는데 처녀 처(妻)로 지내다가 순교했거든. 1761년도에. 권 텔레지아가 신부님한테 순결을 맹세했지만 가문의 압력으로 결혼은 못 피했대. 한 남자의 아내가 됐으나 같은 천주교 신자인 남편을 설득해 순결을 지켰다는 것 아니니. 무려 15년이나. 남편이 욕정을 못 참아 여러 차례 범하려고 했지만 기도로써 무사히 이겨냈다고 해. 결국 순교할 때 교수대에 올라서서 이랬다는 거 아니니. '저 같은 죄인에게 천주님께서 동정을 지키는 너무 커다란 은혜를 베풀어주셨사옵니다'라고 감사 기도를 드리며 죽었다는 거야."

기형도는 거기서 감동을 받은 듯한데 나는 절망적일 정도로 답답함을 느꼈다. 하지만 내색은 하지 않았다. 별것 아닌 사실에서 우리 두 사람 취향이 극과 극임을 재차 확인한다.

"아까 문학회 합평(합동비평)회 때, 고마웠어, 허승구."

"뭐가?"

기형도가 내 어깨를 다정하게 때렸다. 우리가 학관과 논지당(여학생 휴게실 겸 회의실로 사용하는 단층 건물) 사잇길로 접어들 즈음에 내가 되물었다.

"나를 알아줘서."

서클룸에는 자주 출입했지만 말로만 듣던 시합평회는 오늘 처음 참석했다.

시를 발표하고 감상평을 듣고 싶은 회원이 있으면 쓴 시를 십수 장복사해서 돌린 후 직접 낭송하고 회원들이 자유롭게 비평하는 형식이었다. 창작자는 회원들이 비평하는 동안 침묵을 지켜야 한다는 불문율이 있었다. 온갖 엄숙한 비평이 끝난 다음 '창작자의 변' 시간이 되어서야 겨우 소감을 한마디 하는 게 가능했다. 오늘 그 합평회 십자가를 진 사람이 신입생 기형도였다.

선배의 어떤 시는 의견 개진이 활발했는데 이상하게도 기형도 시를 놓고서는 누구도 쉬 입을 열지 않았다. 열 명쯤 되는 신입생들은 하나같이 시에 코를 박고 눈치를 보았다. 선배들도 먼산만 볼 뿐 아무 말도 없었다. 지나친 침묵이 어느 순간부터 불편했다. 해서 성정이 급한내가 제일성을 터뜨렸다.

"기형도가 천생 시인임이 증명됐다고 봅니다. 이 시로써. 시에 기형도만이 보여줄 수 있는 남다른 개성이, 기형도만의 남다른 분위기가있기 때문입니다."

나의 이 발언이 논란의 불쏘시개가 됐다. 기형도가 천생 시인이 아님을 여러 회원들이 증명하려고 벌떼처럼 덤비지 않는가.

기형도만이 할 수 있는, 기형도 특유의 시적 분위기와 이미지가 압권이라는 내 발언을, 어떤 선배는 기형도만이 할 수 있는 어리석은 작법이라고 논박하는 식이었다. 시가 뭔지도 모르면서 겉멋만 잔뜩 부린 시라고 깔아뭉개는 선배도 있었다. 병도 없건만 끙끙 앓는 소리부터 늘어놓는 무병신음증(無病呻吟症), 병이 있는 척 칭병(稱病)하는 문단의 시쓰기 폐단이 고스란히 드러난 작품이라고 힐난하기도 했다. 가차없었다. 저마다 가지고 있는 비수를 꺼내 마구 휘둘렀다. 칼춤이 자못 요란하였다.

"선배님들, 기형도가 경쟁자로 느껴져 열불을 내는 것 같은데요, 제 눈에는. 열불보다는 질투라는 표현이 여기엔 더 어울릴 것 같심더. 저 빼고는 다들 시를 쓰고 싶어하는 것만 보아도 제 판단이 아마도 맞을 겁니다. 감히 한 말씀 올리자면."

같은 신입생은 물론이고 문학회 선배들이 쓴 가입 원서들을 우연히 한번 훑어본 적 있는데 하나같이 시 쪽이었다. 소설가 지망생은 나 이외에는 아무도 없었다. 그래서 신입생으로서는 상당히 시건방진 소리까지 하기에 이르렀다.

나의 이 같은 단정 어법을 두고 말이 많았다. 좀 '오버'했기에 나답지 않게 꾹으로 가만히 있은 편이다.

"승구가 대찬 건 알지만 공개적으로 날 지지하는 발언을 할 줄은 몰랐거든. 너의 원초적이고 근원적인 칭찬이 앞으로 큰 힘이 될 것 같아. 무조건 자기 새끼를 응원하는 어머니 말 이상으로."

"······"

"좋은 시를 쓰고 싶다는 생각이 나의 영원한 희망이야. 어려서부터 쭉 했더랬어. 공부에 방해가 될 것 같아 그동안 많이 참았거든. 고등학교 때 역시 대학입시에 지장을 줄 듯해서 억눌렀지, 시에 대한 본능을. 교내 문학 서클에도 가입하지 않았으니까. 그 대신 교내 백일장 같은 소소한 대회에 나가 더러 상은 받았지."

"왜 우리 대학에 왔노? 진학 동기가 뭐꼬?"

정법대 같은 A반 김창수가 귀띔한 말이 갑자기 생각나서 묻는다. 창수가 자기도 남들로부터 공부깨나 한다는 소리를 듣는 편인데 기형도를 지켜보니까 몇 수 위라고 하지 않는가.

"이 사람 때문이야. 이 사람이 다닌 학교라서 무조건 오게 됐어. 내가 고등학교를 수석 졸업한 관계로 선생님들은 물론이고, 집에서도 세속적으로 더 웃질로 쳐주는 대학으로 가라고 했지만, 단호히 거절하게 만든 사람이 이 학교 출신이었거든."

기형도가 상학관(현 아펜젤러관) 앞에서 백양로로 내려가는 길 대신 스팀슨관을 오른쪽에 끼고 핀슨관 방향으로 길을 잡았다. 기형도가 발길을 멈춘 곳은 윤동주 시비 앞이었다.

감개무량하게 서 있는 기형도 옆에 나란히 서 있자니 문득 약간 부끄러웠다. 시비에 새겨진 「서시(序詩)」가 회초리처럼 아프게 다가온다. '죽는 날까지 하늘을 우러러/ 한점 부끄럼이 없기를, / 잎새에 이는 바람에도/ 나는 괴로워했다'는 구절이, 특히. 객기와 허세가 일상화되어 있는 속물이기에 더했다.

"윤동주 외에도 여러 사람이 영향을 조금씩은 미쳤어. 대표적으로 한 사람만 손꼽으라면 괴테야. 괴테 역시 대학에 입학하여 법학 공부를 했지만 문학에 더 몰입했거든."

"승구 넌 왜 우리 대학 공대에 들어왔니?"

"기형도식(式)으로 답하마."

이번에는 내가 윤동주 시비 앞에서 정법대학 건물인 광복관을 지나 장기원기념관[12]으로 기형도를 이끌었다.

"장기원이 누군지 모르제?"

"응."

"문과 출신들은 생소한 게 당연하제. 형도에게 있어서의 윤동주만큼은 아니어도 이 사람 존재가 큰 영향을 끼쳤니라. 연도(年度)를 고증해봐야겠지만 아마 윤동주는 장기원을 알았을 꺼라. 윤동주가 연전(연희전문) 다닐 즈음 장기원은 학생들한테 현대수학을 가르쳤으니까."

"그으래?"

"장기원을 한마디로 축약해서 설명하면, 한국 근대수학 초석을 다진 인물 중의 하나라고 보면 돼. 불의로 사고로 돌아가시자 제자들이 당신 뜻을 기리기 위해서 이 건물을 지었다 카대."

"……"

"장기원도 분명 일부 역할을 했지만 그보다는 우리나라에서 서양수학을 처음으로 제대로 가르친 대학이란 점이 가장 끌렸니라. 현대수학의 요람이었제. 우리나라 수학박사 1호[13]도 연희전문 출신 아이가. 경성제대(서울대 전신)는 해방 전까지만 해도 수학 자체를 아예 안 가르쳤다 카더라. 좌우간 1915년부터 구태의연한 동양수학 대신 서양문명의 밑바탕인 해석기하학, 미분방정식 등을 가르친 유구한 전통이 폼나더라고."

"그럼, 수학과에 가지, 왜 공대에?"

"모르긴 해도 형도와 입장이, 형편이 비슷할걸. 형도도 실은 문과대학, 그중에서도 국문과나 철학과 같은 데 가고 싶었지만, 밥 굶을까 싶어, 또 주변의 기대에 부응키 위해 정법대에 온 것처럼 나 역시, 수학과 나오면 밥 굶을까 싶어 그랬지 뭐. 수학은 굳이 교수한테 안 배워도 독학이 가능하다는 점도 일조했니라."

기형도가 국민학교 3학년 때 아버지가 양주를 컵으로 들이키다가 중풍으로 눕게 되는 바람에 집안이 곤궁해졌듯이 우리집 역시 내가 중학교 3학년 때 말술을 자랑하던 아버지의 긴 술타령이 결국 간 같은 내부 장기들을 못 쓰게 만들어 집안 기둥뿌리가 통째로 뿌리뽑혔지 않는가. 그 공통분모 여파는 컸다. 우리 두 사람 모두 대학에 입학한 후에도 과외라는 이름의 학습노동에 시달려야 했으니까.

"또 다른 지원 동기 하나는 말이다. 내 성적이 좋자 다들 의대나 S대에 가라고 했지만 처음부터 난 그딴 데는 선망이 없었다 아이가. 다만 수학 이외에는 제대로 아는 게 하나도 없다는 자각 탓도 컸느라. 대학에서 문사철(文史哲)은 물론이고 정치와 경제까지도 본격으로 배우고 싶더라고. 곰곰 생각해보니 다른 모든 분야는 혼자서도 어떻게든 접근이 가능할 듯했느라. 독학이. 하지만 공대만은 관심이 있는 반도체 같은 걸 배우려고 해도 실험 및 실습기자재 따위가 필요하기 땜에 아무래도 들어가지 않으면 곤란하겠더라고. 해서 결론을 내렸느라. 일단 공대에 들어가자, 단 인문과학과 사회과학 공부도 두루 하자고 목표를 정한 후, 궁극적으로 이 모두를 아우르는 멋진 장편소설 한 편 쓴 뒤 죽자고, 꿈꾸었제. 원서를 접수하기 전에 SKY 세 학교를 면밀히 관찰 안 했나. 내가 세 대학에서 처음 한 일이 공대 건물에서 인문대나 사회대 건물까지 가는 데 얼마나 걸리느냐야. S대는 공대와 인문대, 사회대가 한 캠퍼스 안에 있었지만 뛰어가지 않는 한 10분 안에 오가기가 힘들겠더라고. K대는 숫제 인문사회대와 이공대 캠퍼스가 한 울타리 안에 있지 않아서 10분 가지고는 택(턱)도 없고. 쉬는 시간 10분 안에 이동이 가능하지 않으면 다른 분야 강의를 듣는 게 현실적으로 힘든 관계로 자연히 여기로 낙착됐제."

당연히 다른 지원 동기도 있었다. 하지만 소소한 사안이라 오늘은
이쯤에서 멈추는 것으로 만족하였다.

위풍당당 행진곡

1

점 따위를 보지 말라고 하는데도 불구하고 어머니는 누가 용하다고 하면 찾아가서 내 사주를 보곤 했다. 그때마다 공통적으로 하는 말이 있다. 나한테 부모복은 없는데 인복이 보기 드물게 참 많다고. 여복이, 특히. 같잖아서 웃어넘기곤 했는데 가만히 생각해보니 어느 정도 들어맞지 않는가.

몇 시간 후, 근사한 호텔 방에서 백금녀를 품에 안을지도 모른다는 상상을 하자 세상을 다 가진 기분이었다.

콧노래를 부르며 롯데호텔 1층 로비 라운지에 들어서자 윈도우 너머로 두 줄기의 폭포수가 쏟아져 내렸다. 시원했다. 로비 전체가 천연색 대리석으로 장식되어 있었다.

"「와히니 카테일」한 잔 부탁합니다."

백금녀와 만나 저녁을 먹기로 한 오스트리아 레스토랑 「프린스 유진」에서는 술을 과하게 못 시킬 성싶어 미리 와서 목을 축이는 길이다.

"「이쁜이 칵테일」도 한 잔."

두 칵테일이 이곳 바의 별미라는 정보는 불문과 누나가 주었다.

무릇 남녀 관계는 공식대로 되지 않는다는 것을 리얼하게 보여준, 일진광풍과도 같은 격렬한 입맞춤이 끝난 후, 백금녀가 첫 데이트 장소로 비원(秘苑)이 어떻겠느냐고 했다. 바로 좋다고 나왔다. 일제 때 변조된 시설을 원형 복원하느라 2년 8개월이나 걸렸다는 기사를 신문에서 마침 접하였기 때문이다. 재단장한 비원을 4월부터 공개한다고 하니 안 그래도 한번 가볼 요량 아니었던가.

보통 연인과는 모든 게 거꾸로였다. 비원, 즉 궁중정원인 창덕궁에서 최소한의 상대 신상 정보도 모르면서 프렌치 키스부터 한 관계가 주는 어색함과 익숙함 사이에서 때로는 시소놀이를, 때로는 줄타기를 했다. 백금녀가 우리의 불 같은 사랑을 금세 꺼질 불같은 일탈로 받아들이는 태도를 취하면 나는 다음과 같이 아니라고 극구 강조하곤 하였다.

"우리의 사랑은 스파크요, 우리의 사랑은 평균변화율이 아니라 순간변화율(Instantaneous rate of change)[14]이라니까요!"

그러면 백금녀는, 스파크라는 표현은 상투적이라 좀 그렇지만 순간변화율은 긱(geek: 공학에 관심이 많은 수학 마니아)답게 창의적인 표현이므로 A학점을 줄 수 있다고 했다. 영어뿐 아니라 사랑 문제에 있어서도 선생질 버릇이 남아 있었지만 그 정도는 봐줄 만하였다. 백금녀의 우리말 실력이 의외로 상당해 의사전달에 불편함은 없었다.

백금녀가 나보다 나이가 많은 줄은 알고 있었다. 강사였으므로. 그래도 열세 살이나 더 많을 줄은 미처 몰랐다. 당연히 결혼도 했고, 아홉 살과 여섯 살짜리 두 딸도 있었다. 부용지(芙蓉池)를 감상하다 그 사실을 알고 "그래도 당신이 좋습니다. 설사 제가 『젊은 베르테르의 슬픔』을 재현해도!"라는 반응이 저절로 나왔다. 간지러웠지만 기왕 시작된 연극이니까 연기에 매진할 필요가 있었다.

"「프린스 유진」에서 내놓는 캔사스산 안심 스테이크가 맛있다고 했겠다! 그래, 단둘이 입부터 즐긴 후에……"

차마 "으허허"라는 천박한 웃음소리를 밖으로 내뱉지는 않았지만 속으로는 여러 번 "으허허"거렸다.

스스로 신기했다. 불과 몇 달 전 부산에 있을 때만 해도 일주일에 한 번 서면에 나가 돼지국밥 한 그릇 사먹는 것만으로도 오감했지 않는가. 부산 촌놈이 출세한 것일까.

"하이, 썽구."

레스토랑 입구에서 허리를 90도로 꺾는 웨이터를 따라가자 백금녀가 먼저 와 있다가 반갑게 손짓했다. 그런데 그녀 옆자리와 앞자리에 인형처럼 생긴 꼬마 숙녀들이 앉아 있었다. 정말 의외였다. 백금녀를 빼닮아 두 딸임을 금방 알아보았다.

놀라운 일은 이 정도에서 그치지 않았다. 화장실에 간 남편까지 어느새 다가와서 손을 내밀었다. 점입가경이었다.

극히 혼란스러웠다, 모든 것이.

"Gotta behave, gotta behave(잘 처신해야 한다)"라는 주문을 속으로 되뇌었지만, 확 켜졌다가 금세 꺼지는 성냥불 같은 불장난으로 막을 내리고 말 듯한 불안감이 자꾸만 갈수록 더 들었다.

2

"온통 수학책이잖아. 『Algebraic Geometry(대수기하학)』책이 제일 많으네. 대체 Algebraic Geometry가 뭐니?"

내 자취방 이곳 저곳에 어지럽게 쌓아놓은 책더미를 기형도가 훑어 보고 들춰보더니 입을 뗀다. 삼청동에 있는 한 적산가옥의 허름한 별 채가 나의 자취방이다. 거기에 들어서자마자 기형도가 적잖이 놀란 다.

"다항방정식을 전문적으로 다루는 분야. 다항방정식이 대수기하공 화국의 시민중이라고 할 수 있제. 다항방정식을 깊고 넓게 파들어가 면 반드시 닿게 되는 공화국이 대수기하학 세계니까."

"미국이 어떤 나라냐는 질문에 백인들이 사는 나라라는 답만큼 맞 는 듯하면서도 감이 안 잡히는걸."

"singular point, 즉 특이점을 연구하는 분야라고 보면 되는기라. 다 항방정식 해들이 대부분 비슷하지만 가끔씩 특이점이라는 예외가 존 재했거든. 그 특이점을 연구하는 거라꼬 보면 안 되나."

"사람은 생긴 대로 논다더니, 예외적인 인간답게 특이한 점을 가지 고 노는구나."

"어허, 그렇나?"

"기술 발전 속도가 점점 빨라져 언젠가 기술이 인류의 삶을 송두리째 바꾼다고 할 때 사용하는 그 특이점, singularity하고는 다른 거지?"

"당연히."

"영어 원서야 그렇다 쳐도, 일본 원서와 불어 원서까지 엄청 많으네."

"별다른 이유는 없니라. 대수기하학 분야가 유달리 발달한 나라가 프랑스하고 일본이라서."

"언제 일어와 불어까지 공부했니?"

"불어는 물론이고 일어도 실은 잘 몰라. 반문맹, 반벙어리 아이가. 알다시피 고등학교 이과반은 제2 외국어를 안 배우니까!"

"그러면 원서는 왜?"

"똥폼 잡을라꼬. 폼생폼사가 내 장기거든. 술생술사가 인생의 목표고."

"정말로 똥폼 잡는 인간은 그런 말 못해. 이 불어 원서만 해도 곳곳에 승구 너 연필 자국이 있는데도, 오리발 내밀래? 나도 처음엔 허승구의 지적 허영이 대단하다고 의심했더랬어. 하지만 책을 한 권 두 권 들춰볼수록 지적 모험이 대단하다는 쪽으로 생각이 바뀌었어."

기형도가 『위상적 벡터공간』이란 프랑스 수학책 특정 페이지까지 펴 보이며 다그쳤다.

"부르바키(프랑스 수학자들의 비밀 집단)[15] 책들 장점이 각 단원마다 나오는 연습문제거든. 까리하면서도 재미나는 문제들이 많아서 마니아들이 억수로 좋아하니라. 그래서 나도 대가리가 아플 때마다 휴식용으로다 애용 안 하나. 수학책은 특정 나라 언어를 잘 몰라도 기초 단어 몇 개, 전문용어 몇 개만 알면 보는 데 크게 지장이 없으니까. 특정 언어는 수학책에선 엑스트라에 불과한기라. 수학은 어디까지나 만국 공통어인 수식 그 자체인 관계로, 수식만 좀 알면 아무것도 아니구마는."

"이 책들을 심심풀이 땅콩으로 본다?"

"공부를 좀 하는 대학의 진지한 수학도라면 다 한번쯤 들여다보는 책이라고 보면 돼. 사람에 따라서는 추상세계를 다루는 수학이 만화 이상으로 흥미만점으로 다가오기도 하거든. 고로, 별꺼 아닌기라."

"허승구 너를 가만히 지켜보니까, 술에 안 취해 있으면 수학에 취해 있는 것 같더라. 수학이 그리 좋으니?"

"오냐. 수학은 나에게 있어 술하고 속성이 똑같은기라. 술이 육체를 해방시킨다면 수학은 정신을 해방시키니까. 언젠가부터 시시때때로 술에 만취하지 않으면 못 견디듯 수학 역시 수시로 미친 듯 몰두하지 않으면 온몸이 못 견뎌. 폭음하고 폭수(數)는 그러므로 동치야, 동치. 같다고. 둘 다 지극히 비생산적인 분야라, 다만 그게 억수로 걱정 아이가. 본능, 아니 운명이려니 여기지만."

"즉음도 즐기잖아. 즉수(數)도, 그러면?"

"두말하면 숨가쁘제."

"바흐와 헨델의 즉흥연주 실력이 대단했다는 소리는 들었다만……"

입주해서 가정교사 해주기를 친척집에서는 바랐지만 아무래도 눈치를 보며 살아야 할 것 같아서 자취방을 무리하여 얻은 것까지는 좋았다. 편했으니까. 그런데 자꾸 몸이 무한정 늘어지는 '게으름의 만성화'가 문제였다. 해서 누워서 잘 수 없는 독서실을 자주 이용하기로 작정했다.

신촌 창서국민학교 교문 코앞 건물 2층에 자리를 잡은 「덕산독서실」 1개월 이용권을 끊은 건 그 때문이다. 대학 강의는 거의 포기한 상태이므로, 1학기가 끝나는 6월까지 3개월만이라도 이 세상 그 어떤 것보다도 좋은 수학하고, 밤낮으로 껴안고 뒹굴어보자는 속셈이 있었다.

"이 많은 수학책 중에서 내가 그나마 조금이라도 이해할 수 있는 거의 유일한 책이야. 이것이."

기형도가 부르바키에서 펴낸 책을 영어로 옮긴 『Algebra(대수학). part 1』을 들이밀었다.

"이것이라도 볼 수 있다니까, 고등학교 때 공부깨나 했겠는데. 이 책만 해도 고교 문과 출신들은 대부분 한두 페이지를 넘기기 어려운 게 현실이니까."

"중고등학교 때 다른 공부를 하다 졸리면 수학 문제들을 풀곤 했어. 수학 문제 풀기야말로 각성제였으니까. 그만큼 나도 좋아했지, 수학을. 너만큼은 아니지만. 그래 언제부터니, 수학에 빠진 게."

"국민학교 5학년 때. 방정식 문제를 풀 때 모르는 걸 미지수 X로 놓고 푸는 게 억수로 신기하더라고. 도깨비방망이, 요술램프로 다가오지 뭐냐, 나한텐. 함수에 나오는 정의역과 공역 관계도 그래. 그게 단지 수식으로만 다가오지 않고 '정의역이 나 또는 지구이고 공역이 여자친구 또는 달이라고 가정할 경우 치역은 어떻게 될까'라는 식으로도 접근했다니까. 함수에서의 일대일대응[16]만 해도 그래. 나한테는 수식을 뛰어넘어 남녀가 데이트하는 모습 혹은 내가 어떤 미녀와 연애하는 모습이 절로 머릿속에 그려지더라고. 일대일대응을 다룬 문제

하나하나가 각기 다른 한 편의 로맨스 소설로 다가오는 것 있제. 어떤 때는 '나와 친구' 또 어떤 때는 '나와 대한민국' '나와 지구' 등에까지도 확장되더라꼬. 그걸 더 뻥튀기시키니까 '나와 우주 관계'로까지도…… 나와 우리 우주가 일대일대응, 맞짱을 뜬다고 생각해봐. 우리 우주와 다른 우주의 일대일대응까지도…… 이 세상과 저세상 사이에도 일대 일대응 관계가 만일 성립한다는 걸 증명한다면 그것보다 더 어마어마한 발견이 어디 있겠노?"

"별나네 별나, 허승구는."

"그 별은 아니지만, 별 이야기를 해서 하는 말인데, 난 별을 볼 때도 수학 생각 안 하나. 항등함수, 상수함수, 합성함수 따위를 처음 배울 때도 그랬니라. 집에서 가까운 광안리해수욕장 모래사장에 앉아 이 많은 모래하고 밤하늘의 수많은 별 사이의 관계가 항등함수 관계일까, 상수함수 관계일까, 그도 아니라면 무슨 관계일까를 진짜로 엄청 고민 많이 했다 카이."

"아, 죽이네 죽여. 『정치학개론』 강의 시간에 교수가 '생각할 수 없는 것을 생각하라'는 에곤 바[17] 얘기를 해서 말장난 같았는데, 니 말을 듣고 보니 이해가 될 듯도 하네."

"……"

"국민학교 때 승구가 수학하고 놀았다면 나는 만화하고 놀았더랬어. 만화책을 시리즈물로 수십 권 만들기까지 했으니 상당히 마니아였지? 가족들에게 '기대하시라, 개봉박두' 어쩌구 설레발치며 다음 권이 언제 나올지 예고까지 했더랬어. 심지어 동네 사람들한테 빌려주기까지 했으니까."

"그래? 난 만화를 못 보는 체질 아이가. 이상하게도 또래들이 다 좋아하는 만화가 난 별로더라고. 그래서 처음부터 끝까지 본 만화책 한 권 없다니까."

"별종이야, 별종은 확실히. 안 하는 게 너무 많군, 우리 허승구 군께선. 음악도 그렇고, 만화조차 손을 안 댔다니."

"그러고보니 그렇네. 난 화투도 한 번도, 정말 맹세코 그 누구와도 단 한 번도 안 쳤어. 민화투든, 육백이든, 고도리든. 당구도, 바둑도, 장기도…… 안 하는 게 많은 정도가 아니라 다 안 하는 게 내 특기 아이가. 일체의 잡기를. 무슨 세계관이니 뭐 때문이 아니라 태어나기를 그딴거에 관심 없게 태어난기라. 누가 옆에서 아무리 하자고 꼬셔도 구경은 할지언정 꼽싸리 끼지 않았으니까. 오직 술하고, 술술 풀고 술술술 증명하는 수리(數理)만 빼고는, 취미가 무취미이니라."

"아, 괴물 괴물. 수학 빼면 완전히 와우아파트('아무것도 없다'는 의미)구나. 소크라테스가 '나의 애인인 철학'[18]이라고 했다면 승구는 '나의 애인인 수학'이라고 노래 부르는 현장이네. 중풍(뇌졸중)에 걸려 누워 계시는 우리 부친께서 틈틈이 그러셨지. 내가 잔재주 많자 걱정이 된 모양이야. 어느 날부터 '사람은 하지 말아야 할 것이 있어야 비로소 하는 것이 있게 된다'[19]고 자주 말씀하신 걸 보면."

우리는 벗고 누워 잠잘 준비를 끝내놓고서도 잠 대신 대화를 택하였다. 서로를 하나하나 알아가는 일이 생각보다 재미났다.

"혹시 말이야, 대수기하학이 『그림 없는 그림책』이란 대학 노트하고도 관계 있니?"

"니가 우째 내 노트를 다……"

자취방에 널려 있는 책이라면 몰라도 가방 안에 항상 모시고 다니는 걸 어떻게 보았을까. 나에게 있어서는 일기장 같은 노트였다.

　"오해할까 싶어 미리 말하마. 니 가방을 뒤진 건 아니야. 우연히 예기치 않게 봤을 뿐이야. 널 처음 본 날 학관 돌층계에서 무지 취해 있을 때. 그날 니 가방이 엎어져 있었거든. 내용물을 도로 넣어주다 조금 엿보았어. 미안, 불쾌했다면."

　"그랬다면, 뭐 그럴 수도 있제."

　"내가 왜 대수기하학하고 『그림 없는 그림책』을 연결시켰는가 하면 말이야. 813페이지나 되는 『대수기하학의 원리』[20]를 비롯해 멈포드(D, Mumford), 히로나카 헤이스케(廣中平祐) 등이 쓴 대수기하학 영어 원서들을 쏙 훑어보는데, 기하학이란 단어가 분명히 있음에도 불구하고 책에 그림이 거의 안 나오는 거 있지. 그래서 눈치 9단으로 때려잡은 거지, 뭐."

　"관찰력이 대단타. 시인 지망생답게."

　『그림 없는 그림책』은 대수기하학으로 나와 너, 나와 우리 우주, 우리 우주와 다른 우주 관계를 증명하는 노트였다. 대수기하학이란 특수 카메라로 어마어마한 사진을 찍겠다는 포부가 거기에는 담겨 있었다.

　살아 있는 나와 죽은 나, 태어나기 전의 나와 태어난 후의 나, 살아 있는 나와 죽은 지인들과의 관계까지 다루는 노트도 있었다. 이 주제를 위상수학, 복소해석학 같은 무기로도 접근했다. 핵심은 죽고 사는 문제를 비롯한 근본 담론들을 종교가 아니라 수학으로 풀자는 데 있었다. 그 이외에도 남이 보면 미쳤다고 할만 한 소주제 노트들도 많았다. 대부분 누가 내놓은 문제를 풀거나 증명하기보다는 나 스스로 낸 문제를 풀거나 증명하는 방식을 선호했다.

자문자답하는 이 수학 노트 더미야말로 나의 존재 이유였다.

3

"수학바다에 빠져 있구만. 익사할 것 같아서 구해주러 왔어. 말 길이 끊어진 언어도단(道斷)의 세계가 그리 재미나니, 허승구?"

내가 열흘가량 서클룸 근처에도 얼씬거리지 않자 기형도가 덕산독서실로 스리슬쩍 찾아왔다. 아닌 게 아니라 나는 추상세계에 참척해 있었다. 기형도가 불시에 방문해 어깨걸이 검은 가방을 멘 채 등 뒤에서 씩 웃고 있다.

마침 점심때라 독서실 내 고시실 안은 나밖에 없다. 고시실은 각종 고시 준비생들이 한 열 명쯤 이용했다. 대학생, 중고등학생, 여학생실은 따로 있었다. 나도 처음에는 대학생실을 이용했는데 산만한 구석이 있어서 돈을 좀 더 지불하고 방을 옮겼다. 고시실은 책상이 큰 데다 칸막이가 잘되어 있고 자정부터는 잠시 잠깐 누워 잘 수도 있다는 특혜도 있었다.

그동안 교련 수업만 빼고는 거지반 강의를 빼먹었다. 하지만 참고할 문헌이나 논문이 실린 저널을 보러 중앙도서관은 곧잘 드나들었다. 2층 자연과학 참고도서 열람실만큼은 부지런히 출입했다.

"아니, 이건 수학이 아니잖아. 나 몰래 '호모'를 다룬 영어 원서를 들여다보고 있었네. 설마 호모가 '인간'이란 뜻을 가진 그 호모는 아닐 테고."

내가 조금 전까지 구면에서 호모토피군을 계산하는 문제[21]를 풀다가 막혀 참고하는 책 제목이 『Homotopy theory(호모토피 이론)』이라 던지는 조크였다. 전문 수학도서임을 뻔히 잘 알면서도.

"수학하고 사랑을 나눌수록 수학을 뼛속까지 알아야 되는데 껍데기만 핥는 수준임을 매번 확인한다니까, 괴롭게시리."

호모라는 단어 자체를 입에 담은 것은 파고다극장에 다녀온 이후 처음 있는 일이었다. 두 사람 다 약속한 건 아니지만 언급 자체를 삼갔다. 무슨 밀약이나 신사협정을 맺은 바도 없다. 다만 문학회의 다른 회원들에게도 기형도와 나는 아무것도 말하지 않았다. 두 사람만의 비밀로 간직해야 여러모로 유리하다는 것은 본능적으로 알았다고나 할까.

"나 중학교 동창 하나가 너랑 미분적분 강의를 같이 듣더라고. 나랑 너가 친한 걸 보고 그러더라. 허승구, 저 자식 진짜 또라이라고. 대담하게도 첫 강의 때 '알간디 교수(무능 교수를 꼬집는 은어)'한테 못 가르친다고 야지리를 놓고 강의실을 박차고 나왔다며?"

덕산독서실 근처에 있는 콧구멍만 한 분식점에서 가정식 백반으로 점심을 해결하고 나오자 기형도가 조심스럽게 말머리를 꺼냈다.

분식집은 덕산독서실 이용자들이 지정해놓고 드나드는 월식(月食) 식당이었다. 단아하게 생긴 아주머니의 음식 솜씨가 얼굴을 닮아 괜찮았다. 깔끔함을 유달리 강조해서 취향에 맞았다. 해서 독서실에 온 이후 웬만하면 거기서 민생고를 해결했다. 평소에는 창서국민학교 학생들을 상대로 떡볶이와 오뎅, 라면 등을 주로 팔았다.

기형도도 가격 대비 먹을 만하다고 한다. 나도 빨리 먹는 편인데 기형도는 나보다 더 잽쌌다. 두 배는 더 빨리 먹는 스타일이었다.

"그래서 말이지, 내가 극구 변명을 해줬어. 폴 매카트니가 자신이 음악을 사랑했지만 학교에서 음악 수업을 좋아했던 적이 단 한 번도 없었다고. 장차 한 가락할 사람이라면 평범한 가르침에 염증을 안 내는 게 오히려 이상하지 않을까 했지."

내가 가만히 있자 기형도가 "잘했지?" 하는 표정을 지었다. 상을 기다리는 소년처럼.

"후꾸(급소) 한방 정통으로 먹였구마는. 내가 좋은 벗을 둔 거 맞네. 나를 씹는 놈 있으면 앞으로도 카운터 펀치를 좀 날려."

나도 처음 들어보는 사례였다. 신선했다. 기분이 좋았다. 근처「별 다방」에서 커피도 사고, 다방을 나와서는 100원짜리 해태「싱글콘」하나도 안겨주었다.

"공연 실황 레코드가 3월 초순 미국에서 발매되어 최근 선풍적인 인기를 얻은 곡이야. 한번 들어볼래? 비 지스의「Too Much Heaven」이야."

싱글콘 하나에 갑자기 유쾌해진 기형도가 내 귀에 대고 속삭였다. 내가 노래를 못할 뿐이지 음악 듣는 것까지 싫어하지 않기에 생음악을 박수로 맞이했다. 이내 기형도가 지나가는 행인들이 가능하면 못 듣게 나와 바짝 붙어서 노래하기 시작한다.

경쾌한 디스코풍이었다.

"이번에는 내 신청곡. '잊자' 하는 노래 있잖아, 왜. 조용필인가 송창식이 부르는."

기형도가 노래를 두 번 반복하는 바람에 우리는 신촌 로터리에서 한일은행(현 우리은행 자리) 왼쪽으로 난 길로 방향을 잡았다. 거기서 이화여대 앞 사거리로 가는 인도는 행인이 거의 없었다. 누구에게 신경 쓸 것 없이 노래하기 딱 좋았다.

"알았어. 송창식이야.「잊읍시다」라는. 하긴, 또 보고 싶겠지. 금발에다 연상인 죽이는 미녀를."

기형도가 의미심장한 미소를 지었다. 일전에 내가 영어 강사와의 벼락사랑을 르뽀처럼 세세하게 전하려고 하자 그가 오른손 검지를 입술 앞에 세우며 이렇게 충고했다.

"도스토옙스키가 그랬어. 내 기억이 틀리지 않았다면 『지하로부터의 수기』일 거야. 거기서 '사랑은 성스러운 거라 둘만의 비밀로 더 공고히 간직해야 한다'고 했거든."

또 이런 어드바이스도 하였다.

"쇼펜하우어도 그랬어. 상대에게 모든 걸 숨김없이 털어놓을 필요는 없다고. 피를 나눈 가족이나 친구들 사이에서도 마찬가지라고. 더구나 우리 모두 따지고 보면 부모님의 억누를 길 없는 성충동이 없었다면 태어나지 않았을 거 아니니. 다시 말해 성충동 그 자체를 가지고 죄의식을 느낄 필요는 없다고 봐."

그날 오스트리아 레스토랑에서 백금녀는 말없이 외치고 있었다. 이 단란한 가족을 해체시킬 만큼 나를 사랑하느냐고? 심각하게 나의 반응을 떠보았다. 진심을, 진정을, 결단을. 나는 식은땀이 나는 뜨거운 질문 앞에 데이지 않으려고 허겁지겁 처신했을 뿐이다. 난생처음 '못

난 놈'이라고 자책하였다.

"이번엔 「나 그대에게 다 준다」 하는 노래 있제. 누가 부르는 것까진 또 모르겠다. 그걸 좀 불러도라."

"「나 그대에게 모두 드리리」겠지."

노래를 시킨 것은 다분히 의도적이었다.

불문과 누나 청을 듣고 기형도 반응을 처음으로 떠보았다. 한데, 아니었다. 생각 이상으로 아주 부정적이었다. 그래도 누나는 집요하게 나왔다. 내가 헛물켠 일로 꽁해 있자 서울대병원 후문 옆에 있는 양식당 「오감도」에서 바닷가재 스테이크까지 사주며 재차 협조를 구해 다시 한번 나선다.

"불문과 누나 말이다. 모든 걸 싸그리 주겠다는데, 못 이기는 척 일부만이라도 받아들이는 거 어떤노?"

"현재로선 누구에게 소유되는 것도, 소유하는 것도 싫어. 내가 누나한테 분명히 말했거든. 선배로서는 보겠지만 여자로서는 아니라고. 사랑은 느낌이지 설득이 아니라고도 했어."

"……"

"허승구를 통해 나를 설득해서 당신의 남자로 만들겠다는 발상 자체가 저급해. 밥맛이라고. 돈으로 사랑을 살 수도 있다는 졸부 생각과 무엇이 다르니? 천박해. '징글러브유'라고. 더 중요한 건, 내 스타일이 아니라는 거야. 연상 연하, 이런 문제를 떠나."

완고했다. 예상보다 훨씬 목곧았다.

"순수한 것도 지나치면 병이대이. 나 같으면 적당한 선에서 타협을 하겠구마는. 누나의 물질을 어느 정도 취한 후에 차도 안 늦잖아."

"이 속물!"

"그래, 나 속물이다, 우짤래? 속물하고 같이 노니까 너도 피차일반 아이가."

"노·노·예스('미상불 그렇다'는 의미)."

"우리 속물끼리 저 속물 영화 한 편 볼래?"

벽에 나붙은 영화 광고지에 「26 × 365 = 0」이란 요상한 제목이 먼저 눈길을 끌었다.

'속으면서 세련돼 가고, 울면서 요염해지는, 여자의 밤 이야기'라는 수식어도 지극히 통속적이라 도리어 재미났다. '꿀을 찾아 꽃잎에 나비가 앉듯이 숱한 사내들이 그녀 둘레에서 춤을 추었다'는 문구와 '프리섹스를 구가하던 한 여대생의 어처구니없는 종말'이란 문구 역시.

여성지에 실린 고백수기를 영화한 것을 우리는 굳이 보러 들어간다. 보지 않아도 다 알 만한 뻔하디뻔한 영화를. 마침 나는 과도한 집중으로 인한 비효율성에 시달렸고, 기형도 또한 무엇에 열중한 바람에 육신을 방임시킬 장소가 필요했다.

이대 앞 사거리에서 서강대 후문 가는 길 중간쯤에 위치한 극장이었다. 「대흥극장」이라는 이름을 가지고 있었는데 외관부터 허름하고 칙칙해서 우리 마음에 들었다. 두 사람 다 가난에 익숙한 탓일까. 골방을 크게 확장해놓은 듯한 극장 안 분위기가 편안하고 안온하게 다가왔다.

영화가 부차적이었음은 영화를 보는 중간중간 같이 자기도, 또 한쪽은 잘 때 한쪽은 게슴츠레 보는 둥 마는 둥하는 식이라, 세 번째 다시 상영을 시작할 즈음에야 자리에서 일어났다. 만일 배만 고프지 않았다면 아마 밤늦게까지 있었을 확률이 높았다. 거기가 어디든 우리 한테는 아무 생각없이 편히 육신을 누일 칙칙한 공간이라도 필요했다. 서로 구태여 말하지는 않았지만.

극장을 나오자마자 '그녀가 탄 윤리의 막차는 왜 $26 \times 365 = 0$이란 죽음의 수학을 창출해 냈는가'란 광고 문구에 기형도가 다가갔다. '0'에 '시(詩)'라고 사인펜으로 낙서해서 나도 덩달아 그 아래에 '소설'이라고 썼다.

그러고는 고픈 배가 더 고파지는 줄도 모르고 두 사람은 오래도록 낄낄거렸다.

4

1979년 5월 16일.

많은 사람들이 '5월 16일' 하면 박정희 혹은 쿠데타라는 단어를 떠올릴 테지만 나에게는 플러스 알파가 있었다. 온통 수수께끼투성이 같은 날이라는. 아무 영문도 모른 채 웨딩드레스 맞춤집들을 질리도록 순례한 날이기도 하다. 이화여대 입구 사거리에서 아현시장 사이에 있는 수많은 웨딩숍들이 그 대상이었다. 갖가지 신부 드레스를 쇼윈도우 밖에서 '아이 쇼핑' 하고 또 하며 왔다갔다할 줄은 예전엔 미처 몰랐다.

"한 번만 더 왔다갔다할래?"

기형도가 심각하면서도 침울하게 부탁했다. 그 때문에 "벌써 다섯 번째 왔다리갔다리했는데……"라는 대꾸를 차마 할 수가 없었다.

기형도가 이날 하루를 통째로 좀 비워놓으라고 부탁한 것은 한 달 전쯤이었다. 해서 약속 장소인 2층 레스토랑으로 갔다. 거기는 이화여대 정문이 한눈에 내려다보이는 곳이었다. 먼저 와서 창가에 앉아 있던 기형도가 전에 없던 행동을 하였다.

"허승구, 오늘 하루만은 내가 뭘 묻기 전에 먼저 질문 좀 안 해줬으면 해. 아무것도 묻지도 따지지도 말고 곁에 있어줘. 행여 내가 광기라도 보이면 좀 말려줬으면 해."

간곡히 손까지 잡았다. 한없이 우울한 표정이라 그래서 더 캐묻고 싶었지만 참았다. 친구니까. 하도 진지하게 나와 그의 어떤 요청이든 들어주지 않을 수가 없었다.

의식하고 보니까 복장도 여느 때와는 다르다. 평소 비싼 옷은 아니어도 은근히 깔끔하게 멋을 내고 다녔는데 오늘은 멋없는 검은색 옷으로 아래위를 통일했지 않는가.

"어제 과외비 받아서 주머니 사정은 좋아. 비싼 거 시켜도 돼. 맥주도 얼마든지. 단 오늘 밤 늦게까지 안 취했으면 해. 원껏 살 터이니 천천히 음미하라고."

다른 날보다 눈에 띄게 천천히 말하면서도 건조한 톤이었다.

그날 오후 내내 기형도가 한 일이라고는 창 밖을 내다보는 일이 다였다. 계절이 5월이라 화사한 차림의 여대생들이 정문을 들고나는 광경을 하염없이 지켜봤다. 에드워드 엘가의 「pomp and circumstance(위풍당당 행진곡)」과 레너드 코언의 「nancy」 같은 기형도 신청곡을 나도 반복해서 들었을 따름이다.

의문과 질문이 꼬리에 꼬리를 물고 입가에 맴돌았지만 이를 억물며 참았다. 최대한 묵묵히 관조했다. 친구로서 하루 정도는 원하는 걸 오롯이 들어주고 싶어 인내력을 십분 발휘하였다. 그렇지만 저녁때 레스토랑을 나와 신부옷을 입은 마네킹에 주목하는 기형도를 보자 더는 참을 수가 없었다.

"대체 와카노?"

"아까, 부탁했잖아. 나를 위해 오늘 하루를 네 인생에서 죽이면, 살해하면 안 돼?"

울기 직전의 목소리라 두 손을 들고 만다. '기형도' 하면 자동으로 '다정다감'이 연상됐는데 오늘만은 정반대였다.

여섯 번째로 다시 반복할 즈음부터는 내 질문을 원천봉쇄할 요량이었을까. '딴딴딴' 하는 결혼식 피아노 반주음을 입으로 끝없이 연주했다. 탄식 같은 읊조림에 가까웠다. 이윽고 어둠이 짙어질 즈음, 트윈 폴리오의 「웨딩 케익」과 샌드페블즈의 「나 어떡해」를 부를 때는 훌쩍이는 어조이더니, 엘비스 프레슬리의 「knockin' on heaven's door(천국의 문을 두드리며)」를 부를 때는 숫제 통곡조였다. 이들 노래들을 마구 뒤섞기도, 반복하기도, 특정 구절을 따로 되씹으며, 무너졌다, 철저히, 한 남자가. 한 젊은 남자가 피를 안으로 토하듯 그로테스크하게 울어 나도 괜스레 콧등이 시큰했다.

몇몇 웨딩숍 주인들은 가게 앞을 줄창 왔다갔다하는 우리 모습이 이상했던 모양이다. 문을 열고 내다보며 "5만 원, 10만 원짜리도 있지만 1만5천 원에 대여 가능한 드레스도 있으니까 들어와서 봐요. 네에?"라고 친절을 베풀기도 했으므로.

그리하여 1979년 5월 16일자 내 달력에는 '수수께끼의 날'이라는 빨간색 펜글씨가 유일하게 첨가됐다.

5

　"새끼 독수리들, 싸랑한다. 살아만 돌아와다오. 선배 누님들 일동."
　"너는 고(苦)팅, 나는 미팅. 모 여학우."
　"너희는 무사히, 우리는 조용히. 1학년 여학생 일동."
　"파트너 안 건드리마, 걱정 말고 다녀와. 엉큼한 복학생 말씀."
　캠퍼스 남서쪽 끝, 축구장 주변에 나붙은 각종 게시물 중 몇 가지만 나열하면 이러했다. 과나 서클, 심지어 이웃 여대 극성파 여학생들까지 나와 환송하였다. 남대문시장이 따로없었다.
　6월 14일, 오늘은 1학년 남학생들 전부 문무대에서 열흘 간 실시하는 「병영집체훈련」을 받으러 떠나는 날이었다. 오전 11시까지 축구장에 집결해서 버스를 타고 출발할 예정이다. 문무대는 남한산성 아래에 있었다.
　"허승구, 성질 죽이고 잘 다녀와."
　해맑은 표정이 일품인 노도순이 나의 팔짱을 끼며 부탁했다.
　"웬 써비스?"
　"열흘 동안 여자냄새조차 못 맡는다고 이 누나가 배려하는 거야."
　"그럼, 이왕이면 포옹 한 번 해주면 안 되나?"
　"거기까진 안 돼. 미래의 니 매형이 알면 화낼 테니깐."

중고등학교 때 절친했던 친구의 누나 노도순이 3학년이어서일까. 여전히 부산 억양이 남아 있었지만 서울말이 제법이다.

"참, 기형도한테도 안부 전해. 어제 보니까, 걔 정말 근사하더라."

어제 처음으로 기형도를 노도순한테 소개시킨 것은 누나가 고기를 사주겠다고 해서였다. 문무대에 들어가면 잘 못 먹는다고 마포에 있는 유명 돼지갈비집에서 포식을 시켜주었다.

노도순 역시 웬만한 성악가 뺨치는 기형도 노래 솜씨 등에 홀라당 넘어간 눈치였다. 노도순과 기형도가 고등학교 때 제2 외국어로 독일어를 했기 때문일까. 경제학도인 노도순과 생각 이상으로 죽이 맞았다. 독일어란 공통분모를 발판으로 교집합 범위를 첫날 치고는 되게 많이 넓혔다. 그 광경을 지켜보는 나의 속이 편치만은 않았다. 이미 불문과 누나한테 한 번 호되게 당한 경험 때문이리라. 사춘기 때부터 계속 좋아한 노도순마저 기형도에게 빼앗기지 않을까 하는 일말의 불안감이 엄습했다.

"승구야, 이것 좀 기형도에게 전해줄래. 차가 막혀 택시를 타고 왔건만 간발의 차이로 정법대생들이 탄 버스가 떠난 거 있지."

노도순과 작별하고서 버스를 탔는데 누가 밖에서 창문을 두드리지 않는가. 불문과 누나였다.

"뭔데예?"

"육포. 미제 육포라서 먹을 만할 거야. 반반씩 나눴으니까 잘 먹어."

"근데 누나, 이걸 형도한테 전하면 걔 졸도할지도 몰라. 걘 열받으면 '형도'에서 '졸도'가 된다 아닙니꺼."

내가 누나한테 농을 던지려다 관두고 구시렁거린 데는 다 이유가 있었다.

지난 5월 21일이었다. 아지트인 문학회 서클룸에서 노닥거리다가 기형도와 나는 학생회관 3층으로 함께 갔다. 문무대 입소생들은 필히 받아야 하는 집단 검진을 받기 위해서였다. 그런데 나는 '이상 무'였지만 기형도는 '이상 유'로 나왔다. 그에게는 뜻밖에 고혈압 증세가 있었다. 간호원이 심각한지 고개를 갸웃거렸다. 전문병원에 가서 진단서를 끊어오면 훈련에 안 가도 될 정도라지 않는가. 일순 기형도 얼굴에 짙은 그늘이 드리워졌지만 애써 헛웃음을 터뜨렸다. 내가 학생회관에서 불과 몇백 미터밖에 떨어져 있지 않은 의과대학 부속 세브란스 병원까지 따라가주겠다고 해도 손사래를 쳤다.

"내가 문무대도 못 갈 정도로 약골로 보이니?"

"아니, 전혀."

"그럼, 됐네요. 아마도 고혈압 재는 기기에 문제가 있을 거야."

그러면서 문무대에 굳이 들어가겠다고 하지 않는가. 나 같으면 절호의 기회로 여기겠다고 해도 그는 미소만 머금었다. "애국자 나셨네"라며 비아냥거렸지만 내가 봐도 외견상 기형도는 씩씩했고 또 건강했다.

이어 공대생들이 탄 버스들도 한 대 두 대 출발한다. 대학을 벗어나자마자 차 안은 이상할 정도로 조용하였다. 불안한 침묵이 문무대에 도착할 때까지 이어졌다. 군대맛을 미리 본다는 각오는 다들 해도 어느 정도 강도일지 몰라 조마조마할 수밖에 없었다.

미상불 문무대 연병장에 도착하기 바쁘게 초장부터 곡소리가 난다. 준(準) 군대가 아니라 완전히 군대였다. 대학생이라고 좀 살살 할 줄 알았다가 큰코 다쳤다. 거칠게, 모질게, 잔머리 못 쓰게, 숨막히게 몰아붙였다. '엎드려 쏴'와 '좌로 굴러, 우로 굴러'는 기본이었다. 김밥말이 같은 심한 얼차려까지 시킴으로써 혼을 빼고 얼을 빼서 학생들을 모두 겁먹은 똥개로 만들려고 하지 않는가.

"저 교관님, 할 말 있심다. 우리가 학생입니까, 군인입니까?"

노도순 당부도 있고 하여 '팩' 하는 성질을 죽이려 애썼지만 교관의 '대가리 박아'라는 명령에 나도 모르게 성이 나 온몸으로 거부하며 큰소리로 부르짖었다.

나의 벼락 같은 땡고함에 연병장이 순간적으로 얼어붙었다. 같은 학우들뿐 아니라 교관들까지 어이없는 돌발사태에 잠시 손을 못 썼다. 나의 강력한 어퍼컷 한 방에 잠시 세상은 정지했다.

"왜 우리가 별 잘못한 것도 없는데 원산폭격까지 받아야 하느냐, 이 말임다. 맨땅에 대가리 처박는 것도 정식 훈련 코스에 들어가 있는지 확인부터 해주이소."

"저 자식이 여기가 어디라고 감히 도그 테이블(개판)을 쳐. 당장 끌고 나와."

일격을 불시에 당한 교관이 정신을 수습하자마자 싸늘하게 지시했다. 교관 명령에 따라 조교들이 우르르 달려들어 분기탱천한 나를 단숨에 제압해서 어디론가로 끌고갔다.

솔직히 두려웠다. 이 길로 곧장 군복을 입어야 할지 모르므로. 보통 비상사태가 아니었다. 미처 못 푼 수학 문제, 미처 못 증명한 대수기하학 문제들이 무엇보다 걸렸다. 자살을 하고 싶었으나 재미나는 수학 문제를 풀고 싶어 결행을 못 했다는 러쎌 말이 진정으로 이해가 간다.

아울러 아직 술맛도 덜 보았고, 더구나 여자맛 역시 그렇지 않는가. 군에 가기 전 해야 할 일은 태산같이 많았다. 앞이 캄캄했다. 스스로 제어가 안 되는, 어디로 튈지 모르는 럭비공 같은 기질이 진절머리나도록 싫다.

"허승구 학생, 지금 당장 군대 끌려갈래? 아니면, 아가리 닥치고 훈련에 임할래? 하나 골라, 당장."

우리 대학 학군단에서 나온 고위 장교가 부하 장교들에게 전말기를 들은 후 나에게 취사선택을 강요한다. 겁박하는 강도가 엄청 세다.

"두 가지 다 거부합니다. 맨땅에 대가리 박기 같은 심한 얼차려가 정식 훈련 과정 안에 들어가 있는지만 확인해주이소. 만일 들어가 있다면 그땐 일단 훈련에 임하겠심다. 그렇지만 나중에라도 반드시 공론화할 요량입니다."

"한 번만 봐주이소"라며 읍소하고 싶은 마음도 한 구석에 있었다. 하지만 당할 땐 당하더라도 한번 맞붙자는 오기가 이를 단번에 제압했다. 위법임이 분명해 보여서다.

"이 자식이 기어이 입영훈련을 거부하겠다고? 꼬장을 더 피우겠다고? 완전히 겁대가리를 상실했구나. 니가 우리 대학에서 그 누구도 못 말리는 꼴통이라는 소린 들었다. 하지만 이번엔 번지수를 잘못 찾았어. 여긴 강의실도, 토론장도 아니야. 준군대야. 너 계속 더 개기면 강제징집 당하는 건 물론이고, 남한산성(군 교도소)에 들어갈 수도 있어. 거기서도 더 개기면 남한산성보다 열 배 더 무서운 국군통합병원 정신병동에 가. 얄짤없어 임마. 거기서는 대부분 복날 개처럼 맞아죽지 않으면 반병신이 돼야 살아 나와. 알기나 해? 허승구, 힘들게 공부해서 어렵게 들어온 대학이니만큼 현명한 판단을 할 줄로 안다. 5분 말미를 주겠다. 알았나, 단 5분!"

6

서울에서 보통열차보다는 약간 비싸고 우등열차보다는 좀 저렴한 장항선 특급열차에 몸을 싣고 3시간 30분가량 달린 후 대천해수욕장 근처의 대천어항(대천항)에서 하루 한두 차례 오가는 여객선 무궁화호(35톤)에 승선한 뒤 파도가 심하게 쳐도 3, 40분이면 너끈히 닿는 곳이었다. 거기가 바로 원산도였다.

이 원산도와 문학회의 인연은 1973년으로 거슬러 올라간다. 당시 영문학과에 다니던 한 문학회 회원의 고향이 원산도 근처라 그리로 놀러 가자고 한 게 계기였다. 그후 해마다 여름방학 때가 되면 떼지어 찾았다. 1979년 7월 문학회 사람들이 어울려서 간 것도 그 연장선상이었다.

"야 이것 참, 면이 안 서게 됐네."

원산도 선촌선착장에서 도보로 반 시간쯤 걸리는 곳에 있는 원산도 해수욕장에 도착하는 길로 조범룡이 뒤통수를 긁적인다.

조범룡의 가벼운 입이 문제였다. 그가 작년에 여기 왔을 때 해변상점을 연 사람과 친구가 됐는데 가기만 하면 모든 게 공짜라고 여러 번 장담했기 때문이다. 처음부터 회원들은 '모든 게 과장'이라고 보았다.

단지 술값만이라도 바가지 안 쓰면 다행이라고 여겼다.

"내 그럴 줄 알았다니까. 짜식의 허풍은 알아줘야 한다니까. 매사 말이 앞서는 놈 치고 무엇을 제대로 하는 놈 못 봤어. 살면서 지금까지."

말이 조금 거칠고 괄괄한 편인 영문학과 선배가 쥐어박는 제스처를 취하며 힐난한다.

"승구를 좀 닮아. 말보다 몸이 앞서는. 아니, 말과 몸이 동시에 움직이는가? 암튼 허세든, 똥고집이든, 잘난 척이든, 독고다이 기질 때문이든, 또라이든 허승구처럼 매사 확실히 해보라니까. 이왕 할 거면. 우리 대학 학군단 장교들과 문무대 교관들을 앗싸리하게 일거에 제압한 것처럼."

철학과 선배 이강환이었다. 성격이 무던하고, 말도 조용조용하게 하는 스타일이라 후배들이 잘 따랐다.

완만한 경사와 깨끗한 수질도 눈에 띄었지만 내 마음에 가장 든 것은 모래였다. 유달리 잘고 고왔다. 부산에 있는 큰 해수욕장들에 비해 규모는 작았다. 하지만 아담하고 만경유리 같아 나름대로 매력 만점인 해변을 넋놓고 감상하고 있는데 이강환이 나를 끌어들인다.

강제징집을 당해 3년 후에나 만날 줄 안 내가 문무대 훈련 기간이 끝나자마자 학우들 앞에 태연히 마중을 나오자 다들 어지간히 놀랐다. 문무대 연병장에서 보란듯이 항거했기에 최소한 반병신이 되도록 구타를 당한 후 처참한 꼴로 최전방에 끌려갔겠거니 했는데 멀쩡히 만면에 웃음을 띠며 나타났으니까.

언제나 광기가 문제였다. 스스로도 통제가 안 되는 광기가 모든 일의 시작이자 끝이었다.

무슨 일이든 입맛에 안 맞으면 '버럭'부터 하는 기질이 문제였다. 일단 일이 벌어지면 죽을 때 죽더라도 죽기 전에 쩍소리나 내고 죽자는 같잖은 신조 역시 못 말렸다. 나 스스로도. 만고불사를 자랑하는 나였지만 장소가 장소인지라 중간중간 많이 두려웠다. 허나 막무가내 기질이 한번 발동되자 우리 대학 학군단과 문무대 관계자들이 쩔쩔맸다. 어느 순간부터 감당이 안 되는 나로 인해 괜히 피보지 않을까 하는 소심증을 보이지 않는가. 못 말리는 또라이 같은 학생 하나 때문에 당신들 신상에, 인생에 금이 갈까 걱정이 된 모양이었다. 은밀히 타협안을 내놓은 걸 보면.

"허승구, 다 좋다. 문무대 입소를 일년 연기하는 쪽으로 정리하자. 사유는 우리 쪽에서 적당히 대마. 갑자기 몸 상태가 안 좋다는 식으로 둘러대면 돼. 이번 소란으로 허승구한테 일체 피해가 안 가게 해주마. 교련 점수도 당연히 괜찮게 나갈 거고. 단 허승구도 이 모든 일을 함구하도록."

"문무대 훈련 면제 아니면 안 응할랍니다."

내친 김에 이것까지 요구하려다 참은 것은 학군단 관계자가 선수를 쳤기 때문이다.

당신들이 먼저 그렇게 해주고 싶지만 내가 공개적으로 항거하는 광경을 다 본 후라 거기까지는 곤란하다고 나왔다. 한마디로 선례를 남길 수 없다는 거였다. 또 차후를 대비할 필요도 있다고 나왔다. 만일 나중에라도 허승구 케이스가 상부기관에 알려지기라도 하면 큰일이라지 않는가. 계급장 떼라는, 심지어 군복을 벗으라는 소리와 똑같다며 오히려 양해를 구했다.

그 정도 선에서 타협에 응하게 된 이유였다.

"……자 떠나자 동해바다로/ 삼등 삼등 완행열차 기차를 타고."

무척 민망했던 모양이다. 조범룡이 밑도 끝도 없이 송창식의「고래 사냥」을 목이 터져라 불러젖히는 것을 보면.

그의 십팔번이「고래 사냥」이긴 했다. 하지만 서해에 온 마당에 굳이 동해로 가서 고래 잡자는 노랫말에 문학회 회원들이 폭소를 터뜨림으로써 용서해주었다. 물거품이 된 그의 호언장담을 없던 일로 깨끗이 돌렸다. 그리고는 본격으로 음주가무 속으로 뛰어든다.

방갈로 텐트에 짐을 부리고서 누가 들고 온「옥스포드」텐트를 갯바위 쪽 모래사장에 쳤다. 옥스포드 텐트는 가벼워 운반이 편한 데다 방수 기능이 뛰어나 해변에서는 인기 품목이었다. 텐트 안에서 일부는 바둑, 일부는 '섰다판' 화투, 나를 비롯한 한 패는 대낮부터 술을 목구멍 속으로 퍼부었다. 일상이라는 지루한 공화국으로부터 탈출한 망명객들답게 허리띠 풀고 맘껏 놀았다.

웅덩이 속 올챙이 떼처럼 붐비는 대천해수욕장과는 달리 비교적 한적해서 무엇보다 좋았다. 가까운 곳에 놀러 온 어느 팀이 틀어놓은 카세트라디오에서는 비 지스, 아바, 이글스, 보니 엠, 스모키 등의 노래가 끊임없이 흘러나온다.

비로소 바닷가에 온 것 같은 느낌이 들었다.

밤이 되자 해수욕장 좌측 야산과 육지가 거의 붙어 있는 것처럼 보였다. 거기서 불빛이 하나둘 보일 즈음에 우리도 저녁을 먹었다. 메뉴는 라면이었다. 장수면. 삼양에서 나온 장수면이 오늘 우리의 주식이

다. 놋쇠로 된 석유버너에 끓인 장수면이 저녁 겸 술안주였는데 그때
껏 먹어본 면요리 중 최고였다. 분명히 설익었는데도 불구하고.

"형도가 문무대에서 만방에 노래 솜씨를 뽐냈다며?"

이강환이 1학년들한테 물었다.

"네, 형. 훈련 중간 휴식 시간에 조교가 노래를 시켰는데, 조교가 노
래 끝날 때까지 계속 쉬게 해주겠다는 소리에, 기형도가 기꺼이 희생
정신을 발휘했지요. 형도가 동료 학우들을 쉬게 해주기 위해 목이 쉴
때까지 수십 곡을 메들리로 불렀다 아닙니까. 기형도가 카수 이상으
로 잘 부르자 조교도 즐겼지요."

기형도와 같은 정법대 A반이라 일거수일투족을 매사 함께할 수밖
에 없는 권진호였다.

"오늘은 사역이나 노동으로서의 노래가 아니라 형도도 즐기면서 한
번 해볼래. 우리가 그만 하라고 할 때까지. 일테면 '기형도 리사이틀'
을 해보라는 거야. 자아, 박수!"

누가 언제 시켜도 절대 빼는 법이 없는 전천후 가수 기형도답게 흔
쾌히 응했다. 코펠에 조금 남은 장수면 국물까지 아까워 마저 마시고
서 일어난다.

버릇대로 주머니에 두 손을 찔러 넣고 허리를 약간 굽힌 채 눈부터
감았다.

"승구야, 형도 저 표정, 이 구절과 왠지 닮은 것 같지 않니?"

같은 1학년 누군가가 들고 있던 책의 어떤 페이지를 폈다. '여름철
바닷가 저녁은 언제나 세계의 종말과 같은 장엄한 표정이다'라는 대
목에 밑줄을 쳐놓았다. 카뮈의 『유고(遺稿)』에 나오는 구절과 아닌 게

아니라 기형도 얼굴이 닮았다. 그런데 분위기를 잡아주지 않는다고 느낀 기형도가 다시 눈을 뜨며 "장엄의 미학이라면 칸트도 이야기했지"라는 말로 퉁을 준 후, 한껏 장엄한 표정으로 부른 첫곡은 「에덴의 동산」이다. 바리톤으로.

그다음부터는 반전이 일어났다. 한 사람 안에 온갖 종류의 새가 들어 있음을 증명했으니까. 시종 상쾌하게 그리고 유쾌하게 지저귀었다. 노래가 아니라 새소리를. 근처에서 놀던 사람들도 많이 다가와 기형도 노래에 탄복한 것을 보면 내 기분이 아니라 다른 사람 귀에도 그렇게 다가온 듯하다.

완벽한 원맨쇼였다. 기형(亨)도보다는 기흥(興)도란 이름이 더 어울렸다. 기형도가 음주가무탕(湯)을 뜨겁게 끓이자 우리 모두 각자가 준비한 양념을 쳐가며 냄비가 탈 때까지 즐기고 또 즐긴다.

젖 먹던 힘까지 다 빼자 다시 어느 패는 바둑과 화투에, 어느 패는 시국을 토론했다. 캠퍼스에서 시국에 관해 입 한번 잘못 놀렸다가는 고초를 겪기 때문일까. 한 선배가 1975년 이후를 '긴급조치 9호에 의한 통치시대'로 규정하며 '언제까지 대통령이 직업인 나라에 살아야 하느냐'고 울분을 토하자, 여기서 저기서 독재타도 소리가 터져나왔다. 그동안 근질거린 입청소를 하겠다고 앞다투어 나섰다.

그때 이강환이 떨치고 일어난다. 그는 군부독재 타도는 타도대로 할지라도 한국사회를 구조적으로 바꾸려면 노동운동에 주목해야 한다고 강조하였다. 경기도에 있는 「삼화왕관」이란 병마개 제조회사의 노조 파괴 사건을 필두로 어용 노조, 유령 노조 등의 사례까지 들어가며 침을 튀겼다.

얌전하게 생겨 노동현장과는 거리가 구만리인 듯한 이강환이 노동 문제를 감미로운 샹송처럼 말랑말랑하게 이야기해 경청할만 했다. 하지만 어느 순간부터는 남의 문제가 아니라 나의 문제로 돌아와 있었다.

대학을 옮기느냐 마느냐의 문제가 발등에 떨어진 벽돌이었다.

1학년 1학기 성적은 보나마나였다. 교련 이외에는 거의 F학점이 틀림없다. 『일반물리학』이나 『전자계산』 같은 교과목은, 출석은 불량이지만, 두 번 중 한 번 꼴로 시험을 봐 D학점 정도는 기대할 수 있었다. 허나 그 밖에는 전부 기대난망이었다. 『영어』만 백금녀가 특수한 관계를 감안해 D학점, 아니 파격적으로 A학점을 줄지도 모른다는 일말의 기대가 있기는 했다.

"어이, 한국의 베토벤. 자네 표까지 내가 끊었다니까. 안 갈 것 같아서."

기형도가 일전에 불쑥 찾아와 베토벤이 물불을 가리지 않고 폭발하는 성격이었다고 말하며 원산도로 놀러 가자고 손을 끌었다. 나는 그때 신촌 덕산독서실에서 대수기하학의 특이점 관련 문제와 씨름하다가 쉬는 시간마다 반수를 하느냐 마느냐의 문제로 골머리를 앓았다.

대입학원 종합반 수강료가 월 1만 5천 4백 원 아닌가. 부담스러웠다. 돈도 돈이지만 또다시 암기 과목들이 괴물처럼 으스스하게 다가왔다. 운 좋게 한 번 극복했다고 해서 다시 자신감이 생기지는 않았다. 단 하루라도 마주치기를 뒤로 미루고 싶을 따름이다. 그만큼 악몽이었다. 핑계김에 "그래, 일단 조금 더 놀고 보자"는 회피 전략을 썼다. 대학에서의 마지막 야유회로 여기고 기형도를 따라나선 데는 이러한 속사정이 있었다. 바닷가의 낭만적인 분위기를 이용하여 지난 5월 16일의 수수께끼를 풀자는 의도도 다분히 작용했다.

하지만 기형도는 틈 자체를 주지 않았다. 언제가 될지 모르지만 마냥 기다리는 것만이 유일한 답으로 다가왔다. 그 문제에 관해 형도가 보인 태도가 이를 웅변하였다.

한쪽에서는 문학회답게 시 이야기를 하고 있었다. 말라르메의 「바다의 미풍」과 서정주의 「바다」를 놓고 갑론을박했으나 오늘따라 시시했다. 바둑과 화투는 원래 흥미가 없고, 노동운동과 학생운동 같은 경우 관심은 지대하지만 자칫 잘못하면 거기에 열정을 쏟을 것 같은 불안감에 애써 외면하는 중이고, 술마저 아무리 마셔도 취하지 않아 홀로 떨어져 모래사장에서 뒹굴었다. 도니는 것마저 어느새 지루해 챙기고 온 수학 논문 복사물을 플래시로 들여다보았다.

"point-set topology라면 점집합 위상수학?"

어느새 기형도가 다가와 복사물을 빼앗는다.

"응."

"이걸로 뭐 하자는 거지?"

"굉장히 많아. 교과서식으로 설명하면. 허승구식으로 짧게 노가리를 까면, 이게 중요한 건 이 모래 알갱이들 때문인기라."

내가 유달리 작고 고운 모래 한 줌을 움켜쥐며 말했다.

"……"

"지구를 지구 밖에서, 일테면 명왕성이나 해왕성 같은 데서 바라보면 어떻게 보일 것 같노? 한 점으로밖에 안 보여. 마치 이 작은 모래 알갱이처럼. 어쩌면 이 우주 역시 우주 바깥에서 어떤 존재가 보면 한

점으로 보일지도 모르는 일. 내가 주목하는 포인트가 여기 아이가. 지구와 우주를 제대로 보려면 점집합 위상수학 같은 지식이 반드시 필요하다는 거야. 죽음 역시 마찬가지. 종교에서 말하는 헛소리 싹 집어치우고, 현재까지의 과학기술이 밝힌 분명한 사실 하나는, 인간이 죽으면 원자로 돌아간다는 건기라. 원자라는 무한히 작은 점들로.”

“……”

“종교라는 이름으로 헛소리를 안 하려면 이 같은 근본 지식이 반드시 필요해. 수학은 인간이 만든 지식 가운데 유일하게 폐기되고 수정되는 게 아니라 축적되는 지식이니까.”

“우리가 우주 바깥을 상상할 수는 있지만 벗어날 수는 없다고 들었는데. ‘빅뱅’이 그걸 가르쳐준다고 천문학자들이 말하는 거 같던데. 다시 말해, 손바닥은 손등을 못 보고, 손등은 손바닥을 못 본다는 말처럼 어쩌면 우주에도 이 역설이 통할 수도 있잖아? 칸트가 말한 ‘물 자체(物 自體)’처럼. 신이나 창조주가 인간의 인식능력 바깥에 있다고 칸트가 보았듯 우주 역시 어쩌면……”

“나 역시 똑같은 고민을 하고 안 있나. 내가 대수기하학이란 특수 망원경으로 우리 우주와 다른 우주 사이가 우리가 거울을 볼 때처럼 대칭 관계인지, 아니면 정육면체와 정팔면체처럼 쌍대 관계인지, 그도 아니면 손바닥과 손등 관계처럼 어떤 근원적인 한계가 있는지를……”

그때였다. 어디선가 비명에 가까운 절규가 들려온 것은.

“강환이 형, 죽으면 안 돼!”

조범룡이 바다 쪽에서 원시적으로 부르짖는 소리가 귀청을 찢었다.

그 즉각 반사적으로 우리는 심원하고 현미한 추상세계에서 예기치 않게 벗어났다. 절박하고 구체적인 현실세계가 우리를 기다리고 있었다.

노동운동에 대한 문학회 회원들의 무시? 아니면, 단순 우울? 취기로 인한 객기? 그도 아니면, 제3자가 알지 못하는 무엇 때문인지는 당장 확인할 길은 없다. 분명한 사실 하나는 자살 소동이 쇼가 아니라는 점이었다. 진짜였다. 한 회원의 죽느냐 사느냐 문제 앞에서 나머지 회원들은 앞뒤 가리지 않고 필사적으로 바다에 뛰어들었다.

몸이 영원히 식기에는 아직은 뜨겁디뜨거운 나이였으므로.

신촌 별곡

외딴 공간

1

"216이 왜?"

기형도가 막무가내로 나왔다. 중앙도서관 2층 자연과학 참고도서 열람실에서 수학 저널에 빠져 시간 가는 줄 모르는 나를 밑도 끝도 없이 끌고 왔다. 중앙도서관 바로 뒤에 위치한 2층 건물 장기원기념관 내 강당이 목적지였다.

1980년 1학기 개강을 앞둔 2월 말이었다. 무슨 학회가 조금 전에 끝나서일까. 조용했다. 아담한 장기원기념관 안팎이 침묵에 잠겨 있었다.

"생각 안 나, 허승구?"

수위 아저씨에게 양해를 구하고서 강당 안 불을 밝히자마자 기형도가 나를 특정 의자 앞으로 안내한다.

"뭔 생각? 216이, 수학에서 말하는, 6번째 세제곱수임을 말하는 건 아닐 거고……"

강당의 연석 안락의자에는 특수기록판이 부착되어 있었다. 그 안락의자 끝번호가 216이었다. 아마도 특강이나 집회에 편리하게 활용할 목적으로 설치해놓은 듯했다.

"벌써 여러 번이야, 내가 이 자리에 앉은 게. 작년 대학에 입학한 이후 각종 행사, 세미나 등에 참석할 때마다 이 자리에 끌린 거 있지. '연세문학의 밤' 때도."

"……"

"정말 아무 생각이 안 나니?"

"내가 기억력이 좀 안 좋긴 해. 중고등학교 때 암기과목 성적이 다른 과목에 비해 유달리 안 좋았으니까."

"우리가 첨 안면 튼 다음 날, 봉원사에서 왜 이상한 영감님 만났잖아. 그래도?"

그제야 생각난다. 그날 이후 까마득히 잊고 있었다. 기형도가 자신의 음력 생일이 2월 16일이라고 하자, 영감 왈, 건의 책수가 216이고, 기형도의 '형'이 6과 관련 있다고 한 장담을.

"여태 그 헛소리를 맘에 담아두고 있었더나?"

"나도 웃어넘기려고 했지. 한데 그게 생각처럼 잘 안 되더라고. 잊으려고 하면 할수록 더 생각나는 역설의 함정에 내가 빠지고 말았지 뭐야. 백팔번뇌 두 번이 216에는 녹아 있니, 내가 하늘을 상징하는 누구의 환생이니 하는 소리가 가끔씩 내 머릿속을 어지럽힌다니까."

"그 정도 우연은 찾아보면 너무 흔해, 이 친구야. 기형도, 잠깐만. 갑자기 죽이는 구라가 떠오르는 거 있제. 216이란 수가 부착된 이 안락의자 위를 봐."

　마침 그 형광등만 약간의 주기를 두고 미약하게나마 깜박이고 있었다. 심하지는 않아 의식하고 주목하지 않으면 모를 정도였다.

　"형도도 잘 안다고 봐. 전기에서의 DC(직류)와 AC(교류) 차이 정도는. 중고등학교 시절 배웠을 테니까. 그럼, 자아 긴 주기로 미약하게 깜박이는 저 형광등을 교류로 밝힌다고 가정해봐. 나도 저 형광등이 정확히 교류인지 직류인지는 확인 안 해봐서　잘 몰라. 만일 교류의 주파수 50헤르츠(Hz)로 불을 밝힌다면, 1초 사이에 정확히 1백 번 전기가 끊어져. 교류는 전류의 방향이 주기적으로 바뀌기 땜에 전류가 0, 즉 제로가 되는 순간이 있다 아이가. 이때 어떤 전기 제품이든 순간적으로, 잠시 잠깐 작동 안 해. 죽는다고. 꼴까닥한다는 소리. 하지만 완전히 깜깜해지지 않는 이유는 형광등의 발광 메카니즘 때문이니라. 빛을 어느 정도 지속시키는. 내 말의 요지인즉슨, 이 형광등처럼 우리 인간 역시 실은 죽고 또 죽지만 거시적으로 보면……"

　"그럼, 형광등 세계라는 윤회에서 벗어나 백열전등이 된 사람이 석가모니다, 이 이야기인가?"

　"……"

　"그렇다면, 나의 전생은 누구일까? 그때 영감이 그랬지. 하늘을 상징하는 사람 누구의 부활이 나라고. 하늘을 상징한다면 하느님일 테고, 그 부활이라면 하느님 자신은 아닐 테니, 하면, 혹 예수?"

　이 대목에서 나는 그만 폭소를 터뜨리고 만다.

2

"하여간 우리 허승구 술욕심 하나만은 알아줘야 한다니까!"

내가 대학 코앞 구멍가게에서 지난달 처음 출시된 「캡틴큐(Captain Q)」한 병을 사서 가방 안에 넣자 기형도가 혀를 찼다. 어젯밤 친구네에서 거나하게 마신 후 자고 나와 모처럼 함께 중앙도서관으로 가는 길이었다.

돈은 없지만 빨리 취하고는 싶고, 그렇다고 싸구려 술은 싫을 때 딱 어울리는 짝퉁 양주가 캡틴큐였다. 소주에 양주 향을 가미한 맛인데 안주가 마땅찮을 때 마실 만했다. 특히 교내에서 술이 당길 때 한 모금씩 마시기 좋아 캠퍼스에 들어서기 전에 웬만하면 챙기는 편이었다.

"영영사전을 보는 것 있지."

횡단보도 앞에서 허름한 차림의 아저씨가 장승처럼 우두커니 선 채 책만 골똘히 들여다보고 있지 않은가. 약간 맛이 간 사람으로 보였다. 하는 짓이 눈길을 끌어 내가 다가가서 엿보았다.

"엉뚱하네, 영영사전은. 허나 쇼펜하우어도 그랬거든. 아무것도 모르는 듯 보이는 사람이 뜻밖에 가장 뛰어난 지식을 갖고 있을 수도 있노라고."

"그런 인간을 도교나 풍류도에선 뭐라 하는 줄 아나? 시은(市隱)이라 안 하나. 세상을 피하여 산으로 가는 대신 거꾸로 속세인 시중(市中)의 일반인으로 위장해서 숨었다고 하여."

"허승구가 어떻게 그런 걸?"

"우리집 꼰대께서 자칭 타칭 조선 선맥(仙脈)을 잇는 누구누구라며 자부심이 대단하거든. 문제는 아무도 알아주지 않는다는 것. 자연히 입만 열면 풍류가 어떻니, 노장(老莊)이 어떻니, 은사 누가 어떻니, 맨날 짬만 나면 떠들어서 듣기 싫어도 들을 수밖에 없었니라. 내가 어려서부터 본 게 우리 꼰대의 죽림칠현 흉내이니 말 다했제. 그 신선놀음에 질린 사람 1번 타자가 우리 어머니이고, 2번 타자가 바로 장남인 나니라. 내가 군이 공대에 온 데는 문과 공부를 잘못했을 때의 적나라한 폐해를 우리 꼰대를 통해 지켜봤기 때문 아이가."

"우리 아버진 유교 쪽이야. 내가 유교 경전에 비교적 익숙한 건 그 영향이지. 하지만 언젠가부터 형식에 치우친 유학보다는 노장이 나를 더 흔들어서 틈틈이 들여다보는 편이야."

욕하면서 배운다고 했던가. 아버지한테 귀가 닳도록 들은 소리 대부분이 『도덕경』,『열자』,『회남자』,『문자』,『장자』 등에 실려 있어 책을 따로 읽을 필요가 없을 정도였다.

의외의 대목에서 우리는 공통근, 공통접선을 발견했다. 아주 신났다. 중앙도서관으로 가는 길에 턱이 아플 때까지 '이빨 깐' 것을 보면.

노상 아버지는 '하늘을 지붕 삼고 땅을 요 삼아/ 마음 가는 대로/ 앉으면 술잔 들고/ 걸으면 술항아리 안았네./ 술에만 마음을 빼앗겼나니/ 어찌 다른 것을 알리오'[22]라고 흥얼거리거나 '한 번 시작하면 삼백 잔은 마셔야지'[23]라고 주절거리거나 '용을 잡고 봉(鳳)을 구워 진종일 마시고'[24]를 콧노래하는 파락호 생활을 오래도록 이어갔다. 결국 내가 중학교 3학년 때 술병이 크게 도졌다. 장기 입원하게 되자 집안이 절딴났다. 기둥뿌리가 몽땅 뽑히고 서까래마저 남아나지 않았다. 엉망이었다. 그 당시 국민학교 6학년이던 남동생 같은 경우 중학교 진학마저 포기할 정도였으니까. 나 역시 어떻게든 학업을 계속하려면 돈을 벌어야 했다. 해서 신문배달 자리 등을 알아보았다. 그때 단짝이던 노도순 남동생이 나섰다.

"아버지, 아버지 제자인 대학생 형님보다 제 단짝 친구인 허승구가 당연히 수학을 잘 모르겠지예. 하지만 제가 대학생 형님한테 배우는 것보다 허승구한테 가끔 배우는 게 훨씬 더 머리에 잘 들어옵띠더. 만일 제 수학 성적이 안 오르면 그때 가서 허승구를 짜르더라도 일단 한 번 시켜주이소. 네에! 무조건 반대부터 하지 마시고 실력이나 한번 테스트해보고 난 다음에 판단하이소."

노도순 아버지는 부산 시내에 있는 모 대학 물리학과 교수였다. 단짝이 나의 사정이 딱함을 알고 선심을 썼다.

비록 전체 성적으로는 반에서 1등을 거의 못 해도 수학 하나만은 달랐다. 이미 고등학교 자연계 수학 정도는 혼자서 죄다 뗄 정도로 마니아였기 때문에 학교에서 나를 당할 아이는 없었다. 당신의 테스트를 무사히 통과할 수 있었던 것은 이 같은 배경이 있어서다.

단짝 친구와 노도순 그리고 그 아버지의 세심한 배려가 없었다면 나는 아마도 진작에 학업을 포기하고 부산 사상공단 혹은 서울 구로공단 노동자가 됐으리라.

3

"오빠, 자?"

신촌 덕산독서실에서 수학이란 바다에 뛰어들어 육체를 극한까지 내몰다가 도저히 더는 못 버틸 상황이 오면 삼청동 자취방으로 와 등이 아파 더 이상 못 누워 있을 때까지 늘어져 자는 게 작년 4월 이후부터의 생활 패턴이었다. 숙면을 위해 간혹 '빼갈' 같은 값싼 독주의 힘을 빌리기도 했다.

"용녀냐? 들어와. 일어날 때 됐니라."

육촌 여동생 허용녀가 자취방으로 찾아와 노크를 하였다. 탁상시계를 보니 오후 3시였다. 어젯밤 8시경에 잠자리에 들었으니까 그만하면 어지간히 잔 셈이다.

"덕산독서실로 전화했더니 총무가 자취방으로 갔다고 해서 아까 점심때 와봤어. 그런데 내가 아무리 깨워도 정신없이 자더라."

"뭔 일 있나?"

"엄마가 곰탕 끓였다며 오빠한테 좀 갖다주라고 해서. 소고기 수육하고."

"때 맞춰 잘 왔네. 안 그래도 속이 쓰려 국물 생각이 간절했다 아이가."

허용녀 어머니, 그러니까 당숙모는 나를 애초에는 반신반의했다. 내가 중고등학교 때 수학경시대회에 몇 번 나가 우수한 성적을 거둔 만큼 실력 자체를 의심하지는 않았다. 문제는 자세였다. 숙취가 해소되지 않아 음주과외를 하는 날이 늘어나자 불만이 많았다. 당사자인 허용녀가 내 역성을 들지 않았다면 모르긴 해도 가정교사 노릇을 오래하지 못했으리라.

1980년도 대학입시에서 허용녀는 지옥맛과 천국맛을 동시에 본 경우였다.

올해 Y대 입시요강의 주특징은 정원 50%를 예비고사에 의한 무시험 특차 선발이었다. 새로 도입한 무시험 특차는 본고사를 보지 않는다는 데 장점이 있었다. 그 때문에 재수가 두려운 여학생과 삼수생 신세가 겁나는 재수 남학생한테 특히 매력적인 제도였다. 해서 예년 같았으면 S대에 지원했을 예비고사 고득점자들이 대거 몰려들었다. 자못 열기가 뜨거워진 데는 예비고사가 작년에 비해 상대적으로 쉽게 출제된 영향도 한 몫했다. 340점 만점에 300점 이상을 받은 고득점자들이 50여 만명의 수험생 중에서 4천 명을 상회하였으니까. 변수였다. Y대 입학 정원의 50%라고 해봐야 1천 명을 약간 웃도는 수준 아닌가. 따라서 300점 이상을 받고도 물먹는 수험생이 많이 나온다는 이야기였다.

허용녀가 성적이 어느 정도 잘 나와 Y대 의예과는 붙을 줄 알았다. 하지만 결과는 낙방이었다.

"승구 오빠, 형도 오빠가 그러는 거 있지. 내 이름이 허용녀임을 알고 '쉬운 여자'가 아니라 '용이 될 여자임을 허하노라'는 뜻이니까, S대 본고사 쳐서 들어가라고. 오빠가 그랬다며, 본고사 대비하려고 일본 수학책 『미적분학 예제연습』[25]은 물론이고, 일본 대학 웬만한 입시 문제들까지 섭렵했지 않느냐며 자신감만 가지면 문제가 없다고 하는 거 있지."

Y대 의예과 특차에 간발의 차로 떨어진 것을 확인한 순간, 곁에 있던 기형도가 슬그머니 다가와서 이렇게 위로하더라지 않는가. 내가 오래 가정교사를 한 관계로 기형도가 용녀와 눈인사는 이미 여러 번 한 상태였다.

　그 위로에 큰 힘을 얻은 모양이다. 자칫 잘못했으면 기형도 가슴에 얼굴을 파묻고 울 뻔했다는 소리까지 한 것을 보면.

　"나 형도 오빠, 좋아해도 될까?"

　S대 의예과에 본고사를 거쳐 당당히 붙자마자, 용녀가 나에게 조심스럽게 한 첫 발언이었다.

　"나야 뭐, 서로가 좋다면, 오케이 아이가."

　친구 누나 노도순과 기형도가 죽이 맞아 은근히 신경이 곤두서 있지 않는가. 그런데 만일 허용녀와 기형도가 사귄다면? 그보다 더 좋은 시나리오가 없었다.

　"당숙모님께 고맙다 전하거라, 꼭."

　허용녀가 보란 듯이 알아주는 대학에 붙자 당숙네에서 나의 몸값이 치솟았다. 본고사 수학 문제를 내 덕에 원하는 만큼 풀었다고 허용녀가 고하는 바람에 여고 2학년인 용녀 동생 가정교사 자리도 꿰찼다. 최소한 2년간의 생활비가 확보되어 기분이 그야말로 째졌다.

　"알았어, 오빠. 그런데 형도 오빠, 가족 관계가 어떻게 돼?"

　"내 이름으로 말하는 건 반칙이제. 궁금하면 니가 데이트하며 직접 알아보람. 알았나, 이 가시나야."

　곰탕과 수육을 즐기다가 수저로 찌르는 제스처를 취했지만 따지고 보니까 가족사항에 대해 아는 게 없었다. 기형도가 스스로 말한, 국민학교 2학년 때인가 3학년 때 아버지가 양주를 컵으로 마시다가 중풍으로 눕게 됐다는 기초적인 사실 말고는 세세히 아는 게 하나도 없다. 그제야 지난 1년간 가까이 지냈음에도 집 한 번 가보지 않았다는 데 생각이 미친다. 서로가 소소한 신상에 관해서 그다지 관심을 기울이지 않은 결과이기는 해도 좀 과하다 싶었다.

4

삼청동에서 출발해 안양이 종점인 104번 버스를 탔다. '유진운수'라는 회사에서 운영하는 버스임을 광고할 목적이라면 소기의 목적을 달성한 듯하다. 유진운수라는 회사명이 유달리 눈에 박혔으니까.

도심 풍경에 하릴없이 눈을 주다가 심드렁해져 가방에서 책을 꺼낸다. 『플라톤』이었다. 기형도가 작년 여름방학 때 「일신서림」이란 대학 앞 서점에서 직접 사서 선물한 도서였다.

"수학 마니아인 너한테 딱 어울리는 책 같아서 골랐어. 수학자이자 철학자인 화이트헤드가 그랬단다. 역대 서구인 중 가장 뛰어난 정신의 소유자가 플라톤이라고. 허승구가 빠져 있는 수학세계의 근원은 물론이려니와 에센스(essence: 본질)도 논하고 있으니만큼 도움이 될 거야."

기형도가 플라톤을 선사하기 전까지만 해도 나는 플라톤을 솔직히 전혀 몰랐다. 중고등학교 때 시험 때문에 플라톤 저서로 『국가』 등이 있음을 달달 외운 게 전부였다.

아무것도 모르는 백지 상태에서 접한 플라톤의 도저한 사유는 엄청났다. 산골짜기에서 웅덩이와 연못 정도만 보다가 부산에서 바다를 처음 보았을 때와 같은 느낌이랄까. 굉장했다. 한 문장, 한 단락이 생각거리를 무진장 던져주었다. 특히 수학 원형, 수학 신화가 좋았다. 『파이돈』에서의 크고 작은 것에 대한 사유, 『티마이오스』에서의 삼각형과 정다면체[26]에 대한 사유 등에 혹하였다.

흔들리는 차 속에서 책을 보자니 눈이 어지러워 도로 책을 덮으려는데 무엇이 떨어진다. 편지였다. 겉봉 주소를 보니 '경기도 시흥군 서면 소하리 701-6. 기형도' 아닌가.

반수를 해서 대학을 옮기려는 나를 주저앉힌 문제의 편지였다.

동시대를 사는 나의 소중한 친구, 허승구에게

안녕하신가?

먼저 자네에게 고백부터 해야겠네. 용서를 구할 일이야. 내가 실은 오랫동안 나의 소중한 벗을 오해했다는 것부터 밝히겠네.

나는 허승구가 사춘기를 겪기 전의 소년기에 머물러 있는 게 아닌가 의심했어. 왜냐하면 천방지축, 예측불가가 그 시기 특징이니까. 거기다가 청소년기의 충동성과 즉흥성 또한 너한테서 수시로 분출되었기에 하는 말이라네. 승구도 인정하리라 믿어. 자기의 말과 행동이 뜬금없었다고. 또 비논리적이고, 비상식적이었다고. 그래서 몸은 청년이지만 머리는 청소년기에 머물러 있다고 의심했지. 만약 이것이 아니라면 허승구는 쇼맨십의 대가, 퍼포먼스의 대가, 허구적 언사와 허구적 행동을 습관처럼 즐기는 허구적 인간이라는, 좀 과한 생각까지 하였다네.

하지만 한 학기 죽 지켜보면서 내린 결론은 오해라는 거야.

결정적 계기는 조범룡 선배가 제공했어. 평소 후배를 잘 씹는 조 선배가 '시 한 수' 혹은 '소설 한 편' 안 쓰는 인간이 문학회에 적은 왜 걸어두느냐고 비아냥거렸지. 이에 허승구가 대응하는 모양새가 처음에는 무모해도 너무 무모하게 보였단다. 허승구가 머릿속에 단편소설이 수십 편, 장편소설이 여러 편 들어 있어서 그걸 종이에 바로 옮기기만 하면 된다고 큰소리칠 때만 해도, 백 퍼센트 나 역시 뻥이라고 보았거든. 한데 원산도에서 아무 준비도 안 된 상태에서 하룻밤을 꼴딱 세워 2백자 원고지 90여 장을 메우는 것을 보고, 두 손 두 발 다 들었다. 즐겁했어. 문장이 어설프고, 구성이 느슨했지만 단편소설로서의 구색을 어느 정도 갖춘 작품을 쓴 게 나한테는 대단하게 다가왔다. 처음과 끝을 잘 조직화하는 부회(附會)²⁷ 테크닉만 적절히 연마하면 천상천하도 될 수 있겠더라고. 괴물이 아니고서야 어찌 이런 일이! 승구가 어려운 수학 문제를 풀거나 증명했을 때보다 더 존경스럽더라고. 특히 집중력과 순발력이 돋보였어. 오죽하면 평소 승구를 하시하는 조범룡 선배도 문청(문학청년) 기질 하나만은 인정했겠니. 톨스토이가 예술은 배워서 하는 게 아니라는 말에 긴가민가했는데 비로소 고개를 끄떡였어. 예술을 배워서 할 정도면 차라리 안 하는 게 낫겠다는 생각을 널 보면서 했다니까.

이로써 나는 최종 결론을 내렸어. 허승구에게는 즉성(卽性)이 있노라고.

나는 사람에게 로고스(이성), 누스(nous: 지성), 감성, 야성 등이 있는 줄은 알았어. 하지만 즉성이 있을 수도 있겠다는 생각이 자네를 보고서야 처음으로 들었다네.

곰곰 생각해보았더니 승구의 행동거지 모두를 즉성이란 꼬챙이로 다 뀔 수 있겠더라고. 죄다 즉성으로 일관되어 있더라는 이야기야, 진실로 친구여. 수학을 대하는 자네 태도만 봐도 그래. 기억이 날지 모르겠다만 승구가 언젠가 술에 취해 말했어. 어떤 수학 문제든 보는 즉시 풀리겠다는 느낌이 오면 아무리 어렵고 복잡할지라도 결국 풀린다고. 하지만 곧장 어떤 느낌이 오지 않으면 아무리 골머리를 싸매도 못 푼다고 했으니만큼. 이 논법이 여자에게도 그대로 적용될 듯싶어. 사실 남녀 사이 관계도 오랜 시간 만난다고 관계의 성격이 정해지는 건 아니거든. 통상 불과 몇 초 안에 애인이 될지, 친구가 될지, 그저 아는 사이가 될지 판가름나니까.

남들은 객기 혹은 광성(狂性)이라고 폄하할지 모르지만 적어도 나한테는 허승구가 즉성 소유자로 다가와. 우리의 즉성대왕(大王)을 2학기에도 캠퍼스에서 볼 수 있을라나. 어쩐지 못 볼 것 같은 불안감이 왜 들까. 나의 수성(受性)이 너무 예민한 탓이 아니기를 바라네.

허승구의 직선적이고 동적인 스타일과 나의 곡선적이고 정적인 스타일, 허승구의 저돌성과 나의 감수성, 허승구의 집중력과 나의 사변력(力), 허승구의 즉성적 논리와 나의 논리적 감성이 잘 어우러지면 멋진 하모니가 연출될 것 같지 않니?

허승구의 막행(行)과 막주(酒), 막수(數)와 막문(文)을 1979년 2학기에도 볼 수 있기를 고대한다. 키에르케고르가 『Either/Or: 이것이냐, 저것이냐』에서 강조한 게 선택이야. 아무쪼록 현명한 선택이 있기를. 내가 키에르케고르 말처럼 감탄문 끝에서 어색하게 꽂혀 있는 !처럼[28], 부디 되지 않기를!

물론 '완전히'는 아니었다. 허나 '반쯤'은 스스로도 미쳤다고 인정하는 편이다. 그런데 기형도가 나의 광기를 '즉성'이라는 멋진 포장지로 감쌌다. 그것은 감격이었다. 울먹울먹해질 정도였다. 맨 처음이었다. 나를 제대로 인정하는 친구를 만난 것은. 또 남자가 남자를 흔들 수 있음을 확인한 것은. 그런 친구가 있는 대학하고 등지는 문제에 본격으로 제동이 걸렸다.

하지만 든든한 친구 한 명의 힘만 가지고 대학을 더 다니기에는 상황이 아주 고약했다. 학점이 나빠도 너무 나빴다. 모르면 모르되 대학 통틀어 가장 성적이 나쁠 확률이 높았다. 20학점을 신청했다가 겨우 5학점만 간신히 취득했으므로. 1학점짜리 『교련』과 『전자계산』, 3학점짜리 『일반물리학』만 가까스로 학점을 받았다. 그 나머지 다섯 과목은 모조리 F였다. 입학할 때는 성적이 우수하다고 등록금 전액을 면제받았기 때문일까. 평량평균 4.0 만점에 3.0 이상 성적만 유지하면 공짜로 대학을 다닐 수도 있었지 않는가. 급전직하에 가까운 추락이 더 견디기 괴로웠다.

특수한 관계를 고려해 혹시 학점을 잘 줄지도 모르겠다고 여긴 『영어』에서의 F가 특히 사람을 곤혹스럽게 만들었다. 뼈아팠다. 백금녀가 사(私)는 사, 공(公)은 공임을 선언한 측면도 있지만 그만큼 나에 대해 냉정해졌다는 선포로 다가왔다.

기형도가 작년 여름방학 때 장문의 편지 한 통만 달랑 보낸 것은 아니었다. 1978년 대한산악연맹에서 북극으로 가 찍은 빙하 사진 엽서, 나를 위해 일부러 어렵게 구했노라 엄살을 길게 떤, 드라마 「소머즈」의 여주인공 사진이 실린 엽서 등도 보냈다.

　그래도 내가 결론을 못 내리자 어느 날 직접 찾아와 결정타를 한방 먹였다.

　"원산도해수욕장에서 일필휘지로 단숨에 쓴 단편소설 말이다. 그 정도 필력이고 문력(文力)이면 장편소설에 한번 도전해보는 거 어떻니? 하룻밤 사이에 단편 하나 쓸 집중력이면 얼마든지 가능하다고 봐. 몇 달 자료 준비 같은 구상을 한 후 겨울방학을 이용해 집필하면 되잖아. 내가 허승구의 수학세계에 관해 잘 몰라서 바보 같은 소리를 하고 있는지 모르겠다만, 돈 안 되는 수학보다 돈 되는 소설로 승부를 거는 거 어떻니? 어차피 우리는 싫든 좋든 자본주의 세상에 사니까. 자본주의 세상에서 자본이 없다는 건 자본의 노예로 살아야 한다는 이야기이므로. 맑스도 『경제학비판』'서문'에서 강조했어. 자본이 현대에는 모든 것을 지배한다고. 너나 나나 너무나도 잘 알잖아, 냉정한 이 돈 세상을. 모 유력 신문에서 60주년 기념으로 또 모 문예지에서도 장편소설 공모를 하더라. 두 곳 다 2천만 원이라는 상금이 걸렸더라구."

　우선 금액 자체가 숨을 막히게 했다. 주택복권 1등에 당첨돼도 상금이 고작 1천만 원이니까.

　기형도에게 2천만 원 소리를 처음 들었을 때 불문과 누나 말이 제일 먼저 떠올랐다. 누나가 가난한 연극쟁이 애인한테 '미션'으로 준 집이 영동 은마아파트, 도곡동 개나리아파트, 신반포 5차 아파트 따위였다. 그 돈이면 문제의 아파트를 가뿐히 손에 쥘 수 있었다. 그제야 비로소 회심의 미소를 지었다. 다른 건 잘 몰라도 집중력 하나만은 자신 있었다. 수학 공부 자체가 엄청난 집중력을 요구하는 관계로 훈련이 상당히 되어 있는 편이다. 든든한 원군이었다.

그러구러 괜히 학교를 옮겨 또 적응하느라 시간을 허비하느니 성적을 최소한으로 유지하면서 도전하자는 쪽으로 정리하기에 이르렀다. 당선되는 순간 대학은 자퇴하면 그만이므로. 다만 좋아하는 수학하고 본의 아니게 소원해져야 한다는 점이 걸림돌이었다.

5

경부선 기차를 타고 스쳐 지나가기만 했던 안양이란 곳을 기형도 안내로 둘러보았다. 1973년 시흥군 안양읍에서 안양시로 승격하기 전, 기형도가 현재 사는 소하리(里)와 같은 시흥군에 속해 있던 터라, 자기에게는 안양이 마치 시집간 누이 같은 동네라는 표현까지 썼다.

그만큼 친연성이 높아서일까. 열과 성을 다해 소개했다. 석수동 삼성천변(川邊)에 있는 안양유원지가 1977년 미증유의 수해로 인해 새 단장했다든지, 십여 년 전만 해도 안양이 포도의 고장이었다든지, 안양 서쪽 경계에 있는 산이 수리산이라든지, 반월공단이 착공된 지 1년쯤 됐다든지, 심지어 연세문학회 현 지도교수이기도 한 청록파 시인 박두진 교수가 1940년대 말경 안양에 머물렀다는 깨알 같은 정보까지 기형도의 공무원 뺨치는 노련한 브리핑 솜씨 덕에 머릿속으로 잘 들어왔다.

"정말로 저기 보이는 안양천 말이지. 내가 국민학교 저학년 때까지
만 해도 팔뚝만 한 잉어까지 잡혔다니까. 안 믿겨지겠지만. 얼마나 맑
은 물이 흘렀으면 여름이면 물장구까지 치며 멱을 감았겠니."

안양 1, 2, 3동 주택가 중심지를 흘러내리는 안양천을 기형도가 가
리켰다. 썩은 물이 흐르고 있었다. 오염 상태가 심각했다.

"술집 늙은 작부가 나도 한때는 이뻤네 어쨌네 하는 것 같구마는."

허름한 술집에서 두부김치에 막걸리로 노독을 달래는 길이다.

"늙은 작부일지언정 귀하다면, 귀히 여길 귀(貴)에 가깝다면, 나는
진정으로 사랑할 수 있어."

"연애도 가능하다꼬? 오입 말고."

내가 놀라서 새된 목소리로 묻는다.

"그럼, 난 여자가 연하든 연상이든 상관 안 해. 얼굴이 이쁜 것도, 몸
매가 빼어난 것도 비교적 안 보는 편이야. 다만 외모에서, 언행에서,
분위기에서 귀기를 풍기느냐, 안 풍기느냐가 기준이야."

"독특하구마는, 취향이. 대놓고 그럼, 물어보마. 노도순 누나는 어
느 쪽이고?"

"그냥 누나. 죽이 맞는 친누나 같은. 친누나하고 같은 집에서 밥 먹
고 자더라도 연애는 안 하잖아. 그건 근친상간이니까."

"진짜로. 꽁(거짓말) 아니제? 기형도가 뒤에서 호박씨 까는 스타일이
아니라는 건 알지만서도."

"수시로 말해 재차 언급할 필요성을 못 느끼지만, 우리 승구가 몹시
예민하게 구는 것 같아서 다시 한번 강조하자면, 노도순과 기형도 사

이에 사랑이라는 이름이 차지할 공간은 없다니까. 절대로. 흑심이 없다는 이 점만은 절대로 믿어도 좋아."

흔쾌하지는 않다. 노도순을 보는 기형도 눈이 하트가 되는 것을 한두 번 보지 않았으니까. 그래도 이만하면 친구를 충분히 배려하는 거라서 일단 고개를 까닥인다.

6

1차는 막걸리에 두부김치, 2차는 포장마차에서 오뎅국물을 안주로 소주까지 마셨지만 그래도 미진해 기형도네로 가는 103-1번 버스를 타기 전에 내가 3차를 가자고 하자 모처럼 나의 끝없는 술욕심을 타박한다. 오늘만은 자기 집에 가므로 취해서 들어가지는 말자고 부탁하였다.

"허승구가 만취해도 개차반이 되는 스타일이 아니라는 건 알아. 하지만 한 말 또 하는 술버릇이 있다는 건 자네도 알지? 다른 공간에서라면 내가 기꺼이 받아주겠지만 극히 사적인 공간에서는 좀 곤란하겠지, 친구?"

어쩔 수 없었다. 내가 한발 물러났다. 누워 계시는 아버지가 막내아들한테서 술 냄새가 나면 신경질을 내기 때문에 특별한 경우 아니면 술을 자제하는 기형도를 모처럼 위하였다. 구멍가게에서 640ml 한 병에 천 원 하는 싸구려 포도주 한 병을 사는 것으로 대신한다.

"형도야. 니가 일상대화뿐 아니라 편지 등에서까지 툭하면 언급하는 쇼펜하우어 말이다. 잘 몰라서 그러는데 쇼펜하우어의 무엇이 그리 좋더노?"

버스에서 내려 집으로 가는 길이다.

"욕망을 절멸[29]시키라는 메시지가 무엇보다 좋아서. 이 세계의 고통으로부터 도피할 수 있는 유일한 방법으로 그걸 지목했거든."

언젠가 말했던 순교녀 권 텔레지아 이야기와 맥락이 닿는다.

"난 쇼펜하우어 생각과 정반대야."

"알아. 자네 욕망이 터무니없이 크다는 것."

"……"

"근본적으로 세계가 악하다는 쇼펜하우어 확신도 무엇보다 좋아. 창조적 예술이야말로 구원과 행복의 원천이라는 시각도 좋고. 한번 쇼펜하우어가 쏜 말화살이 내 육신 여기저기에 꽂힌 이후로 다시는 안 빠지는 거 있지."

"키에르케고르는, 그럼?"

"단독자 혹은 개별자의 자유를 강조해서."

"쎄고 쎈 게 철학자들이잖아. 그중에서도 유달리 두 사람을 편애하는 덴 무슨 이유랄까, 사연이 있을 듯하다만?"

"있긴 한데. 지금으로썬 그건 좀 그렇네."

"혹시 지난해 5월 16일, 그날 니가 벌인 한 편의 부조리극하고도 연결돼?"

"그 역시 좀 그래. 미안해, 아직은 말 못해서. 언젠가는 내가 알아서 입을 열 테니까 그때까진 궁금하더라도 기다려줘. 부탁! 기다리는 자에게 복 있을진저."

완강했다.

명색이 서울특별시와 거의 붙어 있는 곳이건만 기형도네는 어쩐지 도시라기에는 쑥스러운 시골 같은 데 자리하고 있었다. 그것도 마을과 동떨어진 외딴 집이 그가 일상을 영위하는 곳이었다.

"추사가 그린「세한도(歲寒圖)」네. 영락없구마는. 너그 집이 세한도 속 풍경 판박이라고, 기형도."

첫 인상이 정말 그러했다. 단출한 집 한 채와 고목 몇 그루가 한겨울 추위를 견디는 세한도 모습과 기형도네가 닮아도 상당히 닮았다. 세한도 속 집처럼 낡은 데다 은행나무와 미루나무 몇 그루가 듬성듬성 서 있는 풍경이, 특히. 세한도와 마찬가지로 아직은 삭막하고 을씨년스러운 겨울인 데다 주위 역시 허허들판인 점도 이 사실을 잘 뒷받침했다.

"우리집과 그 주변이 세한도라? 지금껏 살면서 한 번도 세한도와는 연결 못 시켰거든. 듣고 보니까 겨울이라 그런지 그럼직하긴 하네. 고마워, 친구. 보잘것없는 누옥을 과하게 의미부여해줘서."

7

평일에 술을 안 마실 경우 수학에라도 만취해야 비로소 잠이 왔다. 버릇이다. 문제는 술을 마셔도 '적당히'라는 단어가 허승구 사전에 없다는 사실이었다. 항상 끝까지 갔다. 그런데 술집에서라면 몰라도 처음 방문한 친구네에서까지 그 악습이 재연되자 기형도도 학을 뗀다.

"이 달고 밍밍한 술조차 간당간당해지니까 억수로 아쉽네."

「파라다이스」가 여성용인지 너무 달아서 입에 영 안 맞았다. 해서 마시는 내내 투덜거렸다.

"내 이럴 줄 알았어. 그래서 미리 준비하긴 했다만 썩 유쾌하진 않아. 양주에 인생을 조진 우리 어른께서 저 옆방에 자리보전해 계시는 만큼."

"아, 감동 감동."

내가 친구 상투어를 흉내낸 것은 기형도가 「베리나인 골드」라는 양주를 내놓아서다.

구정(舊正)이 얼마 전이라 선물 들어온 양주냐니까 양주로 가장이 '유리병 속에서 알약이 쏟아지듯'[30] 쓰러진 집에 누가 감히 양주를 들고 오겠느냐고 해 나를 더 흔감하게 만들었다. 나의 첫 방문을 환영하느라 거금을 투척한 기형도의 세심한 마음씀씀이가 눈물나도록 고마웠다.

"자아, 아까 못 가본 '파라다이스'를 '베리나인 9 골드'라는 우주선을 타고 가볼까나."

"하여간 허승구 풍은 알아줘야 한다니까. 만사에 대범하고, 웬만한 공갈에도 쫄지 않는 강심장을 가진 우리 승구도 무서운 게 있나?"

"왜 없겠노. 원초적인 공포가 안 있나."

그 생각을 하자 갑자기 목이 타 양주를 스트레이트로 들이켜고서 입을 연다.

"형도랑 같은 해 나는 해인사 근처 합천 오지 산골짜기에서 태어났제. 내가 걸음마를 뗄 무렵 아버지께서 대구로 분가했어. 그 바람에 세상에 대한 첫 기억은 대구와 관련된 게 많아. 봉덕동, 칠성시장 등등의 고유명사를 지금 들어도 가슴이 먹먹해지니까. 하여튼 여러 사정으로 내가 초등학교 입학하기 한 해 전쯤에 도로 합천 산골짜기로 들어왔는기라."

"……"

가슴 아픈 기억 한 장면이 영화 속 한 씬처럼 뽀오얗게 눈앞에 어리어왔다.

"내가 도시물을 먹었다고 또래 여자아이들한테 인기가 있었제. 또래 남자애들이 아무리 놀자고 해도 안 놀아주던 콧대 높은 여자아이가 앞집에 살았니라. 좀 뺀드름('이뻤다'는 의미)했거든. 얘가 어느 날 우리집에 오더니 반주께놀음(소꿉놀이)을 하자 카대. 당연히 했제. 내가 '마누라'라고 부르면 걔가 두손 공손히 모아 '네, 서방님' 하는 재미가 얼마나 오졌다고. 걔가 나를 위해 밥상도 차리고, 술상도 차리고, 심지어 부모님 잠자리 흉내까지 다 냈제."

"……"

"잘 놀던 어느 날 갑자기 아무 말도 없이 우리집으로 안 오더라고. 그 전날 부부처럼 뽀뽀 같은 심한 장난까지 해서 그것 때문인가 하고 상당히 쫄았다 아이가. 궁금해서 걔 동정을 엄마한테 물었더니 아프대나. 되게 마음이 쓰이면서도 허전하더만. 그러던 어느 날 해거름 무렵이었어. 앞집 아저씨가 지게에다 꼼짝달싹 못하는 걔를 지더라고. 나랑 놀 때마다 입었던 옷을 그대로 입힌 채. 걔를 지고 어디로 가느냐고 엄마한테 물으니까 애장골로 간다 하더라고. 그때까지만 해도 여사(보통일)로 생각했제. 죽으면 어떤 곳에 가는가 보다고. 죽음이 뭔지, 애장터 실상을 전혀 몰랐으니까."

"……"

"어느 정도 시간이 흐른 후 찔레순 따먹으러 산을 돌아다니다가 애장골이란 데를 우연히 갔제. 여기저기에 애들 해골과 뼈다귀들이 천지뻐까리(되게 많이)로 흩어져 있는 걸 보고 기함했는기라. 그 당시만 해도 유아 사망률이 높던 시절이었잖아. 당장 우리집만 해도 내 위로 누나 둘이 어려서 죽었으니까. 아이쿠, 심장이 벌렁벌렁 뛰면서 미치겠더라고. 걸음아 날 살려라며 도망치다 무엇에 걸려 넘어졌는데, 아뿔싸, 하필이면 우리 앞집 개 옷이 바로 거기에……"

공포의 원형이 그리하여 심중에 영원히 묘를 썼다. 지금도 악몽을 꿀 때마다 그날의 경험이 변주되어서 사람을 힘들게 했다.

"애들 시신을 땅에 안 파묻었나 봐."

"당연히. 살쾡이 같은 산짐승들이 바로 아가리를 못 대도록 크고 작은 돌로 시신을 대충 가리는 정도. 자연히……"

그 일로 한동안 고열에 시달렸다. 끙끙 앓으면서도 어머니를 들볶았다. 하루빨리 장가를 보내달라고. 결혼하지 않은 상태에서 죽으면 무덤을 만들어주지 않는다고 해서다.

"승구한테는 존재의 근원을 뒤흔드는 사건이었겠다? 나도 승구보다 더 했으면 더 했지 덜 하지 않은 공포가 있긴 해. 너는 술힘이라도 빌려 아픔을 삭이지 나는 그것도 없어서 말이야. 억장이 천만 번 만만 번 무너지는 일이 있지만 아직은 아니네, 아니야. 만일 그 얘길 하면 나 오늘 밤 한숨도 못 자."

기형도가 먼저 잠자리에 들며 이불을 머리 끝까지 뒤집어썼다. 집이 들판 한가운데 외따로 있어 웃풍이 세긴 하여도 그렇게 덮어쓸 정도는 아니었다. 산소처럼 반원으로 만 이불이 미약하게 떨린다. 속으로 울음을 삼키며 부르르 진저리를 치고 또 치는 듯했다.

베일에 싸인 의문의 공포는 도대체 무엇일까.

짐작 가는 바가 전혀 없다. 불현듯 속 시원히 털어놓으면 오히려 홀가분해질지 모른다는 논리로 설득하고 싶었다. 하지만 이내 포기한다. 구슬린다고 고백할 정도의 사안이 아님은 오래도록 이불이 여진을 일으키고 있는 것만 봐도 명확했다.

8

"형도야, 아직 자니? 돼지가 새끼를 낳으려는가 봐."

술에 곯아떨어져 정신없이 자고 있는데 어머니가 방문을 소리나지 않게 열더니 기형도 귀에 대고 조심스럽게 말했다. 그 순간 나도 모르게 살짝 눈이 떠진다. 어머니의 깊게 파인 이맛살 주름이 빗살무늬토기 같다는 생각이 문득 들었다.

"네, 나가보겠습니다."

밤새도록 끝까지 이불을 뒤집어쓴 채 잔 형도가 옷을 대충 꿰더니 나간다.

탁상시계를 보니 아직 기상하기에는 이른 시간이었다. 새벽과 아침 사이, 그야말로 어중간한 시각이다. 게으름을 피우고 싶을 텐데도 기형도는 군소리 한마디 않고 나선다. 누구에게라도 배려가 몸에 밴 친구답다.

"숭늉 한번 되게 구수하네."

어머니가 어젯밤에 자리끼용으로 갖다놓은 거였다. 눈을 뜬 김에 누운 채 좁은 방을 탐색하듯 둘러본다.

낡은 책상이 먼저 눈길을 끌었다. 낡은 기타와 낡은 나무재떨이, 낡은 라디오, 낡은 장식품도 함께. 카세트테이프 수십 개가 그나마 새것에 속하였다. 스테인 자와 문구용 가위 그리고 펜꽂이는 그 중간이다. 시흥초등학교 졸업앨범을 빼는 과정에서 회장 배지가 떨어졌다. 초중고 내내 회장은 고사하고 줄반장도 못해본 나로서는 기분이 묘했다. 신림중학교 졸업앨범에도 사람을 압도하는 성적표와 함께 표창장이 수십 장 들어 있었다. 크고 작은 시험에서 1등을 전세냈음을 보여주는 증거품은 그 외에도 많다.

"미안하지만, 제자리에 좀 꽂아놓으면 안 될까? '창비(창작과비평사)' 그 시집을."

내가 이름은 많이 들어보았지만 시는 한 편도 안 읽은 어떤 창비 시집을 꺼내 몇 편 읽고 도로 꽂는다고 꽂았으나 제자리가 아닌지 어젯밤에 잔소리를 했다.

"뭘 그리 사소한 데까지 다 신경써노?"

"사소하다니? 장중한 울림을 가진 이 창비 시집과 무게중심을 잡기 위해서 일부러 배치해놓았거든. 이 '문지(문학과지성사)' 시집들을 좌우에. 하모니를 위해. 책도 싸우면 안 되니까."

"과해, 과하다꼬! 니 배려심이 사람을 뛰어넘어 책에까지 미치는 건."

책이 많다고는 할 수 없어도 알찬 책이 대다수였다. 형들과 누나들이 보던 책은 다락방에 있었는데 상당한 양이었다. 기형도의 정신적 양식이 된 듯했다.

그의 꼼꼼한 성격이 책장 전체에 그대로 묻어났다. 책 한 권 한 권마다 메시지 무게까지 일일이 달고 재배치하는 사람이 있다는 것은 처음 알았다. 책 한 권을 이렇게 대할진대 사람은 오죽할까. 기형도의 배려심은 유별난 데가 있었다. 누가 외로워하거나 소외되어 있는 꼴을 못 보았다. 어떤 모임에서나 술자리에서 누가 약간만 외톨이로 있을 것 같으면 반드시 옆으로 가 챙기는 스타일이니까.

"시집 한 권 한 권에까지 그 시인인 양 대하는 우리 친구께서는 그래, 어떤 시인이 목표인고? 개성 있는 시인, 메시지 있는 시인?"

바깥에 나갔다가 들어오는 기형도에게 새삼스럽게 묻는다.

"노우. 좋은 시인."

"그냥, 좋은 시인? 유명 시인이 되고 싶은 건 아니고?"

"응. 좋은 시인이 꿈이야. 액면 그대로."

"모델 시인이 누구?"

"없어. 굳이 말하자면 윤동주가 근사치에 가까워. 문제는, 윤동주는 이상 모델로 삼기가 거의 불가능하다는 것."

기형도답다. 겸손해서가 아니라 타고난 성정이 원래 그랬다.

"어머님, 형도는 언제 낳았습니까? 저는 해뜰녘에 낳았다 카더라꼬예."

돼지가 새끼를 아홉 마리나 낳아서일까. 어머니의 깊게 파인 주름살이 펴지는 듯하다. 덩달아 나도 기분이 좋아 밥상을 들고 오는 어머니 장단에 발맞추었다. 딱히 궁금해서라기보다는 돼지 새끼낳기와 연관돼서 그냥 던져본 말이다.

"저녁에. 해가 넘어갈 즈음 산에서 한창 나무를 하는데 해산기가 느껴져 집에 와서 낳았지. 쉽게 쑥, 우리 순둥이를."

어머니는 말을 천천히 그리고 찬찬히 하는 편이었다. 조신이 몸에 밴 경우였다. 노력해서 그러는 것 같지는 않고 타고난 성정인 듯하다.

기형도를 낳는 그 순간까지도 일을 했다는 이야기 아닌가. 우리 어머니도 마찬가지였다. 당신 역시 밤새도록 홀치기(60, 70년대 농촌 부녀자들의 주요 부업 중의 하나)를 하다가 나를 낳았다고 했다. 고단했던 시대였으니만큼 이 땅의 다른 어머니들 사정 역시 피장파장이었다.

"어머님, 어떻게 해서 저렇게 참한 아들을 다 낳았습니꺼?"

가족사진에 찍힌 기형도를 보니까 형도에게는 어머니 얼굴이 많이 녹아 있었다. 누나들은 형도는 물론이고 어머니하고도 그다지 닮은 구석이 없다.

"참한 아들인지 아닌지는 모르겠다만 지금껏 속 한 번 안 썩혔으니까 괜찮은 아들인 것만은 분명해. 이날까지 누구랑 싸우기는커녕 말다툼 한 번 안 했으니까. 사이가 틀어진 친구들이 있으면 화해시키지 않고는 못 견디는 아이라는 소리를 자주 들었지. 또 어려서부터 이 엄마를 얼마나 알뜰살뜰 챙겼다고. 어쩌다 한 번씩 고깃국을 줘도 먹기 전 꼭 내 국그릇을 저어보고는 고기가 몇 점 없으면 기어이 제 고기를 덜어주고서야 먹었으니까."

"저와는 정반대네예. 저는 말입니다. 맨날 누구와 하루도 안 싸우면 잠이 안 오는 체질 아닙니까. 고깃국 에피소드 역시 똑같습니다. 저는 제 모가치(몫)를 게눈 감추듯 퍼뜩 싹 먹어치우고 엄마 것을 뺏어먹는 쪽이었는기라예."

별것 다 기형도와 나는 정반대였다. 기형도네를 나오면서 나는 이를 크게 의식했다. 우리 두 사람은 달라도 너무 다르다는 것. 해뜰녘에 태어난 사람과 해질녘에 태어난 사실부터, 하다못해 내가 장남인데 반해 형도는 막내아들인 것부터 위시해 극과 극인 게 한두 가지가 아니었다.

그날 기형도는 아무리 됐다고 해도 기어코 영등포에 있는 「황궁다방」까지 배웅을 나왔다. 다정도 그만하면 병이었다.

9

35만 4천 750원.

1980년 1학기에 공과대학 2학년 재학생이 납부해야 되는 등록금 액수였다. 작년 2학기에 비해 대략 5만 원 정도 더 올랐다. 정확히 20.2% 상승이었다. 3월 3일부터 5일까지 학생회관 3층 복도에서 돈을 내라는 공고가 떴다.

각오는 했다. 하지만 막상 거액을 보니까 숨이 콱 막힌다. 지방에서 웬만큼 살아도 자식을 서울에 있는 사립대에 보내려면 허리가 휜다는 말이 실감났다.

"우짜지, 우짜지."

심란하다. 허용녀를 명문 의대에 보내는 데 혁혁한 공을 세움으로

써 덤으로 받은 수고비까지 탈탈 털면 간신히 등록은 가능했다. 문제는 그 다음이다. 용돈과 생활비라는 폭탄이 기다리고 있었다.

"술은 쪽팔려도 빈대 붙어서 해결한다지만, 아, 답이 없네, 답이 없어. 우짜꼬!"

걱정이 걱정을 제곱시켜 나를 학생회관 1층에 있는 문방구로 향하게 만들었다. 거기서 얼핏 중앙일보 광고 접수처를 본 것 같아서다. 가정교사 자리를 하나 더 얻지 않으면 학교 다니는 게 불가능한 상황이라 하는 수 없었다. 그런데 하필이면 접수 용지가 다 떨어졌지 않는가.

"승구, 어디 가?"

얼굴을 일그러뜨리며 학생회관을 나서는데 기형도가 뒤에서 불렀다.

그는 30만 3천 950원이란 액수가 적힌 등록금 납부 영수증을 들고 있었다. 3월 3일 첫날 오전에 일찌감치 등록을 하고 내려오는 길이라고 한다.

"꿀꿀한 기분 풀어, 친구. 오늘은 내가 제대로 한 잔 살 테니까."

기형도가 중앙일보에 가서 광고를 접수시키는 데까지 동행했다. 자기 역시 지난해 학기 초 나처럼 똑같이 해서 과외 자리를 구했다며 경험자로서 자잘한 도움을 주었다. 그것으로도 모자라 신촌으로 돌아오자 술까지 샀다.

늦은 점심 겸해서 낮술을 「청원식당」이란 곳에서 마시기 시작한다. 2차는 생맥주집, 3차는 분위기 있는 카페에서 병맥주를 마셨다. 평소 술값이 부담스러워 잘 가지 않는 곳이 카페였다. 어쩌다 발걸음을 해도 땅콩 한 줌을 공짜로 주는 데를 찾는 편이었다. 그런데 오늘은 외양부터 고급스러워 엄두가 안 났던 카페로 기형도가 굳이 데려가 비싼 과일안주까지 호기롭게 주문했다.

"어이 기형도, 축하해. 짜식, 중고등학교 내내 1등을 놓치지 않더니 대학까지 와서도 그 버릇을 개 못 줬네."

기형도를 잘 아는 친구가 카페에 들어서자마자 축하한다. 나는 영문을 몰라 어리둥절하였다.

"에이 무슨 헛소리. 엉뚱한 소리 말고 일행들한테 가 술이나 드셔."

"기형도가 태생적으로 한 겸손하지. 여기 이렇게 공고문이 대대적으로 실렸는데도 이러기야?"

기형도 친구가 가방에서 꺼낸 것은 교내 신문 「연세춘추」였다. 오늘 3월 3일자로 발간한 주간신문 1면 하단에 '79학년도 2학기 성적우수자' 명단이 게재되어 있었다. 최우등생과 우등생을 나눠서 발표했는데 선발 기준은 4.0 만점에 학점이 각각 3.75 이상, 3.5 이상이었다. 다시 말해 최우등생은 과수석에 해당한다고 보면 틀림없다.

기형도는 최우등생이었다.

"진작 말했으면 술 얻어마시기가 덜 미안했을 꺼 아이가. 아, 축하 축하. 최열등생 허승구의 축하주 한 잔 받거라, 이 도서관대학 광산학과생(공부를 열심히 하는 학생이란 은어)아."

나의 성적은 1학년 1학기보다는 2학기가 조금 나았지만 그래도 대학 전체로 따지면 최하위권 중에서도 제일 밑바닥이었다. 그리하여 오늘로써 또 기형도와 완전히 다른 '정반대 목록' 하나가 더 추가됐다.

미친 청춘, 미친 그림

1

사람이 벌레가 될 수 있을까. 있었다. 사람이 한 마리의 굼벵이가 되는 데 단 하룻밤이라는 짧은 시간 안에 가능하다는 점이 무엇보다 신기했다.

"허승구는 개가 될 자격도 없어. 그래 굼벵이다, 굼벵이. 굼벵이가 정답이라니까."

대망의 1980년대 벽두인 1980년 제1학기 초에 이렇게 선언한다. 그리고는 나 스스로에게 온갖 쌍시옷 욕설을 입이 아프도록 퍼부었다.

어느 순간 정신을 차리자 강남이었다. 신사동 어느 술집 지하 1층 구석에 굼벵이처럼 몸을 꼰 채 누워 있었다. 비참했다. 고립무원의 곤궁한 처지에 빠졌으므로. 잊을 만하면 한 번씩 저도 모르는 사이에 범하고 마는 추태를 또 벌였음이 확실하다. 워낙 말술이라 어지간해서는 필름까지 끊어지는 일은 드물었다. 그러나 평균 잡아 일년에 서너 차례씩은 도를 넘어 꼭 사고를 쳤다.

어제도 시작은 좋았다.

신문에 낸 가정교사 광고 덕에 생각보다 쉽게 자리를 구하였다. 수학에 약한 재수생인데 '일주일 2번, 한 번에 3시간, 월 15만 원'이라면 호조건이었다. 대졸 초임 수준이니까. 해서 2학년 1학기 등록금은 물론이려니와 생활비까지 확보되자 절로 콧노래가 나왔다.

선금으로 15만 원을 받는 즉시 문학회 서클룸으로 갔다. 바둑을 두는 사람들은 있어도 기형도는 없었다. 광고 접수처까지 굳이 따라와 줘서 배에 기름칠을 해줄 의무감을 느꼈다. 그동안 하도 베풀어 제대로 한 턱 내려고 했지 않는가. 아쉬웠다. 차후로 미루었다. 두 번째로 생각난 사람이 노도순이다. 노상 얻어먹기만 하다가 모처럼 신사동 영동관광호텔 일식당과 스카이라운지에서 미안함을 조금 만회했다.

"술은 마신 놈이 장땡이요, 글은 쓰는 놈이 장땡이요, 수학은 푸는 놈이 장땡이요, 여자는 먹는 놈이 장땡이요, 돈은 쓰는 놈이 장땡이로다!"

노도순과 헤어질 무렵에 생긴 약간의 취기가 허랑한 노래를 부르게 만들었다. 서울은 한없이 작아졌고, 나는 한없이 커졌다. 지폐의 힘은 그만큼 셌다. 한 집 건너 살롱, 두 집 건너 카페인 신사동 술집거리에서 이를 확인한 것이다.

드디어 참혹한 결과를 확인할 차례였다.

"주(酒)여, 주님, 제에발!"

진정이다. 기독교 신자들이 주(主)님께 하듯 간절히 기도했다. 심호

흡을 크게 한 번 한 후 주머니를 천천히 뒤진다.

지갑이 통째로 없었다. 동전 몇 개와 버스 토큰 한 개만이 겨우 손에 잡혔다. 어이가 없어 실소를 터뜨리며 일어나 앉는다. 당연히 베고 잔 줄 안 가방도 없지 않은가. 가방 대신 병맥주가 베개 노릇을 하고 있었다.

큰일이었다.

검은색 하드커버로 된 책이라 아끼는 편인 『수학 핸드북』[31]이나 회색 하드커버가 인상적인 『수학백과사전』[32] 등은 복구가 가능했다. 참고하며 해놓은 메모가 아깝지만 다시 살 수 있으니까. 문제는 돈으로 해결할 수 없는 게 있다는 사실이다.

하나는 우리 우주와 다른 우주 사이의 미묘한 관계를 논하는 수학 문제였다. 『그림 없는 그림책』이란 이름으로 연구하던 내용을 대수기하학이란 도깨비방망이로 한 차원 더 승화시킨 내용이었다. 10.26사태로 휴학에 들어간 직후부터 무려 4개월 동안 작심하고 대학노트에다 3백여 페이지에 걸쳐 정서했지 않은가. 기본 설계와 주춧돌은 대수기하학이지만 수리물리학이란 벽돌, 미분 위상수학이라는 모래 등까지 총동원하여 건물을 세운 것이다.

또 다른 대학노트는 기형도의 '어드바이스'로 시작한 장편소설 구상 메모였다. 1980년 여름방학 두 달을 이용해 집필하기로 계획을 세우고 자료를 모으는 중이었다.

2

일말의 기대를 가지고 신사동 술집거리 일대 쓰레기통과 화장실을 다 뒤지고 또 뒤졌다. 「새마을」 같은 싸구려 담배조차 살 돈이 없어서 꽁초를 주워 피우며 헤맸다. 어젯밤 간 룸살롱이 문을 여는 시간까지 종일 쫄쫄 굶으며 혹시나 하고 여기저기 들쑤시고 다녔다. 도둑고양이처럼. 유기견처럼.

"우리 가게에서 나갈 때 가방 들고 나갔잖아요."

제일 기대한 룸살롱 주인 마담의 단호한 지적이었다. 보아하니 모르면 모르되 술김에 다른 술집, 또 다른 술집들 순례에 나선 모양이다. 돈이 바닥날 때까지.

극히 허탈하였다.

하필이면 어제 같은 날 『그림 없는 그림책』을 가방에 왜 넣고 다녔을까. 후회막급이었다. 독서실보다는 자취방이 안전할 듯싶어 가방에 넣고 나온 게 결과적으로 패착도 그런 패착이 없다.

죽고 싶은 와중에도 허기가 찾아왔다. 맹렬했다. 토큰 하나를 빼면 라면 한 그릇 사먹을 돈밖에 없지 않는가. 끝없는 욕망의 인플레에 자신을 방임한 결과이니만큼 누구한테 전화해서 어쩌구저쩌구할 자신마저 없었다.

허름한 분식점에서 150원 하는 라면을 시키고 앉아 있자니 갑자기 콧등이 시큰하였다. 궁핍했던 까까머리 중학생 시절이 동공을 어지럽혔기 때문이다.

한때 일주일 내내 라면만 먹은 적이 있었다. 중학교 3학년 때였다.

아버지가 술로 인한 중병으로 오늘내일 할 무렵이었다. 자연히 어머니는 나한테까지 신경을 못 썼다. 옥탑방 사글세가 몇 개월치 밀려 있었으니까. 아쉬운 대로 친척들한테 손을 벌리는 것도 한두 번이었다. 생활비조차 떨어진 지 오래였다.

일주일 내리 줄창 라면만 먹자 몸에 이상한 증세가 나타났다. 어느 순간부터 숨만 쉬어도 공기에서 라면 스프 냄새가 나고, 잠을 자도 라면꿈만 꾸고, 심지어 화장실에 가도 거기서 특유의 냄새 대신 라면 냄새가 났다. 온통 세상 천지가 라면이었다.

그때 미치도록 먹고 싶은 게 있었다. 바로 과일이었다. 배불리 못 먹을지언정 사과 한 알을 정말 먹고 싶었다. 분명 배는 고프지 않았다. 그래도 과일 허기에 시달렸다. 극심히. 누가 만일 사과 한 개를 준다면 그 사람을 위해 못할 짓이 없을 것 같은 기분마저 들었다. 그리하여 사과 한 알을 어떻게든 해결하기 위하여 초저녁에 대연동(洞) 못골시장 내 청과물상가로 출정했다.

바나나를 비롯해 온갖 탐스러운 과일이 진열되어 있는 가게들 앞을 왔다갔다하며 틈을 엿보았다. 그러나 조명이 너무 밝은 데다 보는 눈도 너무 많았다. 몰래 훔치는 게 애시당초 불가능하였다. 머리를 굴려 못골시장 뒷길과 옆길, 주택가 골목길에 진치고 있는 리어카 행상까지 노렸다. 카바이트 불을 밝히고 과일을 파는 행상꾼이 한눈을 팔기 바랐지만 어림도 없었다. 도리어 행동거지가 수상한 나를 더 주시하는 것 같아 갈수록 내 행동만 부자연스러웠다. 어느 순간부터는 더 이상 지나치기조차 어려워졌다. 결국 차마 훔칠 수 없는 인간임을 처절하게 확인했을 따름이다. 굶어 죽었으면 죽었지 사과 한 알 못 훔칠 놈으로 태어났음을 확인하고는 주저앉아 소리없이 울었다.

아직도 신기했다. 또라이짓은 예사로 잘도 하면서 사과 한 알 슬쩍하지 못하는 그 마음이, 그 양심이, 그 도덕률이. 그 저변 심리가 지금까지도 알다가 모를 일로 다가왔다.

사과를 먹고 싶은 마음과 라면으로부터 도망치고 싶은 나를 대환영한 게 있었다. 수학이었다. 수학이란 방, 수학이란 공간은 어머니 품처럼 안온하였다. 남 눈치 보지 않고 마음대로 뒹굴 수 있는 다락방 같은 역할도 했다. 거기에는 내가 원하는 어떤 과일이든 무진장 있었다. 다른 것들도 내가 원하기만 하면 언제든 즉각 대령이 가능하였다. 도피처이자 파라다이스가 거기에 있을 줄이야. 어렵고 복잡한 수학 문제를 붙잡고 씨름하는 동안은 적어도 사과 한 알 못 훔치는 못나고 소심한 놈이라는 생각도 들지 않았고, 지겨운 라면만 있는 세상공간으로부터도 탈출할 수 있었으니까.

3

1979년 2학기, 6개월을 송두리째 날리자 살고 싶은 마음이 없었다. 뼈저렸다. 작년 이맘때 『미분적분학과 해석기하』 첫 강의시간에 성질을 못 죽여 대학생활을 완전히 헝클어놓았으면 다시는 자폭하는 어리석음을 반복하지 말아야 하건만 어리석어도 많이 어리석었다.

장편소설 구상 노트와 관련 자료들은 시간이 걸려서 그렇지 어느 정도 복구가 가능했다. 하지만 수학 노트는 달랐다. 장장 3백여 페이지에 이르는 길고, 지난하고, 복잡하고, 까다로운 증명이었으므로. 중간중간 엉성한 정리(theorem), 앞뒤 맥락이 안 맞으면서 계산이 길게 늘어지는 명제(proposition), 중간 결론에 해당하는 보조정리(lemma)의 비약, 수학적 서술로부터 쉽게 유도되는 따름정리(corollary)의 자잘한 실수 등이 발견될 때마다 스스로에게 부끄러워 그때그때 종이를 갈갈이 찢어 흔적을 없애는 습관이 발목을 단단히 잡았다. 방법이 없었다. 초고가 일체 남아 있지 않아 처음부터 다시 시작해야 할 판이었다. 하여 엄두 자체가 감히 나지 않았다. 난공불락의 세계를 다룬 수학 노트가 다시 난공불락의 세계로 다가올 줄은 꿈에도 몰랐다.

아…… 모름지기 국어를 배웠으면 주제를 알고 산수를 배웠으면 분수를 알아야 하건만 그 간단하고 단순한 분수조차 모르면서 어려운 수학을 합네 어쩌네 하며 오도방정을 다 떨었으니 어벙하고 또 꺼벙했다. 6개월 공부 도로아미타불이 됐다고 어디 가서 하소연도 못할 처지여서 더 속이 쓰렸다.

"허승구, 웬 죽상? 숫제 다 죽어가네."

기형도가 학관과 연희관 사이에 있는 정원 잔디밭에 홀로 앉아 있었다. 내가 다가가자 기형도가 한눈에 이쪽 형편을 알아보았다.

"그럴 일이 좀 있니라. 괴로우니까 디테일한 것까지 안 캐물었으면 좋겠구마는."

천하의 바보짓 여파로 차마 오늘 아침까지 두 끼 연달아 라면만 먹었다고 밝히기가 부끄러웠다. 아무리 친구라지만 웬만한 샐러리맨 한 달 월급을 정작 착한 친구한테는 한 푼도 못 쓰고 엉뚱한 곳에 버려서, 더욱.

"알았어. 참, 수강 신청했니?"

기형도가 교무처에서 발간한 강의시간표 책자를 들여다보던 중에 나를 발견한 거였다.

"아니, 이럴 수가.『교련』빼고는 싹 전공선택이네."

정치외교학과 2학년은 목요일 1교시에서 4교시까지 이어지는 1학점짜리『교련』이외에는 전부 전공선택이었다.『헌법』,『경제원론』,『국제관계론』,『외교론』,『미국 외교정책』,『북한정치론』,『정치학원강』모두.

부러웠다. 왜냐하면 공과대학은 어느 학과를 막론하고 2학년 때까지는 전공필수로 꽉 짜여 있어서 선택의 여지가 하나도 없었다. 게다나 같은 경우는, 1학년 때 이수하지 않은『미분적분학과 해석기하』과목까지 처음부터 다시 시작해야 하지 않는가. 뭔가 탈출구가 필요했다.

물음표와 느낌표가 쉴새없이 엎치락뒤치락하는 1979년 생활을 청산하고 쉼표와 마침표로만 이어지는 무난한 대학생활을 개시하려면 모종의 변화구를 던질, 모종의 적시타를 칠 필요가 있었다.

4

"수학 좀 하는 대학생이 고등학교도 아닌 중학교 수학교실에 가서 수업을 들어야 한다면 기분이 어떻겠습니까? 지루하고 재미없어서 미치고 팔짝 뛰리라 봅니다. 건방진 말씀일지 모르나, 제가 현재 처한 입장이 똑같습니다."

과학관(현 연희관) 318호 교수 연구실에 들어서는 길로 이번 학기에
『미분적분학과 해석기하』강의를 맡은 담당 교수에게 하소연했다. 요
지는 간단하다. 시험은 보되 출석은 하지 않겠으니 D학점만 주시라
는 얘기였다.

"캘큘러스(calculus : 미분적분학 혹은 해석학)가 우습다 이거지?"

"우스운 건 아닙니다. 억수로 흥미진진한 분야라고 생각합니다. 다
만 너무 오래 사귀어서 잘 안다고나 할까예. 시건방진 말씀일지 모르
지만, 또 제 스타일이 누구한테 배워서 공부하는 스타일이 아니라는
게 문제 아닙니까. 비록 대학에 들어왔지만서도 수학 역시 독학, 아니
자학(自學)이 체질이 맞는 거 있지예. 그 증거가 이겁니다. 좀 보이소."

그러면서 가방에서 꺼낸다. 그동안 혼자서 신나게 풀거나 증명한
수학 문제 노트들을. 약간 허접해 낯이 뜨겁기는 하다. 만일 그젯밤에
잃어버린 회심의 역작 노트만 있었으면 단숨에 교수를 사로잡았을 텐
데, 아, 참으로 아쉬웠다.

"학생, 내가 너무 바쁘거든. 수학과 학부생도 아니고, 아마추어 수학
도 노트에 시간을 빼앗기기는. 간혹 자네처럼 수학병에 걸린 학생들
이 나한테 찾아오지. 천재 수학자들이 못 푼 문제를 풀었으니 봐달라
고. 아마 자네라도 40년가량 속았으면 나처럼 나왔을 걸세. 그러니 다
소 섭섭하더라도 이해하게나."

냉정했다. 보나마나라고 여겼을까. 아예 거들떠보지도 않는다. 어
떤 노트라도 일단 들여다보기만 하면 시험조차 볼 필요가 없다고 할
줄로 기대했지 않는가. 착각이었다. 현실은 생각보다 냉혹했다.

어느 정도 각오하긴 하였다. 담판을 짓기 전에 노교수 성향을 요로로 알아보았기 때문이다. 하나같이 '예리한 칼'이라고 입을 모았다. 수학과 학생 치고 당신한테 한 번 아프게 안 베여본 사람이 없을 정도였다. 잘하면 더 잘하라고 베고 못하면 좀 더 잘하라고 베는 스타일이었다. 당신 강의 시간에 맥 못 짚고 헛소리하는 학생이 있으면 분필을 예사로 투수처럼 강속구로도 던진다고 했다.

노교수의 두상이 꼭 제사상에 올리려고 깎아놓은 알밤 같았다. 거기에다 머리숱도 거의 없고 단구이기 때문일까. 가만히 있어도 찬바람이 일어났다. 심하게 추위를 탈 수밖에 없었다.

"보아하니 수학병을 오래 앓은 것 같구만. 좋아, 그렇다면 수학에서 증명의 중요성도 잘 알겠구만. 증명만 해, 학생이 학부 1학년 수준의 『캘큘러스』를 퍼펙트하게 이해하고 있음을. 자네 선배들이 몇 년 전본 중간고사와 기말고사 문제야. 일정한 점수 이상을 받으면 출석은 물론이고 시험까지 면제해줄 수도 있어."

솔직히 시험은 두렵지 않았다. 문제는 더부룩한 속이었다. 라면으로만 내리 다섯 끼를 입 안으로 쑤셔넣자 머리가 잘못한 죄로 왜 엉뚱한 위가 고생하느냐고 항의시위를 부글부글 자못 요란하게 했다.

각각 50분 안에 풀어야 하니까 주어진 시간은 100분이었다. 교수 연구실이란 낯선 장소에서 '알밤교수'가 지켜보는 가운데 푼다는 사실이 의식되어 처음에는 문제가 눈에 잘 들어오지 않았다. 뱃속에서의 데모를 왼손으로 진압해가며 오른손으로는 자꾸 안개가 끼는 눈부터 비비고 또 비빈다.

어느 순간부터 안개 대신 함초롬히 피어 있는 꽃밭이 눈에 들어왔다. 꽃마다 특유의 향기를 내뿜어 부지런히 맡았다.

"교수님, 다 풀었습니다."

어느덧 향기에 취해 흐뭇한 미소를 머금고 있는 자신을 발견했다. 시간을 확인하자 주어진 시간의 절반도 채 안 썼다. 완벽을 기하기 위해 검산하는 데 쓴 시간까지 뺀다면 시간은 훨씬 더 줄어들 터였다.

"이놈 봐라, 생각 이상으로 잘했네. 편미분방정식과 중적분에 관한 문제만 준식(准式)을 썼을 뿐 그 외에는 달랑 답만 적었구만. 문제 풀기든 글쓰기든 제대로 하려면 평범한 서술을 과감히 생략하는 압축미를 구사할 줄 알아야 하는 법. 좋아, 이만하면. 하나도 안 틀렸으니까. 그럼, 이것까지 한번 풀어볼 텐가? 수학과 3학년 전공필수인 『미분기하학』과 『복소해석학』 작년 기말고사 문제들인데?"

"네, 좋습니다. 체계적으로 공부 안 해 다 못 풀지는 몰라도 푸는 데까지 풀어보겠습니다."

이미 소기의 목적을 달성한 후라 거칠 게 없었다. 원한다면 그 이상도 끝까지 한번 테스트에 응해보자는 심산이다.

"『미분기하학』도 그렇지만, 특히 『다변수 복소함수론』을 다룬 이 문제는 사실, 수학 좀 하는 학생이 있는가 알아보기 위해서 일부러 낸 고난도 응용문제거든. 학부 복소해석학 시간에는 통상 일변수 복소함수론 정도만 배우는 관계로. 대학원 학생들도 쩔쩔매는 다변수 문제까지 일거에 해결했다! 제법인데, 우리 친구."

내가 골머리를 앓아야 푸는 문제까지 손쉽게 해치우자 그제야 알밤 교수가 사람을 다시 보았다.

요행히 가까스로 깔끔하게 풀긴 해도 사실 한두 문제는 약간 아리

송하긴 했다. 하지만 무사히 돌파할 수 있었던 것은 수학머리가 있어서라기보다는 수학의 독특한 측면을 활용한 덕이 크다. 어떤 문제가 어떤 산의 정상이라고 가정할 경우, 일반적인 해법은 등산로를 따라 쉽게 오르는 것에 비유할 수도 있다. 그러나 산사태 같은 긴급한 일로 등산로가 막힐 경우 우회로나 지름길을 이용해서 올라갈 수 있듯 수학에서도 똑같았다. 이 같은 노하우를 실전에서 잘 활용했을 따름이다.

"우리 친구, 점심 약속 없으면 같이 가세."

알밤교수가 나의 어깨를 툭 치며 적극 관심을 보인다. 흔감했다. '자네'나 '학생'에서 '친구'로 승격된 호칭도 더없이 감미로웠다.

알밤교수 연구실을 방문하기 전 문학회 서클룸에 들러 기형도에게 밥 좀 사달라고 하자 알았다고 했을뿐만 아니라 "쇼부 잘봐"라며 등짝에 가볍게 스매싱까지 해준 후 과학관 현관 앞에서 기다리는 중이라 내심 걸렸지만 중차대한 일이니만큼 이해하리라 믿고 따라나선다.

5

과학관 현관 앞에서 기다리던 기형도한테 알밤교수 모르게 눈짓으로 상황을 알렸다. 이에 형도도 알았다며 오른손 엄지를 세우며 응원을 보낸다. 서로가 일정한 거리를 둔 채 이동하다가 학생회관 앞에서 형도는 지하에 있는 학생식당으로, 나는 1층에 있는 교수식당으로 가기 전에 눈짓과 손짓으로, 식사 후 여기 로비에서 보자는 신호를 교환

했다.

비교적 밥 먹는 속도가 빠른 편인 나보다도 배는 더 빨리 후루룩 밀어넣는 기형도 이상으로 속도를 내고 싶었다. 하지만 잘 보일 필요가 있는 알밤교수 앞이라고 최대한 천천히 먹는다. 메뉴는 삼치구이 백반이었다. 학생식당 주메뉴 비빔밥보다 두 배 이상 비싸 평소에 못 먹던 식단이라 더욱 맛났다.

"우리 친구, 시장한가 보네. 밥 한 공기 더 시켜?"

"네."

머리는 됐다고 하는데 입은 따로 놀았다. 내리 라면만 여러 끼를 삼킨 뒤끝이기 때문일까. 배가 체면을 차리라고 지시하는 머리를 정면으로 배반했다.

"수학에 관심을 가진 동기가 있는가?"

"네."

언젠가 기형도에게 한 이야기를 그대로 전하려다가 각본을 조금 바꾸기로 한다.

"유년기 때 앞집 소녀의 죽음을 목격하고 사람이 죽으면 어디로 가는지가 되게 궁금했지예. 그래서 어른들한테 물었더니 극락, 천국, 선계(仙界), 무하유지향('장자'에 나오는 유토피아) 운운하는 걸 보고 답이 없다고, 답을 모른다고 직감했습니다. 만일 정답이 있다면 하나일 텐데 여러 답이 있다는 건 모두 다 거짓말일 확률이 높다는 이야기로 다가왔지예. 그래서 저만의 답을 찾아나섰습니다. 객관적으로 사람이 죽으면 썩어 낱낱이 해체가 되는데, 원자로 돌아간다는 게 현대 물리학자들 견해 아닙니까. 원자는 또 더 작은 소립자로 구성되어 있어서 무한히 작은 점에 주목하게 됐지예. 물리학적 접근말고 수학적으로 다가가보자고 한 건, 물리학 지식은 $F=ma^{33}$와 $E=mc^2$ [34] 관계에서 보듯 계속 수정되는 게 마음에 들지 않더라고예. 내가 찾은 답은 절대 틀리지 말자는 생각이 무지 강했기 때문에 점의 수학적 속성을 알아보았습니다. 점이 사는 공간에 관심을 가지게 된 것도 그 때문이고예. 하여간 수학은 아무리 시간이 지나도 한 번 증명된 Theorem(정리)은 영원히 수정되지 않는다는 무한매력이 저를 사로잡았습니다. 한 인간을 구성하던 원자 같은, 원자보다 더 작은 점 하나가 '빅뱅(Big Bang)'을 일으키면 우리 우주 같은 멋진 공간이 탄생한다는 게 현대물리학의 결론 아닙니까. 점과 점을 이으면 선이 되고, 선과 선을 이으면 면이 되는 이치를 근본적으로 연구하는 수학세계야말로……『point set topology(점집합 위상수학)』같은 데까지 손대게 된 게 다 그 때문입니다."

"혼자서?"

"네."

"어떤 책을 보았는가?"

"여러 책들 중에서도 부르바키에서 나온 영문판『general topology(일반 위상수학)』과 캘리(J.L. Kelley) 책이 가장 기억에 남습니다."

"목차만 훑어본 건 아니고? 잘난 체하려."

"아는 내용이 많아 처음부터 끝까지 무식하게 독파하지는 않았습니다. 모르는 부분만 찾아서 읽고 관련 문제들을 풀어보았으니까 대충 봤다는 표현이 적확할 겁니다."

"『점집합 위상수학』하고 『일반 위상수학』이 어떤 관계인지 아는가?"

"에이, 교수님. 저를 통박(잔머리)이나 굴리는 후루꾸(엉터리)로 보셔도 유만부동이지예. 똑같은 말이잖습니까. 이꼬루(equal)가 성립하니까예."

알밤교수의 전공이 위상수학 탓일 게다. 나를 시험하려고 든 것을 보면. 몇몇 전공 분야는 테스트를 통해 내가 어느 정도 감을 잡고 있는 줄은 파악했지만 당신의 전공 분야까지 감히 아는 척을 하자 기초부터 체크하는 셈이었다.

"유명 수학 저널에서 점의 수학적 속성을 논한 주요 논문을 이래봬도 상당히 봤습니다. 국내 수학자 김제필 논문[35]도 찾아서 읽어본 사람한테 그러시면 좀 곤란하지예."

"우리 친구가 김제필 논문까지 다 읽었다고? 대학원생들도 어려워하는 건데. 우리 친구 얘기를 더 듣고 싶지만, 오후 두 시부터 대학원 강의가 있어서 말이야."

알밤교수가 몹시 아쉬워했다. 그만하면 일단 대성공이었다. 이쯤에서 그칠까 하다가 기왕 판을 벌인 김에 한발 더 진도를 나가도 되겠다는 객기가 발동한다.

"교수님, 저는 위상수학이니 미분기하니 복소기하니 하는 분야는 제 주 관심사항이 아닙니다. 제가 오랫동안 목을 매고 있는 에베레스트산은 대수기하학 아닙니까."

"뭐라, 우리 친구가 대수기하학을 안다고? 대수기하학을!"

교수식당 앞에서 헤어지기 직전에 알밤교수가 뒤로 발라당 나자빠질 정도로 놀란다.

먼저 점심을 먹고 학생식당 1층 로비에서 기다리다가 이 장면만 목격한 기형도도 담판이 깨진 줄 알고 기겁하는 눈치였다. 두 사람이 당황할수록 나는 속으로 쾌재를 불렀다.

6

3월 18일. 화요일.

이날은 특별한 날이다. 왜냐하면 문학회 신입생 환영회가 있는 날이니까.

올해 서클 신입회원 수가 전체 신입생의 4분의 3에 해당하는 1천 5백여 명인 것으로 나타났다는 어떤 통계가 단적으로 말해주듯 그야말로 '서클 전성시대'였다. 특정 서클에 관심이 가서 가입하는 학생들이 다수일 테지만 원하는 대학, 원하는 학과에 본인의 의지에도 불구하고 못 들어간 학생들의 탈출구 역할도 서클은 분명히 했다. 경우는 약간 다르지만 기형도와 나도 그 범주에 들어간다고 봐도 무방하다.

문학회 서클룸이 협소한 관계로 평소 '시 합평회'를 겸한 정기 모임은 학생회관의 넓은 회의실을 주로 활용했다. 이날도 마찬가지였다. 3층 제5회의실을 빌렸다. 작년 신입생 환영회 때와 다른 점은 '젊음, 지치다'를 토론 주제로 잡았다는 점이다.

"대체 어느 인간이 야시꾸리한 제목을 달았노?"

내가 옆자리에 앉은 기형도에게 귓속말로 묻는다.

"나도 일조했으니까 너무 그러지 마. 회장을 맡고 있는 78학번 형이

시 합평회 이외에 가볍게 좀 썰 풀자고 해서. 뭔 제목이 좋겠느냐고 하지 뭐니. 그래서 입시에 찌들려 맥아리가 없는 신입생 이야기를 원껏 듣자는 취지에서 내가 바람을 잡았어. 실은 우리 허승구 군께서 요즘 팍 삭아 있는 것 같아 거기서 아이디어를 얻었지롱."

토론 제목이 말랑말랑해서일까. 다들 부담없이 돌아가면서 한마디씩 했다. 기형도는 밝고 경쾌하게 때로는 일부러 음울하게 표정을 변화무쌍하게 바꿔가며 헤르만 헤세의 「여름은 늙어버렸고⋯⋯」에 나오는 '여름은 늙고 지쳤다. (중략). 더는 아무것도 듣지도 보지도 않고/ 스르르 잠이 든다⋯⋯ 죽는다⋯⋯ 사라진다⋯⋯'를 한 편의 모노드라마를 공연하듯 읊었다. 너댓 명의 신입 여학생들 눈이 유달리 반짝였다. 열 명쯤 되는 신입 남학생들과 기존 회원들은 좀 간지럽다는 게 대체적인 반응이다.

뒤풀이 장소는 「대신촌회관」이었다. 대학 정문에서 신촌 로터리 사이의 대로변에 위치하고 있어서 애용하는 1차 장소였다. 신입 회원부터 돌아가며 자기 소개를 한 후 십팔번을 부르며 원껏 유흥을 즐긴 후 '여름은 가고 적막한 이 숲 속에서'로 시작해 '가을을 잃는다'로 끝나는 노래와 윤심덕의 「사의 찬미」를 개사해서 '시도, 소설도, 희곡도, 평론도 다 싫다'로 끝나는, 문학회가(歌) 아닌 문학회가를 떼로 부름으로써 대미를 장식하는 게 정해진 수순이었다.

이날 다소 이색적인 사건이 벌어졌다. 문학회 모임에서는 좀처럼 없는 야유가 쏟아지는 비상사태가 일어났다. 별일이었다. 문과대 1학년 신입 회원이 약간 더듬거리며 다음과 같이 자기 소개를 했기 때문이다.

"이, 이런 말을 80학번 동기들과 선배님들께 드리기가 조심스럽기는 합니다만, 저 자신을 속이지 않고 있는 그대로 소개하자면, 좀 듣기 거북할 수도 있겠지만, 그래도 하겠습니다. 음, 흠. 저, 저를 한 단어로 표현하면, 천재입니다. 천재! 천재라는 증거를 대면요. IQ가 150 만점에 150이고요, 퀴즈 프로그램으로 유명한 모 TV 방송국에서 역대 최고 점수를 받았을 뿐만 아니라……"

문학회의 크고 작은 모임에서 장난삼아, 분위기를 띄우느라 야유를 보낸 경우는 있었다. 하지만 액면 그대로의 야유를 많은 회원들이 일제히 보낸 것은 전무후무한 일이었다.

"얌마, 니가 공부계 1등이라면 난 개지랄계 특등이니라. 개소리 그만 멍멍 짖고 앞으로는 문학회에서 사람소리 내도록!"

한 성질하는 나도 가만히 있지 못하고 우렁차게 멍멍 짖었다. 오죽하면 사람 좋기로 호가 난 기형도마저 내 귀에 대고 인상을 찌푸리며 이렇게 일갈했을까.

"쟤의 근본적인 문제는 문학회원들 입에서 '와 대단하네'라는 반응이 나올 줄 알았다는 거야. 허승구도 잘 알겠지만, 자고로 사람은 누구나 앞서기를 바라는 마음이 있는 관계로, 설령 그 모든 게 사실일지라도 남의 입이 아닌, 제 입으로 자기 자랑을 늘어놓으면 싫어한다는 기초적인 상식[36]도…… 결론은 물색없는 놈이라는 것. 스스로를 칭찬하는 걸 허영심이라고 쇼펜하우어가 일갈했거늘."

7

점심때 기형도가 노천극장 입구로 들어서는 것을 보는 즉시 객석 정중앙에 앉게 한 후 나는 무대 위로 올라갔다. 그리고는 고함에 가까운 큰소리로 노래를 불렀다. 「Happy Birthday To You」를.

오늘 4월 1일은 기형도 음력 생일이었다. 신촌시장에서 통닭 한 마리와 순대를 사와서 기다리다가 깜짝쇼를 벌인 것이다. 제 주머니 사정이 여의치 않으면서도 기꺼이 나누어 먹을 줄 아는 기형도에게 못난 놈이 갖추는 최소한의 예의였다. 예상 못한 배려에 기형도가 어지간히 감동을 먹은 듯했다.

"1만 명 이상을 너끈히 수용할 수 있는 노천극장에서 노래한 사람 중 아마도 허승구가 거꾸로 1등일 거야. 만일 가장 노래를 못 부른 사람 순으로 등수를 매긴다면. 하지만 최고였어. 제일 못 부르는 노래로도 사람을 가슴 벅차게 할 수 있음을 온몸으로 보여주었으니까."

정도 이상으로 감격해 오히려 이쪽에서 더 면구스러웠다.

"우리가 강환이 형 괜히 기죽인 거 아닌지 모르겠네."

객석 잔디에 앉아서 뱃속을 웬만큼 채운 후 내가 말하였다.

"왜?"

"며칠 전 우리 대학 총학생회장에 당선된 사람 인상이 내가 선호하는 스타일이 아니라서. 실제로는 안 그런지 몰라도 겉모습만 봐선 인간이 좀 띨빡하게 보이더라꼬."

민주화 바람 덕에 학도호국단이라는 이상한 체제를 무너뜨리고 총학생회가 구성됐는데, 이강환이 어느 날 술자리에서 의견을 구했다.

총학생회장 선거에 입후보하려고 하는데 어떻게 생각하느냐고 물었다.

"강환이 형은 노동운동에 대한 관심이 지대하고, 심지가 굳어서 학생회장 무끼(체질)이기는 하지만, 외모가 가시나겉이 지나치게 곱상한 데다 말도 너무 조용조용하게 하는 샌님 스타일이라 좀 아닌 것 같은데예."

나의 일차 의견이었다.

"형, 저도 허승구 의견에 동의합니다. 형은 무슨 장(長)을 하기에는 마음이 여리고 유한 성격이라고 봅니다. 카리스마도 없고요. 평시 총학생회장이라면 몰라도 시국이 하 수상한 이 시기에는 형 같은 스타일이 안 맞다고 봐요."

기형도도 동감했다.

"강환이 형, 아무래도 입후보 포기해야겠습니다. 선동대장 겸 행동대장 무끼인 허승구, 비서 겸 연설문 작성 무끼인 기형도가 아니라면 아니라고 봅니다."

함께 있던 조범룡도 초를 쳤다.

원산도해수욕장에서 자살 소동을 벌일 당시 한쪽 다리씩 붙잡은 기형도와 조범룡 아니었으면 서해 귀신이 될 뻔한 이후로 이강환은 신세 갚기 차원에서 여러 번 술과 밥을 사 근래에 같이 어울리는 일이 잦았다.

"허승구와 같이 있을 때 허승구가 술 한 잔 하지 않은 날이 있었던가. 거의 없었어. 그런 점에서 오늘 내 생일날은 오래도록 잊히지 않겠는 걸."

바로 어제 기형도와 함께 을지로에서 65번 시내버스를 타고 뚝섬으로 가 진탕 마셨기 때문이다. 조범룡은 성수동에서 살고 있었다. 그를 급습한 것은 작년 이맘때 공대생인 내가 문학회에 1년 이상 나오면 1만 원 내기 건 일이 갑자기 생각난 까닭이다.

　어제 과음한 탓에 술이 채 깨지도 않은 상태에서 다시 낮술을 하기에는 무리여서 간신히 참은 거였다.

　"한번 볼래, 모처럼 맨정신이니까. 생일 이벤트에 대한 기형도식 감사 표시야. 지난 2월에 썼어. 스타일을 조금 바꿔봤는데 괜찮은지 봐줘."

　기형도가 시작 노트를 보여주었다. 「시인 1,2」가 깔끔하게 정서되어 있었다.

　"두 편 다 자연순환을 아주 세련된 언어로 노래했네. 그 밑바탕엔 윤회사상이 깔려 있고."

　"봉원사에서 만난 영감님이 백팔번뇌 두 번이 216이니 뭐니 운운한 이후부터 윤회에 대해 생각하는 시간이 많아진 게 사실이야. 따지고 보면 예수의 죽음과 부활도 거시적으로 보면 윤회를 전제로 한 이야기잖아."

　"역시 형도는 예리해. 이 수학 논문 복사물 좀 볼래."

　가방에 마침 적절한 자료가 있다는 생각이 났다.

　"무슨 말인지 하나도 모르겠는걸."

　"이해해, 이공계에 다니지 않으니까. 이 수식을 코시-리만 방정식이라고 해. 복소함수의 미분 가능 조건이지. 억수로 재미나는 건 말이다. 복소함수는 한 번 미분 가능하면 무한 번 미분 가능하다는 건기

라. 적분값은 적분 구간이 중간에 움직여도 변하지 않고. 감이 안 잡히나? '한 번 미분 가능하면'을 '일단 한 번 태어나면'으로 바꾸고 '적분값'을 씨앗의 씨눈처럼, DNA처럼 '타고난 본성'으로, 그리고 '적분 구간이 움직여도 적분값이 변하지 않는다'를 '다시 태어나도 전생의 본질은 변하지 않는다'로 바꾸어 봐. 죽이제?"

"아, 기묘 절묘! 생물 개체의 발생은 그 계통 발생을 되풀이한다고 했으니만큼."

그 이후 우리 두 사람은 수수께끼 같은 대자연의 이치를 수학과 생물학이란 도구로 오래도록 들여다보기도 하고, 올려다보기도 했다.

8

나의 영혼을 사로잡고 있는 수학 분야가 대수기하학이란 말을 듣고 알밤교수가 어마지두 놀란 데는 다 이유가 있다. 대수기하학이 열혈 수학도들에게도 골치 아픈 분야의 대명사로 통해서다. 수학 전반을 두루 꿰뚫고 있지 않으면 접근 자체가 불가능한 영역이기 때문이다.

자연히 알밤교수가 나를 보고 싶어 애가 달았다. 사실인지 과장인지 허풍인지 사기인지를 확인하고 싶어 조교와 박사과정 학생을 여러 번 나에게 보냈다. 하지만 나로서는 아쉬울 게 하나도 없었다. 진작에 소기의 목적을 달성했으므로. 더 이상 얻을 게 별로 없는지라 요리 빼고 조리 빼며 시간을 마냥 끌었다. 알밤교수한테 좀 더 실력을 인정받으면 보다 좋은 학점을 받겠지만 나에게는 F학점만 아니라면 A학점이나 D학점이나 똑같았다.

이미 장편소설로 인생의 승부수를 던지기로 단단히 작정한 마당 아닌가.

"허승구, 너 자꾸 그럴래? 계속 몸값을 올리면 교수님한테 F학점 주라고 할 거야. 내가 덕산독서실만 해도 얼마나 자주 전화했으면 32국에 2427이란 전화번호까지 다 외우고 있겠니?"

알밤교수 밑에서 박사과정을 밟고 있는 유하나의 은근한 협박이었다. 문학회 서클룸과 삼청동 자취방, 심지어 덕산독서실까지 여러 차례 방문해도 내가 갖은 핑계를 대자 마침내 인내심이 바닥을 드러냈다.

하여 신촌시장과 붙어 있는 「삼호복집」에서 세 사람이 점심을 같이 하기에 이르렀다.

알밤교수는 '예리한 칼'답게 철저하다. 내가 어떻게 대처하는지를 보고자 처음에는 마구 휘둘렀다. 조금이라도 약점을 보인다 싶으면 집요하게 찌르기도 했다. 용케 피하며 잘도 넘기자 어느 순간 칼을 던졌다. 급기야 나도 허심탄회하게 나왔다. 내가 방정식이란 바다를 장기간 즐겁게 헤엄치다 대수기하학이란 대륙에 도착하게 된 과정과 그이후의 성과를 담은 『그림 없는 그림책』이야기, 그것을 한 단계 더 진화시킨 대학노트를 어처구니없는 일로 잃어버리게 된 해프닝까지 소상하게 말씀드리자, 알밤교수가 힘주어 말하였다. 1년 시간을 줄 터이니 복원하라고 나왔다.

"장편소설 집필 계획이 있어서 그건 좀 곤란한데에."

"복원 상태와 진도를 봐서 학점을 줄 거야. 숫제 안 하면 F학점 나갈 줄 알어."

"교수님, 그러시는 게 어딨습니까? 약속을 정면으로 어기시는 겁니다."

"내 맘이야. 모든 게 담당교수 권한이라구."

"저도 복구하고 싶습니다. 그러자면 고도로 집중해야 되는데 그 절대시간을 장편소설 쓰는 데 투자해야 해서예. 정 그러시면 시간을 좀 확보해주이소. 1년쯤 더요. 공대 2학년들이 무조건 전공필수로 1년간 배우는 『응용해석학 및 연습』까지 강의와 시험 모두 면제해주시면, 어떻게 한번 해보겠습니다만."

나 역시 만만치 않았다. 그 과목은 수학과 교수진과 수학과 박사과정 학생들이 전담하여 가르치는만큼 당신들이 직접, 아니면 간접적으로라도 얼마든지 영향력을 행사할 수 있었다. 사전 시나리오가 없었는데도 순간적으로 아이디어가 떠올라 대담하게 포석을 깔았다.

두 사람 다 처음에는 아주 어이없어 했다. 내년 교과목까지 부대조건으로 꺼낼 줄 전혀 예상 못했기 때문이다. 그러나 내가 수학과 3학년이 배우는 전공과목들까지 제대로 이해하고 있음을 증명한 후였기에 마지못해 수긍하였다.

"교수님, 소주 한 병 마시게 해주면 안 될까예? 그러면 복원 작업을 훨씬 더 즐겁게 할 것 같습니다. 네에, 부탁입니다."

"낮술을 마시겠다고? 이 친구가 갈수록…… 좋아, 내가 한 잔 따라주지. 유하나가 같이 있으면서 우리 친구 대접 좀 해. 난 다른 대학에서 윤강(세미나)을 주재해야 돼서 이제 나가봐야 되거든."

참복으로 끓인 시원한 복국에 낮술이라. 입이 찢어진다. 노교수가 사는 술이어서일까. 확실히 더 맛있었다.

4월 들어 과외비 받은 돈도 있고 하여 오랜만에 담배도 살 만큼 여유도 생겼다. 3월 내내 꽁초를 주워 피우거나 얻어 피워 얼마나 구차했던가. 아직은 「거북선」까지 사 피울 형편은 못 돼 「한강」으로 만족해야 했지만 그것만으로도 엔간히 만족스러웠다.

일단 술을 마시면 1차로 못 끝내는 버릇을 유하나한테도 그대로 자랑했다. 생맥주집에서 2차를 하고 다시 3차 얘기를 꺼내자 유하나가 정색을 해서 1980년 들어 문학회 회원들과 자주 가는 편인 「캠퍼스 다방」에서 커피로 알코올 기운을 좀 진정시킨다.

"허승구, 언제든 과학관 내 박사과정 연구실로 찾아와. 오늘처럼 가벼운 2차까지는 갈 의향이 있으니까."

"오 하나님, 감사 감사. 하나님과 아까 먹은 복어탕 그리고 대수기하학의 공통점이 뭔지 압니까?"

내가 '누님' 혹은 '선배님'이라고 부르기가 무엇해 붙인 별명 '하나님'을 유하나는 몹시 부담스러워했다.

"뭔데?"

유하나가 어리둥절한다.

"엄청 까다롭다는 겁니다, 하나같이. 보통 사람이 접근하기 곤란하지만 일단 용케 요리만 잘하면 기막힌 맛이 우리를……"

결혼했느냐는 나의 질문에 유하나가 수학한테 시집갔다고 하여 노처녀임을 알고 흰소리를 한 것이다. 뒤늦게 말뜻을 알아차린 유하나가 종주먹을 내밀어 문학회 서클룸으로 급히 피신한다.

기형도에게 승전보를 제일 먼저 전하고 싶었는데 마침 안에 있었다. 그러나 여러 회원들 사이에 둘러싸여 있어서 대화를 편하게 나누기는 곤란하였다.

"아, 이 노릇을 어쩨. 4월 랭킹 다크호스로 떠오르는 사람은 13급인 나뿐이네."

기형도가 특유의 경쾌한 톤으로 즐거워 죽는다.

형도는 언젠가부터 문학회 바둑소식을 백지에 깔끔하게 정서하는 일을 자청했다. 1위부터 적었는데 아마 1급을 자랑하는 선두 그룹부터 18급 꼴찌까지 일목요연하게 볼 수 있도록 월별로 랭킹을 정리하였다. 그 도표만 보면 한눈에 누가 어느 만큼 어떤 식으로 부침을 거듭했는지가 잘 드러났다.

"속도 참 좋다. 그런 걸 하고 싶냐?"

대충 적는 게 아니라 수고스럽게 반듯이 정서하면서도 재치 넘치는 수다를 떠는 기형도가 하루는 못마땅해 대놓고 힐난했다.

"응. 재미있잖아."

"뭐라꼬, 재미? 자잘한 데서도 재미를 느낀다? 내캉은 확실히 종(種)이 다르구마는."

기형도를 안 이후 그가 무엇을 잘 못한다고는 상상할 수 없었다. 웬만한 것은 다 잘하는 기린아였다. 그런데 예외가 있었다. 바둑이었다. 기형도가 바둑만은 젬병이면서도 틈만 나면 바둑알을 잡거나 고수들이 두는 바둑판을 오래오래 곁에서 들여다보곤 했다. 나와는 정반대였다. 관심이 없으면 그게 무엇이든 구경은 고사하고 사뭇 외면하는 쪽이니까. 그 때문에 문학회 분위기가 문학 대신 바둑에 과하게 빠지는 듯하면 불만을 터뜨리곤 했다. 그렇게 바둑이 좋으면 교내 바둑 서클 「기우회」로 가라는 게 나의 주장이었다.

"승구야, 기형도를 잘 봐줘. 성실성과 두름성이 얼마나 좋으면 문학회의 갖은 뒤치다꺼리를 웃으면서 남김없이 하겠니. 문학회 회장이나 총무도 아니면서. 승구는 바둑 같은 잡기를 일체 안 해서 잘 모르겠지만 형도가 오목 최고수인 건 잘 모르지?"

하루는 내가 대놓고 찧는 소리를 하자 옆에 있던 권진호가 역성을 들었다. 그는 문학회 내 바둑 최고수 그룹에 속하였다.

"진짜로, 진호 씨?"

"대개 오목도 바둑을 잘 두는 사람이 이기거든. 특히 급수 차이가 많이 나면 백전백패에 가까워. 그런데 기형도는 극히 예외야. 아마 1급인 나를 비롯해 문학회 바둑 고수들을 죄다 이기니까. 승률 90퍼센트 이상으로."

말을 잃는다. 기형도가 무엇이든 잘해 은연중 열등감을 느끼곤 했는데 바둑 하나만은 잘 못 둬 그러면 그렇지 했지 않는가.

"승구 형, 저랑 이야기 좀 하면 안 돼요?"

기형도가 나보다 문학회 내 바둑파들과 어울려 시시덕거리는 게 꼴보기 싫어 바로 돌아나오는데 문 앞에서 마주친 문과대 1학년 후배 여학생이 내 소매를 끌었다.

"형도 형, 사귀는 사람 있나요?"

키와 함께 눈이 유달리 큰 게 특징인 후배 여학생이 학관 뒤 벤치에서 이리 뜸을 들이고 저리 뜸을 들여 내가 죄어치자 그제야 요렇게 본색을 드러낸다.

불문과 누나한테 당한 일이 상기되어 기분이 몹시 나빴다. 경위가 어찌 됐든 이번에도 기형도는 이몽룡, 나는 방자가 됐으니까.

9

"아, 이 죽일 놈의 인기."

기형도가 자신에 차서 이 같은 대사를 연극조로 남발하곤 했다. 어떤 여자가 기형도라는 이름의 문 앞에서 관심 있어 노크한다고, 내가 전할 때마다.

나 같은 남자가 보기에 기형도는 잘생기지도 못생기지도 않았다. 보통이었다. 그러나 말과 행동이 사근사근하고 붙임성이 있으며, 유머가 풍부한 데다 똑똑하기까지 해서일까. 인기가 상당했다. 특히 기형도 절창을 듣고 나면 웬만큼 콧대가 높아도 맥을 못 추었다. 남자인 나도 반하겠는데 제아무리 도도한 여자일지라도 무심해질 수가 없었다.

문제의 1980년 5월 16일.

작년과 똑같았다. 올해도 기형도는 어김없이 한 달 전쯤부터 예고했다. 장소만 달랐다. 이번에는 이화여대가 아니라 숙명여대였다.

만일 대학에 들어와서 나한테 어떤 여학생이 노크를 단 한 번이라도 했다면 5월 16일 점심때 굳이 미팅까지는 하지 않았으리라. 나는 대학에 들어온 이후 기형도와 달리 여복이 아주 없었다. 그날 낮 12시에 숙대 앞 경양식집 「마음과 마음」에서 약대생들과 미팅에 나선 까닭은 한마디로 배가 아파서다. 기형도가 알게 모르게 열등감을 자극

해 그것으로부터 눈꼽만큼이라도 벗어나기 위해 용심을 부린 셈이다.

원래 미팅 따위에 별 관심이 없었다. 자연스럽지 않게 다가왔기 때문이다. 그렇지만 본의 아니게 가끔씩 했다. 전적으로 술이란 원수로 말미암아서다. 신촌 일대나 이대 앞 술집에서 술을 마시고 있노라면 안면이 있는 남학생들이 찾아왔다. 대부분 주선자들이었다. 남학생이 모자라므로 급히 '땜방'용이 필요하다고 나왔다. 그럴 경우 통상 음료값이 공짜이고, 술값까지 다소 보조받기에 놀이 차원에서 응하곤 하였다. 이대 앞 '빠리 다방', '명지 다방', '은박지 다방', '에로이카' 같은 장소에 출입한 것은 그 때문이다.

기형도와 약속한 장소는 오고 가는 숙대생들이 잘 보이는 어느 레스토랑 2층이었다. 나는 형도를 약올릴 속셈으로 우정 미팅한 약대생 파트너를 앞세우고 갔다. 그것도 약속 시간보다 30분쯤 늦게. 이미 기형도는 창가에 자리 잡고 앉아 시선을 바깥에 고정하고 있었다. 보아하니 작년과 똑같은 공연을 다시 할 모양이었다. 어차피 오늘 하루는 한없이 우울해할 사람 비위를 맞춰야 해서 단 5분이라도 시간을 벌자는 생각에 파트너와 해도 그만 안 해도 그만인 시시껄렁한 잡담으로 시간을 죽였다.

1980년 봄은, 봄은 봄이되 봄이 없는 기이한 계절이었다. 용재관(현 경영관 자리) 앞의 진달래와 철쭉이 예년처럼 올해에도 화사하게 피었지만 총학생회에서는 '무악큰잔치'라는 이름의 축제 대신 '민주화큰잔치'를 마련했다. 하여 연일 '현 시국에 대한 우리의 입장'이란 주제로 비상학생총회가 열리고, 민주화를 위한 철야농성, 평화적 시위 등으로 이어졌다.

기형도와 나는 '전두환·신현확 등의 3일장 모의 장례식' 같은 민주화 이벤트와 토론, 시위 등에 참여하면서도 내심 죽을맛이었다. 매사 가만히 못 있는 나의 성정으로 인해 실로 고통이 컸다. 마이크를 잡고 앞장서고 싶은 욕구를 억누르기가 생각보다 힘들었다. 기형도도 마찬가지였다. 겉으로 내색하지는 않았지만 정치외교학과에 다니는만큼 누구보다 정견(政見)이 뚜렷했다. 그러나 나와 똑같이 소신을 못 펴고 수동적으로 참여할 수밖에 없는 여건 때문에 봄 내내 전반적으로 표정이 어두웠다.

"승구야, 혹시나 해서 강조하는데, 모레 5월 16일 하루 꼭 비워놓는 거 잊지 않았겠지?"

'전두환은 물러가라 훌라훌라'라는 「훌라송(頌)」을 수천 명의 학우들과 함께 부르는 틈을 이용해 기형도가 약속을 또 상기시켰다. 스크럼을 짠 채 정문을 돌파하여 신촌 로터리를 향해 진출하는 길에서였다.

"그럴 일은 없겠지만, 있어서도 절대 안 되겠지만, 군부 움직임이 심상찮으니까 혹시 계엄령이나 휴교령이 떨어져도 숙대 앞 그 집에서 봐. 알았니?"

이대 입구 사거리쯤에서도 기형도가 거듭 노파심을 드러냈다. 내가 "알았어, 알았어, 알았다니까"를 큰소리로 노래하자 그제야 안심했다.

아현동 고가도로 앞에서 경찰기동대들이 진을 치고 있다가 최루탄을 쏘고 사과탄을 던졌다. 그 바람에 스크럼 대열이 흩어졌다. 기형도와 나는 경기대 방향으로 튀었다가 정진학원을 거쳐 서울역 광장으로 나아갔다.

광장에는 벌써 엄청난 학생들이 집결해 있었다.

가냘픈 비가 주르륵주르륵 내리는 가운데 대학생들의 민주화 함성은 드높았다. 실비가 갈수록 굵어지는 가운데 기형도와 나는 시청 쪽으로 돌진하는 대열에 합류했다. 남대문시장과 광교 일대를 누비고 다니다가 「富士銀行(후지은행)」인가 하는 건물 근처에 갔을 때 사복경찰들이 대기하고 있다가 무차별 곤봉 세례를 퍼부으며 우리 대열을 덮쳤다. 그 아수라장에서 그만 기형도와 헤어지고 말았다.

옷이 찢기고, 살이 터지고, 짓밟히고…… 완전히 난장판이었다. 발악을 했지만 나의 사지는 어느 순간부터 내 것이 아니었다. 사복경찰들의 우악스러운 손아귀에 전신이 단단히 붙들렸다. 본능적으로 그물코에 걸린 한 마리 물고기처럼 발버둥쳤다. 죽을 힘을 다했다. 그래도 속수무책이었다. 나의 오른팔을 쥔 경찰이 "이 새끼, 어서 차에 실어" 하는 순간, 가래침을 그의 눈을 향해 발사하였다. 사지가 꼼짝달싹 못 하는 상황에서 유일한 무기가 그것밖에 없었다. 요행히 최후의 일격이 먹혔다. 경찰이 눈가를 닦으려고 손을 순간적으로 놓는 틈을 이용해 가까스로 달아났으니까. 괘씸했던 모양이다. 가래침 세례를 당한 경찰이 끝까지 따라붙은 걸 보면. 그러나 어떤 빌딩 엘리베이터 걸의 재치 있는 도움으로 간신히 손아귀에서 벗어날 수 있었다.

"허승구 씨, 파트너로서 제가 아무리 맘에 안 들어도 이건 예의가 아니죠. 당신들 게이 같은데, 게이끼리 잘해보세요. 애먼 여자 들러리 세우지 마시고요."

미팅 파트너가 무슨 말을 해도 내가 건성으로 대꾸하며 틈만 나면 기형도에게 눈길을 주자 참다 못한 약대생이 상상력을 발동시켜 제대로 한방 먹이고는 바람같이 사라진다. 그녀 목소리가 높았을까. 기형도가 시종일관 우울하게 창 밖에 눈을 주고 있다가 이쪽을 보았다.

울다가 웃는, 웃다가 우는, 기묘하게 일그러진 기형도 얼굴이 거기에 그렇게 있었다.

안개주의보

1

"승구 오빠, 왜 내가 여기 합천 산골짜기 승구 오빠네에 부랴부랴 내려왔다고 생각해?"

허용녀가 대구 서부시외버스 터미널에서 저녁 7시 40분에 출발하는 막차를 타고 내가 사는 묘산(妙山) 면소재지 버스 정류소에서 내려 우리집으로 가는 산길로 접어들자마자 심각한 어조로 묻는다.

"그야……"

내가 서울에서 내려오기 전 용산역 앞 「여백다방」에서 허용녀에게 전화한 것은 다목적이었다.

나로 인해 알게 된 기형도와 허용녀는 서로 호감을 느껴 주로 신림동 서울대 쪽에서 데이트했다. 그러나 생각보다 진도가 나가지 않았다. 허용녀가 얼마 전 팔짱을 끼자 기형도가 뿌리치지는 않았으나 은근히 거북해서 곤란했던 모양이다. 그렇다고 바로 빼기도 어색해

수습하느라 진땀이 났다고 하였다.

　그 때문에 연인 사이로 도약하는 계기를 마련해주고 싶었다. 여백 다방에서 전화한 것은 그 이외 다른 이유는 없다. 두 사람 사이가 발전해야 노도순에게 향하는 핑크빛 마음의 오솔길이 막힐 테니까.

　"승구 오빠는 알아? 형도 오빠한테 이상한, 아니야, 못된 습관이 있다는 것?"

　해발 1천 미터가 넘는 고산들인 오도산과 두무산이 내려다보는 산골짜기여서일까. 산벌레 소리는 가까이에서, 산짐승 소리는 멀리서 들려왔다. 그윽한 분위기를 허용녀가 또 깬다.

　"가시나가 뭔 말을 할라꼬 그카노?"

　"우리 관계가 잘 아는 선후배 사이에서 남녀 관계로 한 단계씩 진도가 나갈 때마다 형도 오빠가 후렴처럼 덧붙여. 꼭. 자기는 오래 못 살며, 설령 보통 사람처럼 살더라도 젊은 나이에 쓰러져 평생 벽에 똥칠하며 살 게 확실하므로, 이쯤에서 그치는 문제를 심각하게 고려하라고. 형도 오빠 손을 내가 처음 잡은 날, 이 말을 했을 때만 해도 식사 잘하고 맛없는 디저트 먹는 셈쳤어. 시인 지망생이니까. 없는 병도 지어내 끙끙 앓는 문학도 특유의 허세병(病)이려니 생각했는데, 지난달 5.18일 휴교령이 떨어진 지 며칠 안 돼 만났을 때, 갑자기 내가 이쁘게 다가왔는지 포옹을 하더라고. 그 감미로운 여운을 내가 한창 즐기고 있는데, 형도 오빠가 불현듯 자기 행동을 후회하는 몸짓을 하지 뭐야. 그러면서 또 다시 자기를 향해 저주송(頌)을 불러, 기가 찼어. 그후로도 반복하는 걸 보고, 일시적 문청(文靑) 포스가 아닐 수도 있겠다는 생각이 들지 뭐야. 승구 오빠는 기형도 친구로서 어떻게 생각해?"

"……"

벌써 세 번째였다.

기형도가 중앙고등학교 교내 중창당 「목동」에서 바리톤으로 활약할 당시 「수색성당」에서 공연한 적 있는데 거기서 만났다는 피아니스트 지망생이 어느 날 나를 찾아와 한 고민도 기형도의 이 습관이었다. 불문과 누나 역시 똑같았다. 그때까지만 해도 나는 사귀던 여자를 떼어내기 위한 기형도만의 전매특허 논리 내지 일종의 나쁜 연극대사로 보았다.

그러나 이번에는 아니었다. 아버지의 중풍이 기형도 인생에 드리운 그림자가 짙을 수도 있겠다는 생각이 심각하게 들었다. 아니면, 노년까지 살 수 있을지가 인생의 가장 큰 고민거리였던 철학자 칸트와 같은 류의 병을 앓기 때문일까.

2

아버지가 단단히 착각을 했다. 기형도가 아들 친구임을 깜박한 모양이다. 당신의 젊은 벗이라고 오해하지 않았으면 밤새도록 붙잡고 놓아주지 않는 몰상식을 선보이진 않았을 테니까.

만일 내가 교환 가능한 물건이었다면 아버지는 단 1초의 망설임도 없이 진자리에서 바꾸고도 남을 정도였다. 체면이고 뭐고도 없었다. 그만큼 당신은 기형도에게 혹했다.

"시인 지망생이라고? 그래, 시가 뭐라 생각하노?"

시골 집에 도착해 아버지께 큰절을 올리자마자 당신이 기형도에게 던진 낚싯밥이었다.

"인간의 사상과 감성을 나타낸 것이 시요, 그것을 길게 늘어놓은 음절(音節)을 노래라 한 걸로 압니다. 『상서』에 나오지요, 아마도, 아버님."

내가 구닥다리 학문에 고착되어 있는 향토 한학자라고 아버지에 대해 미리 귀띔해놓았기 때문일까. 기형도의 수작이 제법이었다.

"그럼, 맹자의 시론도 들어봤겠네?"

"마음으로 시의 뜻을 헤아려야(以意逆志) 시의 뜻을 터득한다(是爲得之)'라는 맹자 말씀을 이르는 건지요?"

"어허, 준재로다. 당연히 장횡거(1020~1077)가 옛사람 가운데 시를 아는 자는 맹자뿐이라고 평한 것까지 알겠구마는."

기형도가 친구 아버지라고 최대한 예의를 갖춰 장단을 맞추자 당신은 숫제 신이 났다. 당신이 『시경』을 논하면 기형도는 아리스토텔레스의 『시학』으로 맞장구를 치는 식이었다.

하도 흥미롭게 고담준론을 나눠 기형도를 중간에 끌고 나올 수가 없었다. 효도 차원에서 기형도 혼자 놔둔 채 정류소로 마중 나온 거였다.

아버지에게는 술만 취하면 한시를 시조창(唱) 비슷하게 흥얼거리는 버릇이 있었다. 그 연유일까. 굴원, 혜강을 필두로 한 시대를 풍미한 시인들은 물론이려니와 당시(唐詩), 선시(禪詩) 등이 웬만하면 귀에 익었다. 듣기 싫어도 들어야만 하는 부자지간이었으므로.

"당숙께서 형도 오빠를 잡고 있네. 승구 오빠 말대로 뽕을 빼려고 작정하셨구만."

집에 도착하자 여전히 사랑방에서 아버지가 기형도와 함께 동서고금의 시를 논하고 있었다.

역겨웠다. 속이 쓰리면서 밸도 뒤틀린다. 세상의 시가 모두 당신 소유인 양 의기양양 떠드는 아버지를 보면서 왜 내가 새삼 적성에 맞지 않는 공대에 진학했는지가 되새겨졌다. 일종의 반발심이 크게 작용했음이 뒤늦게 의식된다. 문(文)이 신물나 공(工)으로 눈을 돌린 셈이었다.

노장(老莊)을 바탕으로 한 동양고전에 밝은 아버지는 전국의 하많은 문중(門中)의 비문(碑文)을 작성해주는 일이 주업이었다. 문중에 따라 다소 기간이 들쭉날쭉하긴 하나 대개 달포가량 그 문중 재실이나 명망가 댁에 머무르며 술에 파묻혀 지내다 술김에 일필휘지를 보란 듯 자랑한 후 곤죽이 되어 집으로 돌아오곤 했다. 언제나 빈손으로.

그 주업도 내가 중학교 3학년 때 술병이 들면서 종을 쳤다. 간을 자르고, 위를 절제하고, 폐마저 담배에 찌들려 제 역할을 못해 2년가량 입원해 있는 도중 의사가 집에 가서 운명을 맞이하는 게 좋겠다고 하여 퇴원했는데, 천재일우로 되살아나 힘들게 연명하다가 어느새 기운을 차린 올해 초부터 다시 술담배에 손을 대 가족들로 하여금 장탄식을 하게 만들었다.

"저 대책없는 꼰대를 우짜면 좋노, 용녀야."

"승구 오빠, 오빠가 기를 쓰고 당숙부 닮지 않으려고 했지만, 내 눈에는 그 아버지에 그 아들이야. 관심 분야가 좀 달라서 그렇지 언행은 물론이고……"

"가시나가, 그만 못 하나!"

내가 이 세상에서 가장 듣기 싫은 말이 아버지를 닮았다는 소리였다. 어려서부터 문(文)보다는 수(數)에 병적으로 집착한 이유도 어쩌면 뿌리 깊은 반발심도 분명히 있었지 않나 싶다.

"오빠, 당숙부가 가장 역할을 팽개친 채 술을 과하게 즐겨서 탈이지, 의외로 예리한 구석이 있으셔. 올해 초 당숙부가 무슨 일로 상경하였을 때 우리집에 들르셨거든. 그때 난 입시 때문에 그동안 못 본 책을 집중적으로 보고 있었더랬어. 내가 리처드 바크의 『갈매기의 꿈』을 읽고 있자, 뭔 내용이냐고 물으시더라. 그래서 '도전을 강조하는 내용인데요. 높이 나는 갈매기가 멀리 본다는 이야기를 서정적으로 노래한 책이에요'라고 하자, 당숙부께서 이러시는 거 있지. 왕지환(688~742)의 「등관작루(登鸛雀樓 : 관작루에 올라)」를 거론하시며 '천리를 더 멀리 보고 싶어 누각을 한 층 더 오른다'는 내용이라며, 현대판 「등관작루」인가 보지 하시더라구. 당숙부 덕에 새것이라며 자랑하는 세상의 웬만한 현대문학 작품일지라도 고전의 그늘을 벗어나기 어렵겠다는 걸 깨달았다니까."

"가시나야, 그런 인간을 제3자가 되어서 보면 장점도 보이겠지만, 막상 무책임한 아버지가 되면 아닐 꺼로."

3

"스님들, 백련암에 성철 스님이 지금 계시는지 혹 아십니꺼?"

우리 일행이 해인사 경내를 둘러본 후 백련암으로 올라가는 길이었다. 백련암에 8년 장좌불와(長坐不臥)로 유명한 성철 스님이 계신다고 하자 기형도가 관심을 보여 내가 앞장섰다. 내가 지금은 없어진 해인사 앞「할매집」돼지고기맛이 환상적이었느니 하며 한창 올라가는데, 우리와 반대 방향에서 내려오던 두 스님이 마침 길가 바위에 엉덩이를 걸쳐 물어보았다.

애초에는 우리집에서 이틀가량 머무르며 기형도에게 고향 구경을 찬찬히 시키려고 했다. 그러나 아버지의 과도한 관심이 문제였다. 기형도는 재미나 했으나 내가 부담스러워 견딜 수가 없었다.

밤새도록 기형도를 상대로 당신 식견 자랑을 그만큼 했으면 입을 다물 법도 하건만 다음 날 아침 밥상머리에서도 장광설을 펴기 시작했다. 옳고 그르고를 떠나, 도움이 되고 되지 않고를 떠나 아버지의 발언 그 자체가 듣그러웠다. 진절머리가 나 서둘러 집을 뒤로 한 것은 그 이유밖에 없다.

"기형도 자네, 인물이야 인물. 연세대가 좋은 대학인 줄 미처 몰랐는데, 자네 같은 학생이 거기에 다니는 거 보니까네, 좋은 대학이 맞구마는. 헌데 우리 저 짜식이 그 좋은 대학 수준을 왕창 끌어내려서 문제야, 문제는. 문제투성이 짜식을 왜 한시바삐 안 짜르는지 그게 진짜 문제 아이가."

내 속을 다 들여다본 아버지가 기묘한 방식으로 뒤통수를 쳤다. 그 아버지에 그 아들이라는 소리를 이번에는 어머니가 하였다.

"성철 스님이 계시면 뭐할라꼬?"

노스님이 먼저 나서려는 젊은 스님 입을 막으며 투박하게 나온다.

"이것저것 물어볼 게 많아서예."

"큰절 여번데기(구석) 암자에 처박힌 늙은 중놈이 뭘 안다꼬, 촉망받는 젊은이들이 먼 걸음 하노? 다 씨잘데기 없는기라. 시간 낭비라꼬."

노스님이 성철 스님하고 라이벌 관계일까. 과하게 무시한다.

"노스님은 그럼, 평생 죽도록 노력해야 도를 깨친다는 쪽입니꺼? 아니면, 그 반대라예? 어느 순간 단박에 번개처럼 순식간에 깨친다는 쪽이냐 이 말씀입니다."

"똥개가 오래 산다고 진돗개 되나? 진돗개가 평생 열심히 짖는다고 사람처럼 말을 하게 되나? 수저를 닳도록 써도 수저는 음식맛을 모르는 법!³⁷ 요는 타고난 인연이, 근기가 있어야 되는기라."

"……"

"그렇다고 노력이 아무 소용이 없단 소린 아니야. 죽으라고 공부하면 사는 길이 어느 순간 열리는 법. 오죽하면 주자도 학문을 하려면 굳세고 꿋꿋하고 과감한 결단력³⁸이 있어야 된다고 했겠노."

"젊은 처사들, 가던 길 가시게. 우리 큰스님 그만 귀찮게 하고. 어허, 얼른 성철 스님 뵈러 올라가보라니까요."

시봉하는 상좌 스님이 손으로 뿌리치는 동작까지 취해 더 이상의 대화는 불가능했다.

"스님, 성철 스님 좀 뵐 수 있을까예?"

백련암에 도착해 석수로 목을 축인 후 지나가는 스님한테 내가 묻는다.

한여름에 가까운 6월이어서일까. 백련암 탐방객은 우리뿐이다. 암자는 정적에 휩싸여 있었다.

"성철 스님은 삼천배를 안 하면 못 뵙는데요, 처사님들. 오늘은 그 삼천배를 해도 못 봅니다. 조금 전에 상좌 스님하고 출타하셨으니까요."

"아, 그렇다면……"

기형도였다. 나도 이마를 탁 친다. 성철 스님이 오래전부터 유명하다는 소리는 들었지만 얼굴은 고사하고 사진조차 본 적이 없어서 생긴 불상사였다.

뒤늦게 우리는 마음이 급했다. 기형도 못지않게 나 역시 다급하였다. 시간이나 공간은 실체가 드리우는 그림자에 불과하다고 한 민코프스키 말이 뒤늦게 생각났기 때문이다. 아인슈타인을 가르친 스승이기도 한 민코프스키의 공언(公言)에 대한 성철 스님의 고견이 정말로 궁금했다. 해서 우리는 다시 뵐 수 있을까 싶어 백련암 아래로 부리나케 뛰어갔다.

4

몰운대(沒雲臺)답다. 이름처럼 수시로 구름이나 안개가 끼이는 데답게 안개가 천지 사이에 아득히 스며들었다.

기형도가 출가한 큰누나 집이 부산에 있는 관계로 중고등학교 때부터 자주 들러 웬만한 명소는 가보았다고 했다. 그래도 부산직할시가 좀 넓은가. 안 가본 곳은 많았다. 그중에서도 형도가 몰운대를 먼저 점찍은 것은 단지 시적(詩的) 제목을 가지고 있다는 이유에서다.

시내에서 접근하기에는 몰운대가 교통편이 애매하고 또 불편했다. 그래서일까. 몰운대를 한 바퀴 돌 때도 그랬지만 다대포해수욕장의 드넓은 해변을 거닐 적에도 사람을 거의 볼 수가 없었다. 한적해서 좋긴 하다. 간간이 데이트를 즐기는 청춘남녀만이 시야에 들어왔다.

몰운대를 소요할 때는 물론이고 틈만 나면 기형도와 허용녀가 데이트할 수 있도록 분위기를 조성했다. 기형도와 상의 없이 합천 고향 집으로 허용녀를 부른 목적을 달성하기 위하여 나름 애썼다. 그러나 생각대로 시나리오가 쓰이지는 않았다. 하여 조바심이 일어났다.

"형도, 여자가 한 발 다가오면 그만큼 자기 존재가 불안해지나?"

어떤 낙서도, 어떤 크로키도 다 포용하는 스케치북 같은 기형도에게 여자가 가까이 다가오면 밀치는 버릇이 있다는 것은 잘 납득이 되지 않았다. 하지만 조심스럽게 그리고 완곡하게 접근한다.

기형도와 나는 서로에게 지나치게 가까이 다가서지도, 그렇다고 지나치게 멀어지지도 않았다. 일정한 선을 지키는 편이었다. 지구가 태양하고 일정한 거리를 유지하듯. 친하다는 이유로 과도하게 개입하거나 오지랖 넓게 충고하면 의도와는 달리 도리어 멀어질 수 있음을 성장과정에서 자연스럽게 깨달은 결과다.

"응. 약간."

다대포해수욕장 모래사장을 한참 말없이 걷다가 아주 천천히 답한다. 진중하고 신중하다. 어느 순간부터 허용녀는 노도순과 앞장서 걸어갔는데 안개에 가려 보일락말락했다.

"'나는 나 자신에 대하여, 여러 날을 두고두고, 가장 끔찍한 생각을 한다.'"

또 긴 침묵 끝에 기형도가 갑자기 무슨 생각이 났는지 모래사장에 엎드리더니 검지로 이렇게 썼다. 필체도 글자가 옆으로 금세 쓰러질 듯 위태위태하게.

"까뮈."

매해 5월 16일마다 공연하는 심각제(祭)와 관계 있느냐고 질문하려는데 까뮈 어록임을 밝혀 허파에서 바람이 빠진다.

"나 허승구의 심연을 들여다본 것 같아."

"뭔 심연?"

"허승구 고향 마을을 내려다보는 오도산과 두무산 말이야. 해발 1천 미터가 넘는 두 산을 보고서 허승구의 무의식을 살짝 엿본 것 같아서 하는 말이네. 오도산은 삼각형, 두무산은 반원을 닮았더라고. 태어나면서부터 삼각형과 반원하고 자나깨나 함께 살았으니 어찌 수학도가 되지 않을 수 있겠니. 안 그렇니? 잘 보았지?"

확실히 기형도의 관찰력은 남다른 데가 있었다. 공교롭게도 두 산이 삼각형과 반원을 떠올리게 했지만 그게 그런 식으로 연결되리라고는 미처 못 생각했지 않은가.

"나도 그럼 기형도 심연……"

"반도체를 이 모래로 만든다고 들은 것 같은데, 승구야."

기형도가 먼저 모래밭에 철퍼덕 주저앉으며 모래 한 줌을 손아귀에 쥐었다. 이번에는 내가 내면 속으로 침투할 기세이자 방어막을 치는 의도가 완연하다.

"그래, 이 모래에 많은 규소, 즉 실리콘으로부터 안 만드나. 지구상에 모래가 무진장 많기 땜에 석유처럼 원료 수급에는 문제가 없제."

공과대학 2학년에 올라와서 내가 유일하게 재미를 붙인 과목이 반도체공학 관련 공부였다. 작디작은 모래에서 첨단기술이 나온다는 게 무진장 신기했다. 모래를 추상화 내지 이상화시키면 수학적 점하고도 연결되어 더 매력적으로 다가왔다.

　『점집합 위상수학』을 처음 접했을 때 왠지 낯설면서도 친숙하다는 느낌에 사로잡혔지 않는가. 하지만 그 정체를 알 수가 없었다. 오리무중이었다. 그러다가 어느 날 문득 어머니가 부업으로 하던 홀치기가 연상되면서 수수께끼의 상당 부분이 풀렸다.

　홀치기는 일본 전통의상을 만들기 위한 1차 가공품이다. 양단이나 기타 본견직물의 특정 문양을 위하여 수많은 점을 찍고, 그 점마다 바늘코를 이용하여 작은 사마귀 모양으로 톡 튀어나오도록 실로 홀쳐매는 것을 가리켰다. 1매 원단마다 최하 4, 5만 개에 이르는 점에서부터 2, 30만 개의 점을 홀쳐매는데 하루종일 일해야 대개 1, 2만 점을 홀쳐맬 수 있었다. 우리 어머니는 내가 태어나기도 전부터 했고, 가졌을 때도 하고, 태어난 후에도 한 탓일까. 고수였다. 보통 부녀자들보다 두세 배는 더 손이 빨랐으므로. 하지만 어린 내 눈에는 그 점이, 온통 검은점투성이인 원단이 아득하기만 했다. 중고등학교 다닐 때 여름이면 살다시피한 광안리해수욕장에서 모래알을 볼 때마다 느꼈던 아득함하고 겹쳐지면서, 왜 점집합 위상수학하고 반도체공학이 낯설면서도 낯설지 않았는지가 비로소 어느 정도 해명이 됐다.

　불과 얼마 전이었다. 이를 벼락처럼 깨달은 것은. 해변의 수많은 모래알, 홀치기의 수많은 검은점, 밤하늘의 수많은 별들 사이에 숨어 있는 수학을.

"형도야. 반도체산업이 장편소설하고 비슷한 속성이 있다는 거 알랑가 모르겠다."

"그게 무슨 말?"

형도가 드러누운 채 오른손으로 턱을 받치며 묻는다.

"반도체가 최첨단 기술집약 산업이라 성공하면 떼돈을 벌지만 실패하면 왕창 망한다 아이가. 대규모 투자라는 모험이 필수이고, 남보다 한발 앞서 신제품을 내놓아야 한다는 것도 그렇고. 반도체가 경기순환을 타는데 장편소설 시장 역시 그런 측면이 안 있나."

"상경하면, 집필에 들어가는 거니?"

"여름방학 두 달을 이용해서 초고를 다 쓰려고 준비야 했제. 퇴고와 정서는 2학기에 할 생각이었고. 한데 지난달 5월 18일 휴교령이 떨어지는 바람에 시간을 쪼깨 벌었다꼬 이리 놀고 안 있나. 계획을 좀 바꿔 탈고까지 8월 말까진 다 끝낼 작정이지만, 글쎄, 잘 될지 모르겠다."

"다른 건 몰라도 허승구의 집중력 하나는 인정하지. 무엇이든 한번 시작하면 끝장을 보는 게 승구 특기잖아. 술이든 수학이든. 장편소설 집필에도 그 특기가 발휘되리라고 난 확신해. 허승구에게는 끝장을 보고야마는 광기라는 총알이 잔뜩 장전되어 있는데 무얼 걱정해? 일단 쏘기 시작하면 장편소설이란 괴물 하나를 금세 사로잡을 수 있을 거야."

"고맙대이, 그리 말해줘서. 문제는 빨리 쓰는 게 미덕이 아니라서 말이야."

좌사(左思)가 『삼도부(三都賦)』를 짓기 위해 자료 수집에만 12년이란 세월을 보냈다는 이야기를 언젠가 아버지로부터 귀동냥했는데 그 삽화가 목에 걸린 가시처럼 내심 걸렸다.

"그렇기는 하지. 아마 보들레르일 거야. 그가 작품을 빨리 쓰라고 한 걸로 알아. 니체도 걸작 『짜라투스트라는 이렇게 말했다』를 스스로에게 도취되어 열흘 만에 끝냈다고 들었어. 빨리 쓰든 느리게 쓰든, 준비를 많이 했든 적게 했든, 핵심은 잘 쓰는 것이잖아. 그것만 명심하면 다른 건 다 무시해도 좋다고 봐."

기형도로부터 신문사 장편소설 공모 상금이 2천만 원이라는 소리를 듣는 순간부터 속으로 그 거금은 바로 내 돈이라고 생각한 데는 나름 근거가 있었다.

중학교 2학년 때였다. 광안리해수욕장과 해운대 일원이 한눈에 들어오는 중학교에 다녔는데 국어를 가르치는 선생이 마침 등단한 시인이었다. 그 선생이 수업 도중 하루는 한국소설을 논했는데, 한국소설에는 철학이 없고 무엇이 없고 무엇이 없다는 무엇타령을 하다가, 결정적인 병폐가 단편소설 중심이라고 지적했다. 그 결과 장편소설다운 장편소설이 없다고 한탄까지 하지 않는가.

그 직후부터였다. 변변한 장편소설 한 권 안 읽은 주제에 감히 언젠가는 제대로 된 장편소설을 이 손으로 써보기로 결심했다. 될 만한 이야기감을 찾고, 모으고, 듣고, 메모해 왔다. 일매지어 말해, 어린 나이치고는 한마디로 준비되어 있었다.

"허승구, 허승구답지 않게 뭘 꾸물거려? 크라즈(용기)를 내. 질러, 지르라고. 두 잇(Do it)! 무슨 일이든 뒷감당 생각 않고 용감무쌍하게 저지르고 보는 인간이 허승구잖아. 저지르는 특기를, 여기에 매사 끝

장을 보는 특기가 더해지면, 아, 게임 끝이라고 봐. 적어도 나 기형도
는."

　내가 잊고 있던 나의 원초적 본능을 재차 일깨워주는 기형도 앞에
서 나는 기형도를 다시 보았다.

5

　"저기니?"

　내가 대연동(洞) 못골시장 입구에 서 있는 건물을 육교 위에서 가리
키자 기형도가 머리짓을 한다.

　"그래. 3층 구석자리에 있던 게 「고려독서실」이었니라."

　서울행 열차표를 끊고 나자 시간의 여유가 있었다. 부산역 광장 분
수대 앞에서 시간을 죽이느니 내가 부산에 오면 자주 가는 영주동 복
국거리 혹은 남포동 「부평집」 혹은 서면 로터리의 「상아탑」 술집에
가서 가볍게 한잔 걸치자고 하자, 기형도가 남포동 「전원다방」과 로
얄호텔에 있는 「광복다방」에서 다비드 오이스트라흐(1908-1974)의 바
이올린 연주곡이나 듣자고 하여, 이제는 내가 싫다고 하자, 뜬금없이
대연동 못골시장 이야기를 하지 않는가. 내가 사과를 훔치려다 결국
실패하고서 수학에 빠진 문제의 독서실을 구경하고 싶노라 했다.

　"평범하네."

　"내가 봐도, 보잘것없구마는."

　어느 도시 어느 동을 가도 흔히 보는 건물이었다. 색다른 것은 눈을

씻고 봐도 찾아볼 수가 없다. 나를 스스로 유리(遊離), 아닌 유폐시키고 수학바다에 빠졌던 공간이 너무 그저 그래 쑥스럽다.

"나 역시 여러 번 겪었더랬어. 어릴 적 의미 있던 공간이 어느 날 커서 다시 보니까 지극히 평이해서. 우리가 그만큼 성장했다는 뜻일 거야. 가만히 보니까 '고려'라는 이름이 상징적이네. 수학 마니아들이 흔히 하는 레퍼토리가 수학이 매우 아름답다는 소리잖아. 비록 특이 사항은 없지만 저 독서실 자리 역시 이 세계의 중심이라고 봐. 실제로 구(球) 위의 모든 점이 수학적 중심임은 승구가 상시로 강조하는 일상이잖아. 작은 모래 한 알, 우리 한 사람 한 사람, 이 건물 저 건물 모두, 지구라는 구에서 볼 때 다 중심이니만큼 기죽을 건 없지. 비록 전두환 일당이 자기들만 한국의 중심이라고 현재 설치고 있지만, 오래 못 가, 내가 볼 때. 어차피 한반도 위의 모든 만물 하나하나가 다 중심이니까. 안 그렇니?"

6

미치고 환장할 노릇이었다.

설계도도 완벽하고 건축 자재도 다 준비했건만 도대체 첫 삽을 뜰 수가 없다. 첫 문장을 쓰려고 보름가량 애꿎은 2백자 갱지 원고지와 씨름했으나 한 발자국도 못 내디뎠다. 그 과정에서 안 해본 짓이 없었다. 2박3일 간 술에 떡이 되어도 보고, 북한산에 올라가보기도 하고, 신촌역에서 기차를 타고 문산까지 다녀오기도 하고, 심지어 세브란스병원 중환자실과 응급실에서 밤을 새기도 하고 --- 별의별 짓거리와 발광까지 모두 해보았다. 그래도 도루묵이었다.

"허승구, 너무 초조해 마. 성악에서도 첫 음이 무지 중요해. 일류 성악가라도 첫 음이 안 나오면 그 노래 망쳐. 이류라도 첫 음만 잘 나오면 일사천리로 곡이 이어지거든."

창작 엔진 시동이 좀처럼 걸리지 않아 내가 하루는 푸념하자 기형도가 한 언사(言辭)였다.

그 와중에 집필을 방해하는 강력한 적이 7월 초에 나타났다. 1980년도 1학기 같은 경우 민주화 열병으로 인해 많은 학과에서 중간고사도 못 본 과목이 많았다. 자연히 대학 전체적으로도 학사일정이 엉망이었다. 여기에다 5월 18일 휴교령까지 떨어져 기말고사 자체가 통째로 사라졌다. 하여 대학 측에서 성적 산정이 곤란해서일까. 리포트로 대체하겠다고 나왔다. 리포트 수준에 따라 성적을 주겠다는 거였다.

공대생 같은 경우 삼삼오오 모여 서로의 집을 오가며 머리를 맞댔다. 대부분의 리포트가 수학 문제를 많이 푸는 형식이라 혼자서는 엄두가 나지 않아 분담할 필요가 있었다.

"승구 'F선상의 아리아(F학점투성이 성적)' 대신 'D선상의 아리아'라도 받으려면 시늉이라도 해야 될걸."

나에게 호의를 가진 공대 친구가 리포트 베낄 기회를 자진해서 주겠다지 않는가. 고마웠다. 내가 장학금 같은 것이나 노리고 베끼는 얌체족이 아님을 알기에 다른 스터디 그룹들도 비교적 협조적이었다. 이에 나도 D학점 정도 받을 수준으로만 베낌으로써 원저자에 대한 예의를 최대한 갖추었다.

"작품 중에 '사시나무 떨 듯 한다'는 표현이 나오네. 식상해. 사시나무를 보기나 한 거니?"

아침 일찍 「독수리다방」에서 마지막으로 리포트 베끼기를 한 후, 원저자들에 대한 고마움을 중국집 「백진주」에서 갚은 뒤 문학회 회원들 단골인 「캠퍼스 다방」에 들어와 테이블 위에 엎드려 잔 것이다. '빼갈'을 상당량 마신 탓에 정신없이 곯아떨어졌다.

얼마나 잤을까. 이마를 받치고 있던 오른팔 팔뚝이 저려와 왼팔로 바꾸려고 하는데 기형도의 경쾌한 목소리가 맞은편 좌석에서 났다.

"아니."

기형도 지적에 당황했는지 아니면 자존심이 상했는지 어느 문학회 회원이 한 템포 늦게 답한다.

"클리셰(cliche : 진부한 표현)를 삼가자는 차원에서 하는 말이니 오해 마. 흔한 직유조차 일상에서는 괜찮지만 작품에서는 조심할 필요가 있다고 봐. 간접적으로 얻은 지식으로 접근하면 코 떼이기 딱 좋거든."

그러면서 기형도는 흰 나무껍질에 검은 흉터를 가진 사시나무가 약한 바람에도 파르르 떠는 이유를 친절하게 곁들였다. 다른 나뭇잎보다 잎자루가 유달리 긴 탓이란다.

매사 기형도는 이런 식이었다.

나 역시 올 봄에 한방 먹었다. 어느 날 교정에 핀 개나리를 보고 무심코 봄을 가장 먼저 알리는 전령사 운운했다가 "허승구, 틀렸어. 미선나무가 개나리보다 더 빨리 피거든. 가지와 꽃 모양은 개나리와 비슷하지만 꽃 색은 오히려 벚꽃과 가까워. 한국 고유종이기도 하지"라는 기형도 반응을 들어야만 했다.

문제는 기형도의 지적질을 받고도 나뿐 아니라 다른 사람들도 대부분 웃어넘긴다는 사실이다. 분명히 기분 나쁜 요소가 있지만 기형도가 하면 괜찮았다. 묘했다. 확실히 보통 재주는 아니었다.

"기형도 학생, 율무차 한 잔 더 갖다줄까요?"

레지 아가씨가 항상 커피보다는 율무차를 즐겨 시키는 기형도에게 다가와 친절을 베푼다.

"네, 저야 고맙죠. 그런데 왜 저한테 이러시죠?"

"사모님이 기형도 학생에게만은 수시로 특별 서비스를 하라시네요."

「캠퍼스 다방」여주인은 계산대에 앉아 늘 뜨개질을 했다. 문제는 중년 여주인의 외모였다. 독특했으니까. 매부리코만 아니라면 누가봐도 상당한 미인이었다. 하얀 피부에 서구풍 얼굴이라 르누아르 혹은 클림트 그림 속 여자 모델을 방불케 하는 데가 있었다.

이국적인 얼굴이 기형도 눈길도 끌어 틈틈이 공책을 꺼내 크로키로 그리곤 했다. 짬만 나면 으레 하는 기형도의 장난이라 그러려니 하다가, 하루는 보니까, 웬만한 화가 뺨치게 잘 그려 내가 빼앗아 여주인에게 보여주었다.

"어머, 나를 너무 아름답게 묘사했네요. 어쩜 좋아. 내가 가져도 돼요? 연세대에는 미술대학이 없는 걸로 아는데 대체 누가 이렇게 기막히게 그렸지요?"

그날 이후 기형도는 화가 대접을 제대로 받았다. 남편까지 아내를 그린 크로키가 대단히 마음에 든 모양이었다. 모 대기업에서 부장인가 이사인가로 오래 있다가 퇴직한 후 아내 부업용으로 인수했노라고 밝힌 남자 주인이 어느 날 나에게 조용히 다가왔으므로. 웬일인지 술도 한잔 샀다. 영화배우 윤일봉처럼 훤칠하게 잘생긴 남자 주인의 용건은 간단했다. 기형도에게 부탁해 당신 크로키도 한 장 그려달라는 것. 직접 나서기가 민망해 나를 매개체로 삼았다.

"누가, 첫 빳따(번째)로 「캠퍼스 다방」에서 자고 아침에 일어나는 용사가 될지 우리 내기 할까? 상품으로, 내가 양주 한 병 내놓으마. 박통(박정희 대통령)이 좋아했다는 양주로다."

내가 온몸이 결려 이제는 그만 잘까 하는데 누가 호기롭게 나왔다. 지난주 밤늦게 취한 척 연기했지만 결국 쫓겨난 회원이었다.

장난삼아 한 제안에는 말 못할 사연이 숨어 있었다. 이미 여러 명이 도전했지만 번번이 실패한 우리들의 과제 가운데 하나였다.

「캠퍼스 다방」은 대학 정문에서 신촌 로터리로 가는 대로변 2층에 있었는데 60년대식 옛날 다방 분위기를 풍기면서도 한쪽 코너에 뮤직박스가 있어서 음악다방 시늉도 냈다. 하지만 오르내리는 계단이 가팔라 불편하고 공간이 좁은 데다 실내장식도 수수해 문학회 사람 이외 특정 서클이나 특정 학과 사람들이 단골로 드나드는 다방은 아니었다. 그러나 어딘지 모르게 문학회 사람들 취향하고는 맞아 하시라도 「캠퍼스 다방」에 들르기만 하면 회원들이 죽치고 앉아 잡담과 농담이 자욱한 담배연기를 따라 어지럽게 춤추는 광경을 볼 수 있었다. 휴교령으로 말미암아 학교에 못 들어가는 관계로 더 붐빈 측면도 있다.

"나는 삼겹살에 소주 한 잔."

"난 막걸리에 두부김치 하나."

그 외에도 상품이 더 나왔다. 왜 앞다투어 경품까지 내걸까. 생각보다 만만치 않은 일임을 한두 번 겪어본 게 아니었기 때문이다.

밤 12시 통금시간이 다가오면 '이제는 우리가 헤어져야 할 시간, 다음에 또 만나요'라는 노래를 반복해 들면서 술에 곯아떨어져 자는 문학회 술꾼들을 레지 아가씨가 인정사정없이 깨웠다. 억병으로 마셔 만취한 척해도, 진짜로 취해도, 어떤 식으로 쇼해도 아무 소용이 없었다. 강제로라도 기어코 다방 문 밖으로 끌어내고 마니까.

"나중에 딴 말 하면 쥑인대이. 알았제?"

남자 주인한테 내걸 요구 조건이 마땅찮았는데 마침 잘됐지 않는가. 내가 기지개를 요란하게 켜며 한여름 낮잠에서 호기롭게 깨어난 이유가 바로 여기에 있었다.

7

죽으려고 해도 죽을 힘조차 없었다. 완전 연소, 완전 방전이었다. 여북하면 몇 발 내디딜 힘조차 없어 덕산독서실 앞까지 택시를 오게 하여 잡아탔을까.

3박4일 간 광기에 휩싸였다. 첫 문장이 장기간의 진통 끝에 드디어 머리를 내밀어 그 기세를 살리느라 강행군을 벌였다. 그러나 집필욕이 식욕과 수면욕을 잠재우는 데는 한계가 있었다. 어느 순간 나 혼자만의 방, 나만 조용히 숨쉴 공간이 극도로 그리웠다. 식욕도 급했지만 수면욕이 한발 앞서 나를 덮쳤다.

그런데 이상했다. 자취방에서 자긴 자는데 여느 때와 다르다. 죽은 듯이 자지지 않고 일순간 으실으실 추워지지 않는가. 분명히 7월 한여름인데도 한기가 느껴졌다. 다락방에 넣어둔 겨울 솜이불을 꺼내 덮어도 마찬가지였다. 식은땀이 나면서 서서히 비몽사몽 속으로 깊이 빠져든다.

"승구야, 내캉 반주께(소꿉놀이) 살자."

어릴 적 같이 놀았던 앞집 여자아이였다. 복숭아빛 얼굴을 한 그 아이가 산골 우리집으로 찾아왔다.

"나야 뭐 댓길이지(아주 좋지)."

우리는 정신없이 부부놀이를 했다. 서로가 집에서 본 아버지 어머니 역할을 맡아 제대로 실천에 옮긴다. 때로는 한밤중에 당신들이 하는 은밀한 행동까지도.

"허승구, 정신 좀 차려. 나야 나, 유하나."

유년의 행복했던 공간이 순식간에 거품처럼 사라져 몹시 아쉽다.

"하나님이 여긴 우짠 일로?"

난감하다. 내가 고열에 시달리며 헛소리를 하면서도 추위를 심하게 타자 유하나가 따뜻한 물수건을 동원해 응급조치를 취했다고 한다.

"우리 지도교수님께서 나더러 허승구 일 진척도를 점검해보라시지 뭐니. 『그림 없는 그림책』 복원하는 거 말이야. 어느 정도 복기했는지 나도 궁금했거든. 그리고 『미분적분학과 해석기하』 리포트 제출하랬는데 허승구는 믿는 구석이 있다고 안 냈더라. 그것도 따질 겸해서 덕산독서실로 갔더니 총무가 그러더라. 필시 몸살로 고생깨나 할 것이라 염려해서 자취방에 왔더니, 아닌 게 아니라, 이 꼴이지 뭐니. 승구가『그림 없는 그림책』작성하면서 본 레퍼런스(reference: 참고 도서) 따위가 낯설면서도 흥미로워 곁을 지겨운 줄 모르고 지키며 누님 역할 좀 했단다. 됐니? 상황이 파악되지?"

8

누나이자 아내이자 어머니이자 하나님이었다. 내가 쇠약해진 몸을 추스릴 수 있도록 유하나가 좁고 누추한 자취방에서 헌신적으로 수발을 들었다. 고충이 이만저만 아니었을 텐데도 싫은 내색 하나 없이 찬찬히 다중 역할을 해내 사람을 감격시켰다.

"어유, 이 땀 좀 봐."

나흘이나 앓은 후 처음으로 식사다운 식사를 했다. 그동안 유하나가 죽을 끓이고, 자취방 근처 유명 맛집에서 설렁탕 등등까지 포장해 왔지만 입맛이 없어서 뜨는 둥 마는 둥한 것이다.

하지만 유하나 어머니가 복달임으로 끓인 민어탕은 달랐다. 일품이었다. 굵은 민어 토막에 잘게 썬 부레가 들어가 있는 국물이 정말 시원했다.

"분홍빛 감도는 뽀얀 살점이 바로 민어 뱃살이야."

기름기가 혀에 감돌면서 사르르 녹는다. 차지고 담백한 등살을 비롯한 각종 부위 회와 전까지 알뜰히 챙겨왔지 않은가. 국물에, 회에, 전에, 정성까지 더해 제대로 보신하자 이마에서 땀이 비 오듯 쏟아졌다.

유하나가 수건으로 땀을 닦아줬지만 미진했다. 세수라도 하려고 자리에서 일어난다. 그 순간 까딱 잘못했으면 쓰러질 뻔하였다. 일순간 현기증이 심하게 몰려왔기 때문이다. 그 위태위태한 찰나에 유하나가 어깻죽지를 선뜻 빌려주었다.

"누나가 위상수학을 했으니만치 위상공간을 잘 알잖아. 임의로 연속변환을 가했을 때 '동일한 것'으로 간주되는 형태를 위상공간이라고 한다는 것. 유년기 때 나의 놀이아내였던 앞집 여자아이가 연속변환해서 '짠' 하고 나타난 게 유하나라는 여자라는 생각이 왜 자꾸 들까, 하나님?"

내가 어깻죽지를 빌린 김에 더 끌어당겨 살포시 안으며 소근거린다. 은은한 진주빛 블라우스 감촉도 아주 좋다.

"환생이나 윤회 문제를 그런 식으로 묘사하니까 근사하긴 해. 하지만 착각하지 마라. 너의 놀이아내가 경상도 산골짜기에서 태어나기 훨씬 전에 내가 서울 사대문 안에서 태어났음을!"

유하나가 짐짓 뿌리치기는 했다. 하지만 강하게 밀치지 않고 답하는 것으로 보아 내가 남자로서도 과히 싫지 않다는 신호로 다가온다.

"말이 그렇다는 거지, 선후를 따져 꼭 적확하게 지적해야 속이 시원합니꺼? 멋대가리 없게시리. 분위기 좀 잡아볼라 캤더니마는…… 그렇게 분위기를 못 타니까 여태껏 연애 한번 제대로 못하고, 시집도 못 갔제."

"남자들이 날 무서워해서 못했을 뿐이야. 내 미모에 넘어왔다가도 내가 수학 마니아임을 알면 무섭다고 뒷걸음질을 치니, 어떡해?"

대학원 석사과정 때 맞선을 자주 보았다고 했다. 그런데 어이없게도 번번이 못 말리는 수학도라는 점이 결격 사유였다고 한다.

"박사과정 진학하면서 맞선도 포기했어. 수학한테 시집가는 셈 치고 집을 나와 독립했어. 여의도에 아파트 한 채 마련했지."

유하나의 외모가 그동안 보통이라고 보았다. 가까이에서 접하기 전에는. 그런데 아니었다. 피부가 백인 버금가게 유난히 하얗지 않는가. 게다 수줍음이나 부끄러움을 타면 사춘기 소녀 모양으로 얼굴이 눈에 띄게 붉어진다는 점이 남자의 심장을 은근히 두근거리게 만들었다. 여기에 더해 단 둘이 있을 때 완전히 표변하는 애교 만점의 목소리와 몸짓은 또 어떤가. 환장하게 나를 드설레이게 하는 요소였다.

"하나님, 요즘 어떤 공간에 꽂혀 있는지예?"

위상수학은 위상공간을 필두로 온갖 수학적 공간을 광범위하게 다루었다. 거리공간, 정칙공간, 정규공간, 연결공간, 함수공간은 물론이려니와 콤팩트 공간, 하우스도르프 공간, 노름 공간처럼 외국어 이름이 붙은 공간뿐 아니라 또 다른 이름의 공간도 길게 줄을 서 있었다.

"proximity space(근접공간)에 관한 논문을 지도교수님과 함께 쓰려고 준비 중이야."

"하나님, 우리 둘만의 근접공간 하나 만드는 것에 대해 우예 생각하는교?"

"나야 좋지. 아이디어가 있니?"

"지금보다 두 배만 더 바짝 붙으면 이야기해줄 수도 있습니다만."

"에이, 허승구 너, 대선배님을 놀리면 못 써. 내가 수학적 공간을 말했지, 언제……"

유하나가 품에서 벗어나려고 해 내가 오히려 더 밀착시킨다. 하얀 목 뒷덜미 피부까지 잘 익은 복숭아빛으로 바뀌는 것으로 미루어보건 대 그냥 한번 해보는 제스처 같았다.

"하나님, 저는 인간이라면 남녀노소 불문하고 누구나 본능적으로 자기만의 공간을 꿈꾼다고 봅니다. 같은 공간에서 숨쉬는 부부일지라 도 서로가 따로 숨쉴 공간이 필요하지 않습니까. 사후에 간다는 천국 과 지옥도 결국 따지고 보면 특정 공간 아니겠어예. 그런 점에서 위상 수학에서 다루는 각종 공간이야말로 모름지기 참인간이 해야 할 근본 적이고 근원적인 연구라고 봅니다. 인간이 죽으면 일차적으로 매장할 경우 관(棺)이라는 직육면체 공간에, 화장할 경우 원통형 공간에 들어 가지 않습니까. 그후 시간이 흐르면서 점차 원자 내지 양자화(化)되는 게 확실하므로, quantum space(양자공간) 같은 걸 저와 함께 연구해보 는 게 어떨런지예?"

"……"

내가 몸을 붙인 채 정면에서 마주 보며 사분대서일까. 유하나 얼굴 이 서서히 노을빛으로 변한다.

"결혼할 때 누구나 검은 머리가 파뿌리처럼 하얗게 될 때까지 잘 살 자고 다짐하는 걸로 압니다. 저는 하나님과 양자공간을 연구해 거기 서 영원히 함께 사는 길을 찾고 싶습니더. 진정이라예, 유하나 씨. 누 나가 요 며칠 절 수발드는 걸 보며 내가 꿈꾸던 완벽한 아내가 바로 제 곁에 있음을 가리늦게 확신했습니다. 유하나, 내캉 같이 살마 안 되겠나, 영원히?"

"……"

유하나의 얼굴이 익힌 가재처럼 서서히 변하는 모습을 보고 나 역시 더욱 열에 들떠서 대못을 박는다. 정확히, 확실히, 강력히.

"하나님, 함수의 두 갈래가 연속함수와 불연속함수[39]라는 거 잘 아시지예? 변수의 점진적 변화에 대응하여 함수값 또한 점진적으로 변화하면 연속함수이고, 함수값이 돌발적으로 비약하면 불연속함수라는 것. 제가 몸살이 나기 전만 해도 우리 관계는 연속함수에 가까웠습니다. 하지만 몸살을 계기로 분명하게 알게 된 것이, 누나는 어떨지 모르지만 저는 불연속함수가 됐다는 겁니다."

어느새 활활 불타오르는 용광로가 된 유하나 얼굴에 용해되기 위하여 나의 얼굴도 점점 가까이 근접시켰다. 수학세계 속 근접공간이 아니라 일상세계 속 근접공간에서 아담과 이브가 되기 위하여.

9

하나님에 대한 나의 모든 감정과 언행에 한치의 계산도, 과장도 없었다. 순수했다. 양자공간도 그렇고, 불연속함수 역시 그 순간에 떠올라서 속생각과 함께 버무려 털어놓았을 따름이다. 하지만 예상보다 반응이 가히 폭발적이었다. 흥분과 짜릿함은 예상하지 못한 곳에서 일어난다는 말은, 그러므로 참 명제였다.

1+1=2가 아니라 1+1=1이 될 수도 있음을 확인했으니까.

"누나가 모든 사람한테 제일 아름다운 여자가 아닐지도 모르겠심다. 하오나 적어도 나에게는 이 세상에서 가장 아름다운 여자라는 것 아닙니까."

둘이서 하나가 된 것을 다시 한번 검산한 후 던진 발언이 유하나를 오롯하게 감동시킨 모양이었다. 며칠 후 유하나가 자기 어머니가 몰고 다닌다는 외제 자동차 토요타 「크라운」을 덕산독서실 앞으로 가지고 온 것을 보면. 평소 수수하게 하고 다녀 유하나가 부잣집 딸인 줄 몰랐다가 아버지는 1억 원쯤 호가하는 벤츠 「450 에스이엘」을 타고 다닌다고 하여 입을 못 다물었다. 그런 집 딸이 옹색하고 궁색한 자취방에 머물며 가정부 노릇을 다하여, 더욱.

살맛이 났다.

난생처음 몸살을 앓을 정도로 몰입한 덕에 8월 말 안으로 탈고가 가능할 듯했기 때문이다. 자신감은 물론이고 여유가 생겨 과외 자리 하나를 더 구했다. 등록금을 미리 챙겨놓기 위하여 고3 세 명한테 수학 그룹과외를 하기로 하고 선금까지 챙겨 주머니까지 두둑하였다.

"승구 오빠, 누구?"

삼척과 포항을 잇는, 소위 말하는 '동해 고속화도로'를 드라이브하고 자취방 앞에 도착하자 허용녀가 우연히 나를 발견하였다.

"글쎄 그게 말이대이."

난처하다.

"오빠, 수상해. 토요타 크라운과 같은 급 자동차가 토요타 '로얄살롱'이거든. 우리 아빠가 가지고 다니는. 아마 4천 5백만 원쯤 할걸. 오빠, 봉 잡은 거야?"

유하나를 보내면서 운전석 유리창 안으로 내가 상체를 들이밀며 한 행동을 아무래도 지켜본 모양이다.

동해 고속화도로가 작년 초에 뚫려 종전의 좁은 자갈길이 2차선으로 말끔히 포장되어 명실상부 해안관광도로로 각광받게 됐다는 뉴스를 듣기는 했지만 현장을 가보기는 처음이었다. 멋졌다. 삼척에서 내려가며 본 구덕, 장호, 호산, 대진, 칠포해수욕장도 좋았고, 백암온천과 보경사(ᄒ)도 좋았다. 총연장 약 2백 킬로미터를 환상의 짝이 운전하는 승용차를 옆에서 타고 드라이브하는 느낌은 예전에는 꿈도 못 꾼 호사였다.

"오빠, 도순 언니는 어떻게 하려고?"

허용녀가 자신은 기형도와 데이트를 끝내고 집으로 돌아가는 길이라고 했다. 나하고 상의할 일이 생겨 독서실에 전화했다고 한다. 며칠 안 들어왔다고 하여 자취방에서 자려나 하고 들렀다가 어쩌다 현장을 목격한 증인이 됐다. 꼼짝없이 전후 사정을 털어놓을 수밖에 없었다.

"나도 그게 숙제이구마는, 숙제."

기형도와 엮일까 봐 그동안 치사한 짓까지 다해놓고 이제 와서 엉뚱한 여자에게 진도가 나가도 너무 나가 고민스러웠다. 중 3 때 노도순을 처음 본 이후 만일 나중에 결혼한다면 노도순과 하겠다고 어디 한두 번 다짐했던가.

"오빠가 원하니까 당분간은 형도 오빠한테도 입에 셔터 내릴께. 그럼, 나도 형도 오빠한테 입에 셔터 내릴 이야기 하나 할까 해. 약속 지킬 수 있겠어?"

"약점이 잡혔으니 우야노. 지키야제. 퍼뜩 말해보거라."

"우리 대학 학생들 사이에서 국밥집으로 유명한 「솔밭식당」이란 곳에서 형도 오빠 만나 식사한 후, 오늘 데이트할 때 형도 오빠랑 참 많은 얘기를 했어. 꿈, 사랑, 포부 등등도. 구체적으로 30대는 어떻게 살고 싶고, 40대는 어떻게 살고 싶다는 이야기까지 했으니까. 그런데 형도 오빠가 이러는 거 있지. 자기는 나중에 좀 잘 살게 되어 여유가 생기면 방 하나를 통째 온갖 인형들로 그득 채우고 싶다고 하잖아. 첨 들을 때도 약간 오글거렸지만 헤어지고 돌아오는 길에서도 자꾸 그 말이 걸리지 뭐야. 혹시, 상당히 조심스럽기는 한데, 형도 오빠한테 동성애 기질이 있어?"

"가시나가 말이라면 다 말인 줄 아나. 개소리 고마 작작해래이."

내가 펄쩍 뛰긴 했지만 사실 찜찜한 구석이 없지는 않았다. 「파고다극장」에 다시 한번 가보지 않을래?'라는 의사 타진을 기형도가 잊을 만하면 가끔씩 했기 때문이다. 나는 그때마다 두 번 다시 갈 곳이 못 된다며 고개를 단호히 내저었다.

우리가 그 극장 화장실에서 필설로 옮기기 불가능한 광경을 본 후 유증을 기형도가 앓고 있다는 쪽으로 지레짐작했다. 나 역시 그 강렬한 '씬'들로 인한 폐해가 만만찮았다. 그런데 처음으로 어쩌면 기형도에게는 다른 이유가 있을지도 모르겠다는 생각이 들었다. 남자와 인형이란 조합은 아무리 풀쳐 생각해도 요상했다. 께름칙하였다. 더구나 인형투성이 방을 어른이 돼서 꾸미겠다? 핑크빛 화두 앞에 별안간 정상 작동하던 두뇌회로가 마구 얽히고설킨다.

고개를 가로저으며 자취방으로 들어서는데 주인집에서 크게 라디오를 틀어놓고 있었다. 무슨 중대발표를 한다며 주인집 아저씨가 들어보라고 한다. 쿠데타 세력들이 조직한 '국보위'에서 내놓는 이런저런 조치를 건성으로 듣던 도중 불시에 숨이 턱 막힌다.

상상도 할 수 없는 일이었다. 그만큼 전격적이었다. 나의 일상을, 나의 대학생활을, 나의 존재를 쥐흔드는 소리가 들려왔다. 과외 전면 금지! 모든 것을 과외에 전적으로 의존해온 나로서는 당장 밥줄전선에 이상이 생겼다.

　후속 조치가 뒤따랐다. 대대적으로 과외 단속을 일제히 했는데 1회 적발 시 대학생은 1학기 휴학, 초중고생은 정학 처분이었다. 정말 나 가죽으라는 소리였다. 당장 며칠 전 받은 고액 과외비부터 토해야 했으니까. 죽지 않으려면 어떻게 하든 2천만 원이라는 현상금이 필요했다. 아니, 절박하고 간절하였다.

후츠파

1

학관 4층 구석에 일반 강의실 크기의 작은 도서실이 있었는데 이용하는 사람이 극히 적어 1980년 2학기 개강 이후 자주 드나들었다. 다음 달, 그러니까 1981년 3월 31일이 모 신문사 2천만 원 고료 장편소설 공모 마감일이라 탈고한 원고를 정서하느라 바빴다. 2백자 원고지에 만년필로 한 자 한 자 반듯하게 써 넣느라 신경을 곤두세우고 있는데, 어느 순간 보니까, 기형도가 뒤에 서 있었다.

"나도 모처럼 오늘 하루는 좀 놀아볼 거나."

작년 8월 말까지 초고는 끝냈다. 원고를 몇 달 묵히고 있다가 겨울 방학에 들어갈 즈음 다시 정독해보니까 문제투성이였다. 생각보다 손볼 곳이 많았다. 한 달가량 죽어라 개작한 이후 드디어 정서에 들어간 것이다.

내가 반듯하게 필기하느라 신경을 기울일 때 기형도는 옆자리에서 발레리, 릴케, 네루다, 두보 등의 시도 음미했지만 마르크스의 『자본론』 원서에 시간을 은근히 많이 투입했다. 1980년 여름 기형도가 집에 없는 틈을 타 급습한 정보과 형사들에게 방을 수색당한 경험 때문이었다. 금서들을 집 대신 한적한 도서실에 놔두고 틈틈이 들여다보는 버릇이 생긴 것은. 기형도는 운동권이 되기 위해서가 아니라 구미의 정통파 경제학 곧 신고전파 경제학이 인간의 소외와 빈곤 같은 문제에 무용함을 깨닫고서 모종의 답을 얻기 위함이었다. 『자본론』에 접근하는 동기가, 지적 모색이 매우 보기 좋았다. 내가 『자본론』 제3권의 '이윤율' 등에 간단한 수식이 나옴을 알게 된 것도 전적으로 기형도 덕이었다. 그가 주요 내용을 제대로 이해했는지를 복습하는 과정에서 나를 스파링 파트너로 자주 이용해서다.

　신은 죽었다. 니체도 죽었다. 그 꼴을 보려고 나는 태어났다.

　기형도와 함께 잠깐 문학회 서클룸에 들렀더니 테이블 위에 항시 비치되어 있는 낙서장에 누군가 장난으로 써놓은 글이 보였다.
　"가관이군. 살아 있는 개가 죽은 사자에 대해서 갖게 되는 우월성[40]이."
　기형도의 코멘트가 더 재미있다.

　태초에 말씀이 있었다. (요한복음)
　태초에 실수가 있었다. 현 우주를 잘못 만들었으니까. (하나님)
　태초에 소설이 있었다. 『성경』이라는 '구라책'을 썼으므로. (땅님)

태초에 땅님이 있었다. 나는 하나님 대신 땅님을 믿는다. (부동산 졸
부)

낙서장 바로 뒷장을 장식하고 있는 글이었다. 우리는 끼득거리며
서클룸을 나온다. 서클룸 미니 흑판에 술이 고픈 자는 「형제집」에, 커
피가 당기는 사람은 「캠퍼스 다방」으로 오라는 전달사항이 보였다.
"형도, 난 안 우스운데, 우습니?"
우리가 신촌시장에 있는 「형제집」으로 가자 여러 명의 회원들이 소
주를 들고 있었다. 기형도가 조금 전 서클룸에서 본 낙서를 소개하자
같은 학번 동기가 약간 심드렁하게 나왔다.
그 동기는 아버지가 교수를 하다가 현재 국회의원으로 있어서일
까. 유복했다. 화곡동에 있는 집이 커 문학회 회원들이 떼지어 몰려가
밤샘을 하는 장소로 인기가 높았다. 대개는 이 회원 저 회원 집을 두
루 순례하는 편이었다. 그렇지만 이 동기가 사는 단독주택을 선호하
는 이유는 넓기도 하려니와 어른들 눈치를 거의 안 봐도 되는 집 구조
로 말미암아서다. 오늘도 아마 분위기를 봐 우 몰려갈 확률이 높았다.
1981년 1학기 개강일이 아직 멀어 너나없이 여유가 있었기 때문이다.
"1981년도부터 졸업정원제를 실시한다고 해서 좀 많이 들어올 줄은
알았다만, 야아, 이건 너무 심하네. 올해 우리 대학 신입생이 대체 몇
명인지 아니?"
한 회원이 교내 신문에 난 기사를 보며 수선을 피웠다.
"4천 5백여 명이나 되지 뭐야. 작년만 해도 2천 2백여 명선인데 말
이야. 79학번과 80학번 두 학번을 다 합쳐도 81학번 쪽수에는 못 미

치니, 나 원 참."

"올해가 대학 대중화 원년이라고 팡파르라도 울려야겠구만."

"81학번들한테는 오리엔테이션 때 도시락을 반드시 지참하도록 강제해야겠네. 안 그러면 점심 먹기 힘들겠어."

"지금까지 학생식당이든 어디든 줄서는 일이 거의 없었는데, 이제부터는 캠퍼스 어딜 가나 줄서야겠는걸."

만원버스, 만원기차 이야기는 들어보았어도 만원대학 소리는 못 들어봐 저마다 한마디씩 하면서도 실감이 나지 않는 눈치였다.

예상대로 문제의 동기가 자진해서 자기 집으로 가자고 했다. 그는 회장이나 총무 같은 일을 맡고 있지는 않았다. 하지만 알아서 그 역할을 하는 편이었다. 작년 4월 말 강촌으로 문학회 사람들이 야유회를 간 일도 그가 주도했기 때문이다.

중구난방으로 떠들며 십수 명이 떼로 화곡동 동기네를 갔다. 동기는 아까부터 기형도에게 하나님과 예수의 참모습을 열심히 설명했다. 기독교 신자이기는 하지만 평소 다른 사람한테 전도하는 경우가 없었는데 자타 모범생인 기형도가 심한 불신자 행세를 하자 열을 받은 모양이었다. 모르면 모르되 다른 사람 같았으면 아예 들으려고도 하지 않았으리라. 그러나 기형도는 달랐다. 상대방이 턱도 없는 소리를 할지라도 일단 진지하게 경청하는 특유의 장기를 발휘했다.

동기네 2층에 있는 널찍한 아버지 서재에서 누구는 바둑에, 누구는 술에, 누구는 토론에, 누구는 책에 빠져 있는데 기형도는 지겨운 전도 말씀을 묵묵히 듣고 또 들었다. 밤이 늦어 여기저기 쓰러져 자는 사람들이 하나둘 생길 때까지도 기형도가 인내심을 발휘했다.

"그런데 하나님은 불공평해."

몇 시간 끝까지 듣다가 이 말을 한 단어씩 끊어서 기형도가 또박또박 분명히 전했다. 그리고는 벽에 기대고 있던 등을 방바닥에 누이며 눈을 감았다. 오래 참고 참다가 마치 검사와 변호사 말을 모두 경청한 후 판사가 선고를 하듯 신중하게 내리는 결론이었다.

심장을 강하게 울리는 북소리처럼 의외로 여진이 컸다.

2

"승구, 넌 누구를 위해 검은 옷 입었니? 자니 캐시는 「Man in Black (검은 옷을 입은 사람들)」을 1971년 작곡하면서 가난한 자와 외로운 노인 등을 위해 검은 옷을 입었다고 했거든."

내가 남대문시장에서 검게 물들인 군복 상하의와 야전잠바를 사입고 「캠퍼스 다방」에 나타나자 기형도가 구석자리에 홀로 앉아서 무엇을 끄적거리고 있다가 느물거렸다. 어쩐 일인지 오늘은 문학회 사람들은 우리들뿐이었다.

음악에 대한 지식이 일천한 탓일까. 상식이 없는 정도가 아니라 무식 그 자체인 나로서는 기형도가 음악 관련 얘기를 할 때마다 내색은 하지 않았지만 솔직히 위축이 되곤 했다. 아우라가 장난 아니었다.

"나는 나 자신을 위해. 정확히 말해, 파쇼 정권이 가난한 대학생 동냥그릇까지 걷어차서 어쩔 수 없었다는 게 정답 근사치에 가깝겠네."

1981년 2월 말로 자취방을 없애기로 한 것은 사글세를 더는 감당할 수 없어서였다. 드넓은 서울 하늘 아래에서 유일하게 숨쉴 작은 공간 만은 지키고자 악전고투했지만. 그만큼 작년 7월 30일의 과외금지 조 치는 치명적이었다.

허용녀 동생 한 명 가르치는 게 현재 남은 유일한 생명줄이었다. 설 령 단속을 나온다고 할지라도 친척 관계이므로 빠져나갈 구멍이 있었 다. 만일 그 몰래바이트조차 없었다면? 아, 끔찍했다.

자취방을 빼기로 집주인한테 통보하고 나자 당장 옷가지를 보관할 장소가 마땅치 않았다. 허용녀네를 이용할 수도 있지만 이상하게도 구질구질하게 보이고 싶지 않다는 자존심이 앞을 가로막았다. 하여 책은 유하나가 간수해주기로 해 문제가 없었으나 옷 같은 생활필수품 이 걸림돌이었다. 고심 끝에 이부자리 같은 세간살이는 아깝지만 다 버리기로 했다. 덕산독서실에서 내리 앉아 자야 할 형편이라 속옷 이 외에 웬만한 세간살이는 버렸다. 그리고 간 곳이 남대문시장이었다. 더 이상 옷을 보관하기도 또 세탁하기도 곤란해 가능한 한 단벌로 오 래 버티려면 검게 물들인 군복 이외 다른 대안은 없었다. 이 옷 저 옷 마구 들어보이며 "골라골라 천 원"을 외치는 옷장수 목소리를 들으며 난전에서 염색한 군복을 구하였다.

"나는 비록 서울 변두리지만 부모님과 함께 사는 덕분에 그럴듯하 게 차려입고 있긴 해도 마음은 검은색인데, 승구는 나와 정반대로구 나."

기형도 역시 과외금지 직격탄을 정통으로 맞았다. 그 전에는 만나 면 둘이서 고깃집이나 경양식집도 심심찮게 출입했으나 작년 7월 30 일 이후로는 아예 엄두조차 못 냈다. 구내식당 점심값이 아까워 기형도는 150원짜리 '보름달'빵으로, 나는 막걸리 한 통으로 때우는 날이 잦았다. 먹는 것이, 돈이, 달리 말해 물질이 정신을 좌우한다는 마르크스의 유물론 공식이 옳음을 온몸으로 느낀 세월이기도 했다.

참으로 음울하고도 곤고한 나날이었다.

"검은색은 빛을 반사하지 않고 모두 흡수해서 검게 보이니까, 장편소설에 주력하는 승구 스타일에 맞는 거 같아. 다양한 인물을 호흡이 긴 이야기 속으로 모두 녹여야 하니까. 그렇지 않으니?"

3

졸업정원제로 인해 학생수가 엄청나게 늘어났음을 재차 실감한 게 교무처에서 발행한 대학 전체 강의시간표를 보고 나서였다.

지난 학기까지만 해도 1교시는 오전 9시에 시작되어 마지막 8교시가 오후 5시에 끝났지 않는가. 그런데 이번 학기부터는 1교시가 오전 8시 30분에 시작됐다. 10교시까지 있었고, 10교시는 오후 6시 20분에 끝났다. 모르긴 해도 급작스레 학생수가 늘어남에 따라 캠퍼스 공간이 부족한 문제를 시간을 고무줄처럼 늘림으로써 해결하려고 한 듯했다.

"월·수·금이 빡빡하게 생겼는데."

기형도가 문학회 서클룸에서 강의시간표를 들여다보다가 인상을 찌푸린다. 곁에서 공대 강의시간표를 보던 내 눈이 절로 거기로 향하였다. 아닌 게 아니라 주요 전공 과목이 월·수·금에 집중 배치되어

있었다. 『동양외교사』는 2교시에, 『현대 서양 국제정치사』는 4교시
에, 『정치학 방법론』은 6교시에 있었으므로.

"수강 신청을 해야 돼? 말아야 돼? 다 집어치우고 군대나 가?"

기형도는 목하 고민 중이었다. 휴학하고 군대에 가는 시기를 놓고
연일 갈팡질팡하고 있었다.

나 역시 예외는 아니었다. 일단 장편소설 공모 문제 때문에 불가피
하게 당분간은 더 다닐 계획으로 있지만. 2,3학년 남학생이라면 군입
대 시기 문제는 누구도 피해 갈 수 없는 통과의례였다.

"해골 복잡하게 고민 고마하고 우리 밖으로 안 나갈래? 쐬주 한 '꼬
뿌' 하자고."

이러지도 저러지도 못할 때는 술이 약 아닌가.

"승구, 원고 정리해야 되잖아? 시간이 되겠니?"

"빡빡하긴 하지만 우리 형도를 위해서라면 몬할 일이 뭐 있겠노. 안
그래도 2백자 원고지와 씨름하느라 눈이 네모지게 변하기 직전 아니
가. 까짓 거 하룻밤 밤샘 더 하지 뭐."

막상 학교 밖으로 나왔지만 대낮인 탓도 있으나 마땅히 갈 곳이 없
었다. 왠지 오늘따라 다방이든 술집이든 단골집은 식상해서 피하고
싶었다. 해서 평소 잘 안 가던 「용다방」, 「대화다방」, 「복지다방」 앞
에서 잠시 서성거렸으나 들어가지는 않았다. 다방에서 죽치고 앉아
시간을 죽일 기분은 아니었다.

양념돼지갈비를 잘하는 「만미집」과 실비로 저렴하게 파는 「가보자
생선회센터」 앞에서 우리 두 사람의 얼굴이 심하게 일그러졌다. 기
분상 이런 곳 정도는 들어가줘야 하건만 그 죽일 놈의 돈이 살아 있는

청춘의 발목을 붙잡았다. 그 이후 우리는 「나드」 같은 경양식집 등등은 남부끄러워 입간판조차 보지 않으려고 애썼다.

청춘도, 시간도, 돈도 어중간하여 본의 아니게 신촌 일대를 한 바퀴 순례했다. 분위기 있는 커피숍으로 이름 높은 「미네르바」를 위시해 「으악새」와 「에로이카」 같은 주점을 끝으로 마침내 우리가 하릴없이 들어가 앉은 곳이 신촌역이었다. 기역 자로 생긴 단층 역사(驛舍) 안 나무의자에 꾸겨진 신문지 모양으로 허물어졌다.

"우리 기차 타까, 형도야?"

"너나 나나 호주머니가 비었잖아. 기분도 멜랑콜리해서 어디로든 튀고 싶긴 하다만."

"내 가방 안에 공학용 전자계산기가 안 있나. 삼성전자에서 만든 건데 2만 4천 원 주고 샀으니까, 1만 5천 원은 받을 수 있을 거라. 퍼뜩 전당포에 갔다올 낀께 쬐끔만 여기서 기다려."

4

경기도 고양군 일산읍 마두리에 있는 「화사랑」은 백마역에서 오분 정도 거리에 있었다. 작년 한겨울에 선배 따라 처음 갔는데 예상보다 분위기가 좋았다. 작고 외진 시골 역 기찻길 옆에 호젓한 주점이 있다는 사실만으로도 색달랐다.

기형도는 초행이었다.

"오늘 같은 날, 우리 둘만의 오붓한 공간이 없다는 게 심히 유감이야. 만일 나한테는 시(詩) 공간, 승구에게는 소설 공간조차 없었다면 어떡했을 뻔했니?"

「화사랑」에서 밤 10시쯤까지 정담을 나누다가 밖으로 나오자 찬공기가 몸을 웅송그리게 만들었다. 3월 초여서일까. 동장군 기세가 밤이 되자 아직은 남아 있었다.

"시 공간과 소설 공간? 조어가 생경하면서도 신선한 맛이 있구마는."

"그렇니? 신과 인간 사이의 순수한 공간을 노래한 시를 읽어서 그럴 거야. 무심결에 그런 조어가 튀어나온 걸 보니까."

"아까 독일어 원서로 된 시집 내용이 그렇단 말이제?"

내가 술에 취해 졸고 있는 사이에 기형도는 횔덜린(1770-1843)에 취해 있었다. 횔덜린처럼 문학과 철학을 아우르는 시인이 되고 싶다는 포부도 은근슬쩍 피력했다.

"칸트는 공간을 선험적이라 말했어. 삼차원으로만 이루어졌다고도 단언했지. 현대수학에서는 다르게 보지, 승구야?"

"칸트가 나이 들어 철학자가 됐지만 젊은 시절에는 수학과 물리학에 심취했다고 들은 것 같은데? 그래서 언젠가는 공부 좀 해야겠다고 생각 안 했나. 통하는 게 있을 것 같아서. 한데, 칸트의 공간론을 현대수학에서는 다르다고 보지 않고, 틀렸다고 봐. 그걸 증명까지 했니라."

"증명까지? 누가?"

"리만(F.B. Riemann)이. 고차원 공간이 무수히 많이 존재함을 쌈박한 수학언어로 증명했는기라."

"어떻게?"

"리만이 좌표계를 이용해서 길이 개념과 곡률 개념을 도입함으로써, 고대 그리스 시대부터 칸트 시대에 이르기까지 유일하다고 믿었던 우리가 사는 공간, 즉 유클리드 공간이 해변의 모래알처럼, 밤하늘의 별처럼 그저 수없이 많은 공간 중의 하나임을 증명해 보였다 아이가."

"곡률? 좀 자세히 설명해줄 수 있니?"

마침 백마역 안에 도착하자 기형도가 가방에서 연습장으로 쓰는 공책을 꺼냈다.

해서 길이함수의 2차 도함수로서의 성질 따위를 수학 기호를 써서 설명한다. 다소 의외였다. 문과 출신임에도 상당 수준으로 이해하여. 두 방향으로의 길이함수를 다른 두 방향으로 미분함으로써 네 방향으로의 곡률 텐서를 얻는 과정[41]까지 세세히 수식으로 정확히 표현한 것은 그 때문이었다.

"고차원을 넘어 무한차원 공간도 있니?"

"그럼."

"어떻게 알아?"

"있지 않으면 안 되니까. 무한히 많은 항의 합으로 이루어진 다항식을 공간에 표현하려면 무한차원 공간이 꼭 필요하다 아이가. 예컨대 $e^{x=1+x+\frac{1}{2}x^2+\frac{1}{6}x^3+\frac{1}{24}x^4+}$...을 공간에 대응시키려면."

"문학과 수학에서는 환상적인 공간이 이렇게도 많건만 왜 현실은 이렇지? 대학공간이란 데를 막상 벗어나 낯선 공간으로 가려니까 무지 아쉬운 거 있지. 대학이란 공간, 문학회란 공간이 생각 이상으로 나에게 정신적 고향 같은 역할을 했더라고."

그 마음 십분 이해가 됐다.

"내가 고향 합천을 떠나 부산에서 중고등학교 다니면서 느꼈던 게 바로 그것이었니라. 어릴 때라 그랬는지 몰라도 떠나온 엄마 품 같은 고향이 주는 원초적 그리움이 안 대단했따나. 다항방정식 등에 애착이 간 것도 그 때문일 거라. 다항방정식 계로 정의되는 공간인 다양체(variety)[42], 대수방정식 집합으로 정의되는 다차원 공간인 대수다양체 따위에 몰두한 것도 다. 이것들을 기본 요리 재료로 삼는 대수기하학 세계에 미친 듯 몰입한 것도, 따지고 보니까, 고향 공간에 대한 카타르시스 차원이라는 생각이 드네. 기하학과 위상수학이 모든 공간을 다루는만큼 형도도 공간에 관심이 가면 좀 공부해봐."

"관심은 있지만 기초가 없어서 말이야. 승구한테는 음표가 벽이듯 나한테는 수학 기호가 벽이거든. 하여간 허승구의 관점이 보기 좋아. 우리에게 운명적인 과제가 있다면, 애초에 품었던 꿈의 방정식을 각자의 공식대로 풀어가자[43]고. 알겠니? 따로 또 같이."

밤 10시 50분 백마역에서 신촌역 방향으로 출발하는 막차를 타기 직전에 기형도가 어깨동무를 하며 힘주어 한 말이었다.

그날 신촌역에 도착하자 기형도가 집으로 돌아가기 어려운 시간이었다. 나 역시 자취방을 정리한 직후라 잠자리가 마땅찮았다. 불가피하게 우리가 고민 끝에 기어들어간 곳은 『봉화여인숙』이었다. 신촌 일대에서 숙박비가 저렴한 곳 중의 하나였으니까. 비록 쿰쿰한 냄새가 났지만 한 이불을 덮고서 우리는 밤새도록 각자가 꿈꾸는 미래상(像)을 서로에게 들려주었다. 나는 모든 점이 평등한 유클리드 공간과

사회주의자들이 꿈꾸는 이상향을 연결시키는 작품, 각 점들이 고유한 주소를 가지고 있고 또 아주 조직적인 북한 혹은 군대 같은 데카르트 공간[44]에 대한 깊이 있는 작품을 쓰고 싶다고도 했다. 이에 기형도는 우선 시인이 되고 싶지만 나중에는 도스토옙스키를 뛰어넘는 장편소설을 쓰고 싶다는 열망도 넌지시 드러냈다. 그리고 주로 나는 수학찌개를 끓였고, 기형도는 철학탕을 끓여 서로에게 포식시켰다.

꾀죄죄한 현실 공간 때문이었을까. 우리가 차지할 미래 공간은 평소보다 더 휘황하고 또 찬란했다.

5

"승구야, 이 논문들 좀 봐줄래?"

「귀빈옥」이란 곳에서 소갈비에 냉면을 사더니 자리를 옮겨 경양식집 「청자」에서 병맥주까지 시키지 않는가. 과분했다. 3월 내내 아침으로는 라면을, 점심은 막걸리로, 저녁 한 끼만 덕산독서실 전용 밥집에서 5백 원짜리 가정식 백반으로 때우다가 오랜만에 맛보는 호사로 얼떨떨하다.

"『수리경제학』논문들이네. 그런데 이게 뭐꼬, 누나. 미분기하학, 미분 위상수학, 심지어 모스 이론(morse theory)[45]까지 들먹이고 있데."

"승구는 이해가 돼?"

"수학이야 간단한 걸 다루니까 우습지만, 경제학은 제대로 공부한 적이 없으니까, 좀 그렇지 뭐."

"이 수학이 우습다고? 니가 수학광인 줄은 알지만 이 정도일 줄은 미처 몰랐네. 내가 학부 4학년 때『수리경제학』과『계량경제학』강의를 들었을 때만 해도 재미나더라고. 관련 수학도 그다지 어렵지 않게 다가왔고. 수리경제의 핵심을 논한 데브루(G, Debreu)[46] 책도 인상적이었고. 그래서 대학원에서 수리경제 아니면 계량경제를 공부하려고 진학했건만 초장부터 전차에 받혔지 뭐니."

"누나, 본론이 뭐꼬?"

며칠 전 무사히 장편소설 공모에 응모까지 하여 은근히 기대가 크다. 물론 노도순은 응모 사실 자체를 모르고 있었다.

"수학과 수업을 도강하는 방법도 있긴 한데 구차스럽기도 하거니와 비효율적일 것 같다는 생각이 들지 뭐야. 생각다 못해, 승구한테 손을 내밀어보자고 생각했어. 이 누나한테 수학 좀 가르쳐줄 수 없겠니? 내가 수리경제나 계량경제 관련 논문을 읽을 때 옆에 있다가 좀 도와줬음 해. 일주일에 이틀 정도 오후 한 나절씩. 기간은 일단 한 학기쯤. 안 될까?"

들도 보도 못한 특수과외 아닌가. 경제학에서 다루는 수학 정도는 따로 준비할 필요도 없어 부담은 없었다. 문제는 수고비였다. 두둑하게 챙겨만 준다면 언제든지 응할 요량이었다.

"……"

곧 노도순 입에서 떨어질 과외비 액수가 무엇보다 궁금했다. 병맥주를 급히 잔에 따라서 연거푸 들이킨 이유는 조바심이 일어서다.

"참 과외비 액수를 말 안 했구나. 얼마 정도면 되겠니? 난이도가 높은만큼 좀 세게 쳐줄 생각이야. 불러봐."

"그건 누나가 정해야제. 수요 공급이니 희소성이니 뭐니 하는 건 그쪽 전공자들이 빠싹하니까."

내가 작년 7월 30일 과외금지 조치 이후로 고학생 냄새를 풀풀 풍기고 다니자 노도순은 수시로 영양보충을 시켜주었다. 물주 노릇을 자청했다. 가능하면 노도순은 기형도도 동석하기를 바랐지만 내가 일부러 두 번 중 한 번 꼴로 배제시켰다. 치사하고 치졸했지만 어쩔 수 없었다. 유치한 몽니이고 시샘이라고 욕할지라도. 기형도가 노도순과 엮이지 않기를 바랐기 때문이다. 몸살을 계기로 급작히 가까워진 유하나와의 관계는 관계대로 이어가면서도 노도순 카드까지 버릴 수가 없었다. 그만큼 소유욕과 함께 질투도 힘이 셌다.

6

돌이킬 수 없는 실수를 또 저지른 것일까.

슬며시 눈을 뜨자 사방이 잘 분간 안 된다. 작년 신사동 술집거리에서 당한 낭패가 떠올라 식은땀까지 났다.

자기 전 무엇을 했던가. 안도의 한숨을 일단 내쉬었다. 1박2일 내리 술독에 빠져 있다가 오후 느지감치 캠퍼스로 돌아온 기억이 마지막으로 났으므로. 그렇다면, 학교 어디일까. 눈을 흡뜨자 먼저 책꽂이가 눈에 들어왔다. 그것도 한두 개가 아니었다. 무진장 많다. 하면, 중앙도서관 서고?

내가 1학년 때부터 중앙도서관 2층 자연과학 참고열람실에 술꾼이 술집 드나들듯 뻔질나게 이용하자 사서들이 합의해서 어느 날부터 나의 서고 출입을 허용했다. 대학원 석사 3학기 이상 되어야 서고 출입이 공식적으로 가능한데 나에게 특혜를 주었다. 내가 찾는 자료가 많고 또 빈번하자 배려한 거였다.

"깨어났니?"

근처에 있었는지 내가 꼼지락거리는 소리를 듣고 유하나가 다가왔다.

"누나는 어떻게 여기에?"

유하나 역시 서고에 시간이 시간인 만큼 이 시간에 있을 수 없지 않은가.

"나 또한 오늘 오후 따라 늦게 서고에 들어왔다가 수학 원서들과 저널들이 있는 이곳에서 승구가 자는 걸 발견했지 뭐야. 최근 저널을 보다가 얼굴을 덮고 숫제 퍼질러 자더라. 이윽고 서고 문 닫을 시간이 다가와 승구를 아무리 깨워도 꼼짝달싹해야 말이지. 완전히 죽었더라. 하도 곤하게 자 좀 더 자게 내버려두고 나는 나대로 자료를 보고 있는데 어느 순간 서고 문이 닫히는 소리가 들리지 뭐니. 사서가 서고에 아무도 없는 줄 알고 불 끄고 퇴근하는 모양이더라고. 바로 그 순간에 소리를 질러 제지해야 하는데, 그러면 승구와 내가 단둘이 있는 광경을 보고서, 오해하기 딱 알맞다는 생각에 그만 머뭇거리게 된 게, 일을 더 키우게 됐지 뭐니. 우리 승구는 승구대로 아무 증(證)도 없이 들어왔고, 나는 나대로 박사과정에 다니는만큼 증 없이 얼굴도장으로 출입하는 바람에, 이 사단이 난 거야, 정리하자면."

우연과 우연이 더해지고 곱해지자 막다른 공간에서의 조우란 결과가 나왔다.

유하나는 내가 문학에 빠져드는 것을 매우 마뜩찮아했다. 수학에 집중하지 못할까 봐, 아니 수학세계로부터 멀어질까 봐 노심초사하였다.

"하나님, 정말 이럴 끼가."

동해로 준(準)신혼여행을 다녀온 후 바로 동거에 들어갈 줄 알았다. 한데, 아니었다. 착각이었다. 유하나는 혼자 사는 여의도 진주아파트 근처에도 나를 못 오게 막았다. 심지어 교정에서 마주쳐도 모르는 척해 하루는 거세게 따졌다. 그래도 소용없었다. 술힘을 빌려 야료를 부려도 다음과 같은 답변만 반복해서 들었을 뿐이다.

"허승구, 똑똑히 들어. 나는 니가 가진 전천후 수학무기가 탐났을 뿐이야. 내가 부모님한테 수학에게 시집간다 선언하고 독립한 여자이니만큼 그 심정 이해하리라고 봐. 오죽하면. 그래서 승구의 달콤한 수학 밀어에 넘어갔고…… 많이 벌어지는 나이차 같은 현실적인 이유도 있지만, 우리 허승구가 소설가가 되는 날, 우리는 영영 딴 공간에서 살게 될 거야. 왠 줄 아니? 난 그 세계를 단 0.000…%도 모르거든. 알고 싶지도 않고."

수학세계로 돌아오지 않는 한 마음과 함께 몸도 더는 공유하지 못하겠다는 선언이었다. 그날 이후 나는 이러지도 저러지도 못하였다. 서로가 각자의 공간에서 좌고우면하다가 우연이 겹쳐 별난 공간에서 희한하게 마주친 것이다.

"아까 서고에서 뜻밖에 승구가 최신 수학 저널로 얼굴을 덮고 자는 걸 발견한 순간, 아마 보는 사람 눈이 없었으면 달려가 안아줬을 거야. 돌아온 탕아 같은 거 있지, 승구가.”

“……”

“난 승구가 가진 수학무기를 더 갈고 다듬었으면 해. 승구가 아는지 모르겠다만, 니가 빠져 있는 대수기하학 세계는 우리 한국 수학계에선 아직 그 누구도 발을 못 내디뎠어. 미답지라고. 전무해. 전국 어느 대학 수학과 학부는 물론이고 대학원에서도 개설되어 있지 않은 학과목이거든. 대수기하학을 전공한 교수가 단 한 명도 국내에 없으므로 어쩌면 이는 필연이지. 물론 외국에는 계셔. 미국 펜실베이니아대학의 임덕상 교수님이 그 주인공이야. 승구가『그림 없는 그림책』을 완성하는 대로 임덕상 교수님한테 보내기로 우리 지도교수님과 이야기가 됐어. 사실은. 나도 그렇지만 우리 지도교수님도 전공 분야가 달라 진면목을 알아보기에는 아무래도 무리여서.”

결국 우리는 별난 공간에서 별난 대화와 함께 별난 행동까지 모조리 다 하기에 이르렀다.

7

야심만만이었다. 분명히. 하지만 6월이 오기 전에 치기만만으로 결론이 났다. 한국소설사 새 장(章)을 여는 작품이라고 자평하며 응모했건만 결과는 허했다. ‘그만 웃겨’가 답이니까. 당연히 2천만 원이라는 거금도 허허공간으로 사라졌다.

힘들었다. 가장 고통스러웠던 것은 돈도 돈이지만 자존심이었다.

상처받은 자존심을 회복할 길이 없었다. 그 내상이 자심하였다.

"한 컵의 '희망'을 들게나, 친구."

안양 석수동 철로변 시장통 안의 「희망다방」에 들어서자 기형도가 커피잔을 손수 쥐어 준다. 내가 죽상을 하고 있을 게 뻔하자 위로한다고 일부러 「희망다방」을 고른 듯했다. 안 그랬으면 자주 간 「안양다방」에서 보자고 했을 테니까.

"얼마 전 문학회 서클룸에 들렀더랬어. 허승구는 없더만. 근데 가관이더라. 올해 공학계열에 입학한 81학번 후배가 승구 너가 직계라며 각별하게 챙겨줘 고맙다더라. 헌데 나한테 고민을 상담하더만. 허승구가 문학회 후배들 몇 명을 왕창 술 먹인 후 통금이 되자마자 학교 안으로 끌고 왔다며? 그러고는 백양로에서 스트리킹을 집단으로 하자고 강요했다던데?"

"이 자식이 상황을 왜곡했구마는. 강요는 아니고, 하자고 권유는 했제. 추억이 없는 삭막한 시대엔 추억을 억지로라도 만들어서 청춘을 풍요롭게 만들어야 하니 어쩌며 노가리를 깠으니까. 그래도 아무도 안 하겠다고 해서 내가 시범을 보였는기라. 뻘거벗고 백양로를 왕복했으니까. 편도 530미터 남짓이니까, 왕복이면 1킬로미터나 안 되나. 되게 땀이 나 공대 앞 분수대 물로 샤워까지 했제. 그럼으로써 대학에서 제대로 노는 법을, 지랄발광하는 법을, 청춘을 낭비하는 법을 가르쳤는기라."

한 번 구겨진 자존심을 펼 마땅한 다리미가 없었다. 하여 백방으로 몸부림을 쳤다. 맨날 술타령은 기본이고 온갖 활극, 갖은 기행이란 기행을 다하였다. 저절로 못 말리는 괴짜, 황당한 물건이라는 소문이 캠퍼스 안팎에 났다. 나로서는 미치광이라는 소리를 듣지 않는 것만으로도 영광이었다.

"고마해, 승구. 마이 개깄다 아이가."

기형도가 경상도 사투리로 자제를 당부한다.

"이걸 좀 볼래. 누구에게도 보여주고 싶지 않은 자료지만 승구가 꼭 봐야 할 것 같아서 챙겨 왔어."

가방에서 누런 서류 봉투 하나를 꺼냈다. 그 안에 연세대 교지 『연세』 제15호가 들어 있었다. 교지 안에는 교내 신문 「연세춘추」 1981년 1월 5일자 한 부도 접혀 있다.

"보면 알겠지만, 교지에서 시행하는 '백양문학상' 시 부문에서 나는 가작이야. 그마저도 공동 가작. 당선작은 같은 문학회 회원 작품이고. 「연세춘추」에서 시행하는 소설상인 '박영준문학상'은 겨우 입선이야, 입선. 당선작이 엄연히 있는. 입선자는 나말고도 두 명이나 더 있는 것 있지. 문학이 나에게 구원이 되기엔 아직도 너무나 우원하고 아득한 수평선임을, 지평선임을 보여주는 증거품들[47]이야."

"……"

"이건 이 세상 어느 누구한테도 발설하지 않은 비밀이야. 내가 휴학계를 낸 결정적인 이유 중의 하나가 실은 이것이야. 박영준문학상 같은 경우 상금이 15만 원이었거든. 대학에서 공부 잘했다고 주는 장학금으로는 등록금을, 박영준문학상 등으로는 생활비를 하려고 계산했는데 계산이 틀리는 바람에 어쩔 수 없더라고."

"……"

"허승구, 엄살 그만 떨어. 남들에게 의미 있는 존재가 되고 싶은 그 마음, 화려해지고 싶은 원초적 욕망을 내가 누구보다 잘 알지. 나 역시 그러니까. 내가 보기엔 이미 허승구는 화려해졌어. 나는, 진실을 말하면 승구가 나를 우습게 봤다고 의절할지도 모르겠다만, 그래도 해야겠네. 난 솔직히 자네가 예심에도 떨어질 줄 알았어. 그런데 본심에 올라온 심사평을 보고 무지 놀랐어. 어린 나이에 쓴 첫 작품이 그 정도면 누구도 널 우습게 보지 않는다고. 알아? 자존심만 해도 그래. 승구야 전국 규모인 데다 자격 요건 자체가 '신인 기성 작가 망라'잖니. 헌데 나는 일개 대학 안에서 문학청년끼리 벌어진 일이니 비교 자체가 우습잖아. 이제야 내가 왜 이 서류봉투를 들고 나왔는지 그 이유를 알겠니?"

기형도 앞에서 이토록 심하게 부끄러움을 느끼기는 처음이었다. 나의 협량(狹量)이 그러니까 문제였다. 오죽했으면 한동안 농담도 못했을까.

희망다방에서 만나기 전까지만 해도 입영 신체검사에서 방위병 판정을 받았다고 하여 '똥방위' 운운하며 얼마나 놀렸던가. 현역 입대가 두려워 무슨 야료를 부렸다는 식의 트집을 잡곤 했다. 왜냐하면 기형도가 겉으로 봐선 누구보다 건강했으니까. 만일 중이염으로 한쪽 귀가 잘 안 들리는 이유라면 납득이 됐으리라. 실제로 병원에 통원치료하며 수술까지 받았으므로. 하지만 아무 이상이 없는 듯한 젊은 남자한테 '고혈압'이라는 병명은 이래저래 적잖이 수상했다.

8

1982년 3월 초.

딱 1년 전 기형도가 맞닥뜨린 숙제가 나에게도 그대로 떨어졌다. 휴학하고 군대 문제부터 해결하느냐, 대학원에서 반도체공학을 전공하여 산업체 기간요원이 됨으로써 군복무를 대체하느냐, 수학과 대학원에 진학하여 '육개장(6개월 장교 근무로 군복무를 대체하는 제도)'을 하느냐는 선택의 기로에 섰다.

"승구야, 군복무를 유예하고 일본 혹은 프랑스로 유학가는 건 어떻니? 대수기하학 분야가 발달한 나라에 가서 첨병이 되는 게 좋을 것 같은데. 그도 아니면, 대수기하가 상대적으로 강한 프린스턴대에 가서 공부하든지. 필요하다면 내가 경제적 지원을 상당 수준으로 해줄 수도 있어."

유하나의 진심 어린 권유였다.

"승구야, 경제학 공부 해보는 건 어때? 니가 경제 기초가 좀 딸려서 그렇지, 수학에 능하므로, 금세 따라잡을 것 같아서 하는 말이야. 진짜로. 실제로 미국 아이비리그를 비롯해 상위권 대학 경제학과 대학원에서는 학부에서 경제학을 전공한 학생보다는 이공계 출신을 더 선호하거든. 경제학의 주춧돌이 수학이니만큼 수학에 익숙하지 않으면 일급 경제학자가 못 되니까. 경제학자 제본스(W. S. Jevons)가 미적분학을 중시했고, 영어권 경제학 교과서 저자의 대부로 유명한 마셜(A. Marshall)도 학부에서 수학을 전공했거든. 케임브리지대 수학과를 2등으로 졸업한 걸로 알아. 그래서 수요-공급 곡선 같은 걸 처음으로 제

시할 수 있었어. 파레토, 왈라스, 에로우, 케인즈 등에서 보듯 일급 경제학자 치고 수학 베이스가 안 돼 있는 경우가 없어. 꾸르노(1801-1877) 같은 경우는 경제학자이기도 했지만 수학자이기도 했거든. 부등식을 최초로 경제에 적용한 러시아 수학자 칸토로비치는 1975년 노벨경제학상까지 받았어. 특히 수리경제학이 무엇인지를 제대로 보여주는 새뮤얼슨의 『경제분석의 기초』를 나랑 함께 원서를 독파해서 잘 알 거야. 경제학에서 수학이 차지하는 위치를! 만일 승구가 나와 같이 수리경제학을 전공한다면 인생길을 함께 걸어가는 문제도 진지하게 고려해보마."

이는 노도순의 감미로운 유혹이었다.

전후 사정을 잘 모르는 학생들은 노도순과 나를 캠퍼스 커플로 알았다. 학생회관 3층에 있는 휴게실「푸른샘」을 비롯해 교정 곳곳에서 일년가량 머리를 맞대고 특수과외를 받는 광경을 목격한 관계로 생긴 오해였다. 그 때문일까. 허승구 애인으로 낙인 찍혀 혼삿길이 막힐지도 모르겠다며 노도순이 푸념하곤 했다.

"우와, 젠장 길은 많고 많구나."

대학 정문에서 우두커니 선 채 신촌 로터리로 가는 앞쪽 길, 세브란스병원과 이대 후문으로 가는 왼쪽 길, 성산동과 연희동으로 가는 오른쪽 길을 찬찬히 둘러보았다. 신촌 로터리로 목적지를 정한다고 할지라도 바로 가는 길도 있지만 샛길도 얼마나 많은가. 다른 길 역시 매한가지였다.

"허승구, 중고등학교 때도 왕또라이 소리를 듣더니 대학에 와서도 그 소리를 들으니 좋냐?"

응용통계학과에 다니는 중학교 동창이 내가 얼빠진 인간처럼 정문 앞에 마냥 서 있자 이죽거리고는 학교로 총총히 사라졌다.

　기분 잡치는 소리를 들어서일까. 대학에 입학한 후 처음으로 등교하던 날이 떠오른다. 다시는 또라이 소리를 듣지 말자고 맹세했건만 도로아미타불이 된 듯해 헛웃음이 나왔다.

　"아마 나는/ 아직도 미쳤나 봐/ 그런가 봐/ 엄마야 나는 왜/ 자꾸만 미쳐가지."

　비감하면서도 장중한 조용필의 「고추잠자리」 첫 소절을 개사해서 나도 모르게 부르고 있었다. 기형도한테서 이 노래를 배운 후 내가 개사해서 부르자 가장 웃은 사람이 기형도였다. 포복절도했다. 기형도가 그토록 격하게 웃는 모습을 목도한 건 처음이었다. 음정과 박자가 틀리는 것도 한 몫했다면서도 가사 내용과 내가 벌인 일련의 행동이 기막히게 어울린다고 극찬하였다.

　오늘도 대낮부터 「만미집」에서 소주를 시작으로 「새맛집」에서는 막걸리를, 「러시」에서는 생맥주를, 『들장미 레스토랑』에서는 칵테일을, 이대 앞 카페 골목 『오르페우스』로 옮겨서는 병맥주를 마시고 또 마셨다.

　"허승구, 그러다 죽어. 뒈져. 요절하려고 작정했니?"

　하루는 기형도가 작정하고 나의 막술 버릇을 질타했다.

　"궤변이라고 해도 좋고, 합리화의 극치라고 해도 좋아, 기형도. 확실한 건 말이다. 내가 술에 환장하는 이유가 술 그 자체가 본능적으로 좋은 점도 있지만, 술을 특정인과 하룻밤 밤새도록 진탕 퍼마시면 상대방의 모든 것을 단숨에 파악할 수 있다는 장점도 무시 못하는기라.

통상 일상에서 한 사람의 전모를 정상적으로 이해하려면 몇 달, 아니 경우에 따라서는 몇 년이 걸릴 수도 있잖아. 헌데 단 한 번의 화끈한 술자리로 일거에 그 사람 내면 저 아래까지 접수가 된다면? 그 사람이 처한 환경, 열등감, 무의식, 꿈 등등이 한눈에 들어온다면? 요점을 정리하면, 사람들하고 술 마시기야말로 가장 좋은 문학공부라고 확신해. 수학책 열 권을 눈으로 읽는 것보다 한 문제라도 제대로 연습장에 손수 풀어보는 게 백배 효율적이듯, 소설책 열 권 읽는 것보다 한 인간하고 밤새워 들이키는 게……"

"술술 들어가는 술하고 술술술 풀리는 수학이 참 별스럽게도 연결되네. 개똥철학, 아니 허승구 특유의 개똥문학이구만. 좋아, 나도 술 한 잔이 때로는 상상력 창고 문을 여는 열쇠가 될 수 있음을 인정해. 좋은 소재거리라는 것도. 하지만 그렇다 해도 과하다고, 과해. 지금의 허승구 행태는. 알아, 아느냐고. 늙은 허승구를 보고 싶어, 이 땅에서, 그래서……"

"전설의 혁명 시인 마야코프스키도 바다만큼 많은 양의 보드카를 마셨는데, 뭘. 천하의 공자도 나처럼 무한주량을 자랑했는데 뭘……"

과음이 걱정될 때마다 자위하는 나의 전용 논리였다. 앞의 예는 기형도에게서 들었다. 뒤는, 문득 이 개떡 같은 논리가 아버지 레퍼토리라는 데 생각이 미친다. 그제야 스스로의 뺨을 아프게 갈긴다. '욕하면서 배운다'는 속어가 가슴을 고통스럽게 후벼팠다.

언젠가부터 내가 캠퍼스 안은 물론이고 신촌 일원에서 조금씩 유명세를 타기 시작했다. 또라이, 괴짜, 기인 등으로 부르는 사람들이 점차 늘어난 게 그 증거였다. 하기야 검정색으로 물들인 군복 차림에다 구레나룻까지 기르고서 밤낮 가리지 않고 술냄새를 풍기며 교정 안팎을 누비고 다니므로 그럴 만도 했다. 음주수강, 음주시험을 일상으로 행하고 캠퍼스 안에서 노숙까지 대놓고 즐기자 급기야 많은 학우들 사이에서 궁금증이 날로 증폭됐다. 젊은 여성들이 많이 보는 모 여성지에서 나를 캠퍼스 명물 운운하며 '거지왕자'라는 별명을 붙이는 바람에 더욱 기름을 끼얹었다.

내가 이토록 술독에 빠져 허우적거린 데는 1981년 10월 초에 있은 또 다른 신문사의 2천만 원 고료 장편소설 공모에서 재차 물먹은 게 큰 몫을 차지했다. 참신한 제목으로 바꾸고, 줄거리까지 대폭 손보고, 용렬한 표현도 덜어냈지만 이번에도 본심 안에 든 것으로 만족해야만 하였다. 당선작은 물론이고 가작조차 마침 안 나왔다. 그런데 이는 대작(大作)이 없었다는 말이기도 하므로 위안거리 자체가 되지 않았다. 12월 말에는 모 문예지에서 장편소설 공모를 했는데 고료가 1천만 원이었다. 반값이라 우스워 처음에는 응모 생각이 없다가 '그 돈이라도……'라는 심정으로 또 개작해 투고했다. 거기서조차 최종심에서 아슬아슬하게 미끄러지자 심신이 한없이 추락하였다.

9

"큰 성취는 모험에서 온다는 건 알지만, 그 모험이 너무 위험해 보여, 허승구. 즉성 대가님, 진짜로 결행할 거니?"

내가 안양에 있는 「길모퉁이 카페」에 들어서는 길로 기형도가 눈을 동그랗게 떴다.

"명색이 X을 단 머시마 새끼가 결심을 한 번 했으면 무시(무)라도 짤라는 봐야 될 꺼 아인가베."

큰소리를 치기는 했지만 내심 염려되지 않는 건 아니었다.

내가 군대 내 정신병원에 잠입해 취재해야겠다는 생각을 하게 된 것은 순전히 우연이었다. 그날도 여느 날처럼 낮술에 취해 문학회 서 클룸 앞 잔디밭에서 반수면 상태에 빠져 있었다.

"어유, 저런 인간이 우리 학교에 같이 다니다니. 창피해 죽겠어. 너희들은 안 그러니? 대낮에 고성방가를 공공연히 즐기니 우리 학교 얼굴에 똥칠한다고 생각하지 않아? 며칠 전에 보니까, 가관이더라. 고주망태가 되어 캠퍼스 벤치에 드러누운 채 톰 웨이츠의 「warm beer and cold woman」을 부르는 것 있지. 양철 긁는 목소리로. 금세 또 맥락이 닿지 않는 「호남농민가」를 돼지 멱따는 소리로 부르는 거 있지. 완전히 구제불능이더라."

"잘 아는 문학회 회원한테서 직접 들었는데, 완벽한 또라이래. 말이 돼, 술 취해 늘 시험본다는 게? 영화 「취권」 흉내를 내도 분수가 있지, 제까짓 게 뭐라고, 취문(文)·취수(數) 흉내까지 내고 난리야. 대학 측에서 세브란스병원 정신병동에 입원시키지 않고 대체 뭐하고 있는 거야."

"얘들아, 좀 심하다. 무슨 사정이 있어서 저러겠지. 일테면 아버지가 하던 사업이 망했다던가. 일부러 저런다면야 정말 미쳤겠지만."

여학생들 몇 명이 지나가면서 던지는 말이 귀에 정통으로 꽂혔다.

"그래, 그거야. 난 미쳤다. 겉으로는. 하지만 진짜로는 안 미쳤다.

그럼, 안 미쳤음을 어떻게 증명하지? 증명은, 내가 전문가 중의 전문가잖아. 수학 자체가 증명의 산물이니까. 호랑이를 잡으려면 호랑이 굴에 들어가야 하듯, 내가 미치지 않았음을 미친 인간들이 득시글거리는 곳에 가서 확인해볼까, 한번. 거 억수로 재미나겠는데. 수학에서 귀류법으로 어떤 문제를 증명할 때도 결론과 반대되는 가정으로 팡파르를 울리잖아. 그래, 그거야, 바로 그것!"

그 순간이었다. 별안간 문무대에 입소해 문제를 일으켰을 때 관계 장교가 한 말이 번개같이 떠오르지 않는가. 군인들이 군기가 하도 세 일반적으로 무서워한다는 「남한산성(군 교도소)」보다 국군통합병원에 있는 정신병동을 가장 두려워한다는. 비합법적으로는 일상이고, 합법적으로도 사람을 때려죽이고도 무사할 수 있는 폐쇄공간이라는 악명이, 이상하게도 나의 호기심을 끌었다.

"승구, 정말로 결행할 거냐고?"

"그래, 친구야. 내가 어려서부터 간뎅이가 배 밖으로 나온 놈으로 유명했니라. 체질이, 본능이 그리 시키니 우야노?"

"허승구의 악동 기질은, 못 말리는 무데뽀 정신이랄까 만고불사 정신은 나도 인정해. 개기는 데 일가견이 있다는 것도. 하지만 이건 장난이 아니야. 정말로 목숨이 왔다갔다하는 문제라고."

"나도 알구마는. 기억할지 모르겠다만, 니 시가 전반적으로 어둡고 칙칙하다는 나의 인상비평에 '비극을 노래함으로써 비극을 극복하는 게 나의 숙명이자 시인의 숙명'이라고 언젠가 형도가 말했다 아이가. 똑같은 이치인기라. 이열치열! 이 종이 쪼가리들 좀 보거라."

"아니, 이건 세브란스병원과 서울대병원 신경정신과에서 발행한 진단서잖아. 정신분열증(현 조현병)을 연기를 통해서 얻은 걸 보니까 문청(문학청년) 특유의 만용 차원을 뛰어넘었는데, 그래."

일단 결심이 선 그날부터 당장 준비에 들어갔다. 의과대학 도서실에 가서 정신의학에 대해 공부도 하고, 군대 내 정신병원에 관한 자료를 하나둘 모으기 시작하였다. 이론으로만 접근해서는 안 되겠다는 생각에 두 대학병원 교수를 상대로 실습까지 한 것이다.

"꽃길도 많은데 굳이 가시밭길을 가겠다! 사시(사법시험) 대신 고시(苦試)를! 허승구답다. 만일 무시무시하다는 그곳에서 무사히 취재하고 나와 소설을 쓴다면 소재 그 자체만으로도 센세이셔널하겠는걸."

기형도는 정확히 맥을 짚었다. 나의 노림수를.

나의 정신병원 취재를 가장 말린 사람이 유하나였다. 그녀는 「뻐꾸기 둥지 위로 날아간 새」라는 영화를 거론하며 내가 그곳에서 살아나오지 못할 것으로 보았다. 무모해도 너무 무모하다고 보았다. 근처에 얼씬거리게도 못하게 한 여의도 진주아파트에서 같이 살며 다른 길을 모색해보자고 유혹할 때는 솔직히 심하게 흔들렸다.

"누나가 언제 그랬제. Do what you must(네가 하지 않을 수 없는 것을 하라).[48] 누나는 내가 대수기하학 세계에 투신해서 수학계 노벨상인 필즈상이라도 받기를 원하는 거, 나도 잘 알아. 문제는, 내가 아니라도 내가 관심 가지고 있는 대수기하의 난문제를 다른 사람들도, 다소 어렵겠지만 언젠가는 풀 수 있다는 사실, 이게 안 중요하나. 허나 우리나라에서 최악이라는 군대 내 폐쇄공간은 내가 아니면, 나처럼 종잡기 어려운 인간이 아니면 접근이 불가능하다는 점에서, 이건 나한테 주어진 사명이라니까."

무엇이든 일단 한 번 하기로 작정하면 누구도 못 말리는 광기 앞에 유하나는 무력했다.

"뒤통수가 못생긴, 방위병 기형도. 우리들의 대학생활 전반전이 끝났음을 오늘 낮에 리얼하게 보여준 걸 읽으마. 잘 들어보게."

방위병으로 근무하느라 머리를 깎은 이후부터 내가 놀리는 단골 수식어가 '뒤통수가 못생긴'이었다. 반곱슬머리에 교묘히 가려져 있던 뒤통수가 드러나자 웃지 않을 수가 없었다. 납작한 데다 비균형이어서다.

완벽 콤플렉스가 있노라고 자인하는 기형도에게서 내가 유일하게 찾은 약점 아닌 약점이었다.

기형도가 거주하는 집과 문학회 서클룸 사이에는 무시할 수 없는 공통점이 있었다. 나 홀로 있다는 것. 다른 서클들은 대강당 등등에 몰려 있는데 반해 문학회 서클룸만은 전통적으로 오랫동안 학관에 따로 있었으니까.

그것도 이제는 끝났다. 대학 본부 차원에서 공간 재배치 결정이 났기 때문이다. 문과대학이 그동안 사용하던 학관을 대학 본부로 쓰고, 문과대학은 인문학관(현 외솔관)으로 이전하기로 확정됐다. 문학회가 새로 이사한 곳은 용재관(현 경영관 자리) 2층이었다. 다른 서클들도 함께 있어 영 어색했다.

이사를 한 날 오후, 1982년 4월 1일 낮에 제의를 행하였다. 축문까지 읽었다. 축문은 한 회원이 한지에 펜으로 써왔고, 그걸 내가 대표로 손수 읽었다. 읽으면서 기형도에게도 들려주고 싶다는 생각이 문득 들어 축문을 가지고 달려온 것이다.

요란한, 때로는 음울한 대학생활 전반기가 비로소 이렇게 막을 내렸다.

  "유세차(維歲次) 임술년 삼월 초여드레. 해동 조선 한양 신촌골 글 쓰는 머스마 가스나 삼십여 명이 오늘 길일을 택하야 이 땅 좋은 용재면(面) 문학리(里)에 허리끈 치마끈을 푸노니 이에 지신님의 축음을 부음하나이다. 운문의 민족대장군, 산문의 민주여장군이 결합하여 졸정(졸업정원제) 귀신, 강제입영 귀신, 검열 귀신, 해체당한 서클 귀신, 최루탄 귀신, 짭새 귀신, 탄압 귀신 다 쫓아내소서. 십자가의 스도형님은 이스라엘로, 금칠의 모니형님은 인도로…… 그 대신 돈 안 벌고, 「우산속(신촌 로터리에 있던 고고장)」도 안 가고 깡쐬주를 마시며 배고픈 문학하는 우리를 어여삐 여기시어 용재관 2층이 내내 잠잠하게 하옵시고, 시인 소설가 평론가 그리고 시집 소설집 평론집이 돼지가 새끼 낳듯 쑥쑥 줄줄이 빠져 불쌍하고 빈약한 조선문단에 꽃이 되고 잎이 되고, 밤새도록 술 마셔도 오바이트 않게 하옵시고, 문학회원 머리에는 상상력 귀신이 연세학우 머리에는 공부 귀신이 붙기를, 누구 하나 눈도 티도 흘겨보지 마옵시고, 진급은 그날 그날 졸업은 제때 제때 딱 부러지게 하도록 도와주소서. 상향."

신촌 후곡

앙코르, 기형도

1

나는 1982년 12월 대한민국 보통 남자들처럼 육군에 입대한다.

부산 시내에 있는 부전역이 출발지였다. 동해남부선 한 역이기도 한 그곳에서 집합하여 기차를 타고 논산훈련소로 향했다. 29연대에서 훈련병 생활을 할 때 기형도한테서 온 엽서와 편지 내용이 이색적이었다. 전에 없이 철학적이지 않는가. 프랑스 철학자 베르그송 논리를 동원해 자기 생각을 철학적으로 고고하게 전개했다. 독일 철학자들에게 주로 취해 있다가 베르그송한테 곁눈을 준 건 한 대선배가 입만 열면 베르그송 타령을 한 탓이었다. 하여간 단순 반복훈련에 육체는 하루가 다르게 단련되어 갔지만 이에 반비례해 머리는 갈수록 텅 비어 갈 즈음 아닌가. 그 때문이리라. 사유의 세계로 초대하는 내용물이 더 별스럽게 다가왔다.

훈련소를 나와 탄약사령부 예하 부대인 모 탄약창에 자대 배치를 받았다. 주업무가 폭탄관리였다. 졸병 생활의 고달픔을 뼈저리게 느낄 무렵 기형도한테서 온 편지가 크나큰 위안거리가 됐다. 특히 편지 속에 동봉한 「포도밭 묘지 1」과 「포도밭 묘지 2」[49]라는 시가 준 놀라움은 상당했다. 기형도만이 노래할 수 있는 분위기와 묘사 그리고 메시지가 압권이었다.

1983년 봄학기에 복학하자마자 심혈을 기울여 쓴 기형도 시의 도약이 예사롭지 않았다. 눈부셨다. 시적 특이성이 독보적이었다. 친구의 시력(詩力)은 경이로울 정도로 일취월장하는데 나는 도대체 무엇하고 있지 하는 자격지심이 심하게 들었다. 입대 전 군대 정신병원에 잠입 취재하겠다고 큰소리쳤지만 생각보다 자대 군기가 세 애초의 결심을 차일피일 미루고 있을 때 접한 두 시가 정신을 번쩍 차리게 만들었다. 시어 하나하나가 총알로 변해 귓구멍 속으로 자꾸만 파고들었다. 「포도밭 묘지 1」의 마지막 구절 '그 빈 기쁨들을 지금 쓴다 친구여' 같은 경우 한동안 내 입 속에서 전세를 살았다.

하여 나도 글벗과 문학적으로 짝하고 싶다는 욕심이 꿈틀거렸다. 밖에서 생각했던 것보다 군대가 만만치 않아 잠시 주춤거렸다가 군화 끈을 다시 맸다. 헤밍웨이도 스페인 내전에 참여했는데 나라고 못하란 법 있느냐고 내심 스스로를 다독이며 모험을 감행했다.

사전 준비가 철저했지만 예기치 않은 복병을 만나 숱하게 고초를 겪었다. 천신만고 끝에 조치원 근처에 자리 잡은 국군대전통합병원에 무사히 입원할 수 있었다. 주소가 충남 연기군 남면 보통리였는데, 거기까지 기형도는 편지는 물론이고 면회까지 자진해서 왔다.

2

"으스스하네, 예상대로. 쇠창살이 촘촘히 박혀 있는 병동을 바깥에서 보니까."

기형도가 복학한 후 1983년 여름방학을 이용해서 나에게 면회 와서 한 첫 말이었다. 형도가 대구시 만촌동에 있는 국군대구통합병원 정신병동까지 굳이 와줘서 정말 고마웠다. 두 평 남짓한 좁은 면회실에서 기형도를 마주하자 만감이 교차했다.

"12병동 입구를 지키는 환자에게 일병 허승구를 찾아왔다고 했더니 '우리 실장님'이라고 하더라. 실장이 무슨 직책이니?"

"다 말하면 너무 길고. 간단히 줄이면, 환자 대장. 환자 중 권력서열 1위. 이 정신병동에만 또라이들이 1백 명쯤 있니라. 육해공군은 물론이고 해병대에서 온 또라이들이. 여기선 소속 부대 계급은 다 개무시 안 되나. 여기만의 특수한 시스템이 있는데 자세한 건 훗날 들려주마. 억수로 기니까."

"암튼 무사해서 다행이야. 국군대전통합병원에 면회갔을 땐 옆에 감시병으로 위생병이 따라붙었는데 이번에는 우리밖에 없네."

"권력서열 1위의 특혜니라."

국군대전통합병원에 비해 대구는 정신병동 규모가 매우 컸다. 그만큼 말썽꾸러기들이, 중증 질환자들이 많다는 이야기였다.

"보통 수완이 아니야, 우리 허승구가. 극한 상황을 돌파하는 데 미적분학에서 다루는 리미트(limit: 극한) 도움을 받은 건 아닐 테고."

기형도가 조크를 던진다.

"사실 허승구와 나의 역할이 뒤바뀌어야 하는데…… 우리 행주 기씨 시조이신 기자가 가짜 정신병자의 원조니까. 주(紂)가 제맘대로 비간(比干)을 죽이자 기자가 머리를 풀어헤치고는 광인이 됐다는 게 역사적 기록으로 남아 있거든."

"그으래, 역설이네 역설. 또라이 피가 흐르는 인간은 정작 정상이고, 멀쩡한 인간은 이러고 있으니까. 그래서 세상은 돌고 돈다 하는 모양이구마는."

"그럼, 여기서 제대하는 거니? 아님, 자대로 돌아가?"

"지금 통밥 굴리는 중이니라. 여기서 6개월 넘기면 의병 제대하는데, 막말로 정신병자란 이유로 제대하면 사회생활하는 데 막대한 지장이 있다 아이가. 소기의 목적을 달성했으므로, 의병제대하고서 바로 장편소설 집필에 들어가자고 생각하다가도, 정신분열증으로 군복을 벗으면 평생 굴레가 될 것 같아서, 이왕 입대한 김에 자대로 돌아가 병장 계급장 달고 나오자고도 생각 안 하나."

"……"

"또라이 병동이라서 펜 같은 도구를 일체 못 써. 그걸로 자해할까 싶어서. 무엇을 읽을 수도, 쓸 수도 없는 폐쇄공간이라서 그런지, 그럴수록 이상하게도 무엇을 더 읽고 싶고 쓰고 싶은 거 있제. 천신만고 끝에 또라이 대장이 되어서야 겨우 펜을 쥘 수 있게 됐니라. 그것도 잠시 잠깐. 그때를 이용해 메모한 건데 한번 볼래? 제목은 「시를 위한 단상」혹은 「시 전(前)의 시」라고 임시로 달아봤어."

그러면서 땀이 전 갱지 한 장을 기형도 앞으로 내밀었다.

「시」   가장/길이가 짧은/소설

「인생」   1,2,3,4…에 웃고/-1,-2,-3,-4…에 우는

「기독교」 1을 위한/2,3,4…의/영원한 찬양

「불교」   0도 모르면서/0을/0이 될 때까지/끝없이 약분하기

"재치가 제법인걸. 이것을 보니까 확실하네. 허승구가 미치지 않았음을 보여주는 보증수표로서."

두 사람이 근황을 주고받고 있을 때 바로 옆 간호장교실에서 켜놓은 텔레비전에선 연신 탄식과 함께 절규가 들려왔다. KBS에서 '이산가족을 찾습니다'라는 특별 생방송을 하고 있어서다. 그런데 문제는, TV에선 죽어도 방영할 수 없는 젊은 병사들의 또 다른 탄식과 절규가 폐쇄병동에서도 동시에 24시간 쉼없이 벌어지고 있다는 사실이다. 인간이란 동물이 얼마나 저열한지 그리고 얼마나 악랄할 수도 있는지를 보여주는.

1983년 여름은 그렇게 흘러가는 중이었다. 여름이 절정에 달했을 때 기형도가 보내준 시가 「소리 1」[50]이다. 아주 긴 장시였는데 '역시 기형도야'라는 찬사가 저절로 나왔다.

3

고심과 번민 끝에 결국 정신분열증이란 병명으로 불명예 제대하는 대신 자대로 돌아와 만기제대하는 쪽으로 선택을 하였다. 내가 자대

에서 정신병원에 입원하기 위하여 쇼를 하는 과정에서 인간폭탄임을 증명한 관계로 악랄한 고참들도 나만은 기합에서 예외를 시켜주는 경우가 많아 군생활은 할 만했다.

험한 취재를 끝내고 자대로 복귀한 이후에도 심심찮게 기형도는 나를 보러 먼 걸음을 하였다. 면회 와서 보여준 시 중의 하나가 「어느 푸른 저녁」[51]이었다. 교내 문학상 상금으로 수동 타자기를 사서 처음으로 타이핑한 시임을 강조하여 인상 깊게 읽었다. 1985년 동아일보 신춘문예에 당선된 시 「안개」도 응모하기 전에 먼저 보았는데 올해에는 될 것 같다는 덕담을 했다. 이미 몇 년째 주요 신문 신춘문예 최종심에 이름이 오르내린 전력을 감안했기 때문이다.

좌우간 1985년 초 내가 만기제대할 때까지 오죽 자주 편지와 엽서를 주고받았으면 '우편번호. 150-07. 경기도 광명시 소하1동 701-6. 14통 1반'이란 주소를 통째로 외우겠는가.

"허승구 선배님, 기형도 선배님이 기똥차게 공부를 잘했다면서요. 맨날 놀면서도 과 수석을 전세냈다면서요. 신문사에도 우연히 친구 원서 내는데 따라갔다가 얼결에 자기도 원서를 넣고 재미삼아 시험을 봤다면서요. 그런데 정작 친구는 떨어지고, 기형도 선배님만 수백대 일이란 경쟁률을 뚫었다면서요. 그것도 1등으로. 2등하고 눈에 띄게 점수차가 나는 군계일학이라 심사위원으로 참석한 신문사 간부들조차 되게 놀랐다던데, 다 사실입니까? 과장은 없는지요?"

내가 제대한 직후 문학회 회원들 단골 주점 「다리네」에 앉아 있으면 후배들이 바짝 다가앉으며 돌아가면서 기형도병(病)을 앓았다.

기형도가 졸업 전에 동아일보 신춘문예에 시 부문 당선과 중앙일보

기자라는 두 마리 토끼를 잡음으로써 후배들의 롤모델이 이미 되어 있었다. 따라서 자잘한 버릇에 이르기까지 궁금한 것도 많았다.

나는 본의 아니게 기형도 대변인이 되어 후배들에게 이런저런 삽화를 아는 대로 들려주면서도 속이 허했다. 어느새 대학에서 옛날 타령이나 하는 학번이 됐다는 사실이 사람을 쓸쓸하게 만들었다. 거기다가 졸업하기 전 장편소설 공모에 당선되어 소설가의 길을 걸어야겠다는 생각을 하자 초조감도 일었다. 해서 1985년 1학기 복학을 일단 유보하고 군대에서 취재하고 구상해놓은 작품을 쓰기로 하였다.

문제는 돈이었다. 아울러 집필 공간 마련도 은근히 골치거리였다. 묘수가 없었다. 대책없이 「섬」, 「러시」, 「장미빛 인생」, 「연」 같은 연대 앞 단골 술집과 「시나위」, 「남촌」 같은 이대 앞 단골 술집을 전전하며 골머리를 앓았다.

그러던 어느 날이었다. 정치부 기자로서 바쁜 나날을 보내던 기형도가 「섬」에서 「섬」 사장과 단 둘이서 새벽까지 술을 마시고 있는 나를 찾아왔다. 양복을 쫙 빼입은 기형도가 어떤 사람을 대동한 채.

"기 기자님으로부터 다 들었습니다. 허승구 씨가 수학에 도가 텄다면서요. 제가 전국 공과대학 2학년들이 가장 많이 보는 수학 교재 연습문제 풀이집을 책자로 내놓으려고 하거든요. 간단하고 쉬운 문제는 명문대 공대생들을 동원해 풀었는데, 난이도가 높은 문제를 맡을 학생은 좀처럼 찾기가 힘들어서요. 그 일을 할 수 있는 학생들은 극소수인데 그들은 하나같이 전공 공부하기 바빠서 말이지요."

출판사를 경영한다는 사장이 문제의 수학 교재를 내밀었다. 크레이지직(E. Kreyzsig)의 『공학수학(Advanced Engineering Mathematics)』이었다.

"19개 챕터(chapter: 장)마다 난문제를 연필로 일일이 체크해놓았습니다. 수학도사라면 넉넉잡아 1개월 안에 끝내리라고 봅니다. 수고비는 1백만 원 드리겠습니다. 만일 난문제를 일반적인 해법 이외에 다른 방법을 통해 푼다면, 특이해법 하나당 보너스로 1만 원 더 드리지요."

내가 기계적인 수학 문제 풀이를 저주한다고 하면서도 속으로는 쾌재를 불렀다. 왜냐하면 이미 1981년 출판사 사장이 요구한 문제들 가운데 상당수를 풀어보았기 때문이다.

1981학번들은 졸업정원제로 입학했기 때문에 그 이전 학번들과는 달리 시험 점수에 유달리 예민했다. 중고생 과외 아르바이트 길이 막힌 일부 학생들이 그 틈새 시장을 놓치지 않았다. 나 역시 그 대열에 합류하였다. 그 덕에 출판사 사장이 찍은 문제들을 대부분 장난감처럼 가지고 놀았지 않는가.

고득점을 노리는 학생들을 위해 내가 특별히 신경써서 개발한 해법 같은 경우 그때도 고가에 거래가 됐다.

"허승구, 잘했지? 저 사장님을 안 지는 일년쯤 됐어. 작년 2월 18일 오후 3시 「초혜화랑」에서 연고대, 이화문학회 합동 시낭송회 때 나는 「오래된 서적」이란 시를 낭송했는데, 저 사장님이 내 시가 좋다며 다가와서 인사하게 됐지. 그러다 얼마 전 어떤 자리에서 우연히 또 만났는데 승구에게 딱 맞는 일거리를 얘기하지 뭐니. 1백만 원이면 거의 내 두 달치 월급이야. 내 첫 월급이 55만 원선이었거든. 웬만한 기업 샐러리맨 넉 달치 월급 액수가 되는 만큼 '쇼부'칠 생각 말고 무조건

한다고 해. 알았지? 이런 일에 열패감을 느낄 필요는 없다고 봐. 대학을 중퇴한 갈릴레오도 4년 동안 수학 과외선생으로 연명했다고 들었어."

출판사 사장이 화장실에 간 사이에 기형도가 전후 사정을 설명했다. 81년 당시 내가 막걸리 기운이 올라 얼굴이 불콰한 상태에서도 두부김치 안주값이라도 벌려고 부지런히 문제를 푸는 모습을 지켜본 기형도 덕을 그리하여 톡톡히 보기에 이르렀다.

4

기형도 기대를 등에 업고 나는 제주도로 내려와 1985년과 1986년 초를 구(舊)제주시 3도1동(洞)에서 보냈다. 군 정신병원을 정면으로 다룬 작품을 집필할 나만의 공간이 필요했기 때문이다.

그러나 모 문예지 장편소설 현상공모에 어이없게도 최종심은커녕 예심조차 못 들었다. 정말 당황했다. 목숨 걸고 취재해서 골수를 짜내듯 쓴 건곤일척의 승부수 아닌가. 정통으로 뒤통수를 맞았다. 정신이 자우룩해지며, 마음까지 와우아파트처럼 한순간에 와르르 무너졌다. 치욕이었다. 장편소설의 대서구(對西歐) 의존도를 확 낮출 명작이자 대작임을 자처했기에 더 뼈아팠다. 최악이었다.

대관절 어디서부터 어디까지 무엇이 얼마나 잘못됐는지 짐작조차 할 수 없어 더욱 절망스러웠다.

"승구, 절망?"

기형도가 나에게 다가오며 장난꾸러기 같은 표정을 지으며 조크를 던졌다.

1986년 복학한 나는 거의 매일 '아이 러브 술'을 노래했다. 오늘도 나는 병맥주를 냉장고에서 꺼내 마음대로 갖다 마시고 나갈 때 빈 병을 세서 계산하는 집으로 유명한 「섬」에서 테이블 아래위로 병맥주를 잔뜩 늘어놓고 통음하는 중이다. 술값은 대학 편입 전문학원에서 이공계 수학을 가르치는 것으로 조달했다. 그 수입으로 술은 물론이고 학생회관 지하식당에서 450원짜리 김치찌개로 점심을 해결하며 학교에 다녔다. 저녁은 학생회관 1층에 있는 식당에서 참치찌개를 주로 사먹었다.

"절망을 깃털마냥 한없이 가볍게 이야기하니까 더 절망스럽구마는."

"어, 승구가 말장난도 다하네."

기형도가 맞은편 자리에 앉더니 병맥주를 잔에 반 컵만 따라 입술만 살짝 축인다. 졸다 깨어나면 다시 마시고, 그것도 싫증나면 복사한 수학 논문을 들여다보는 게 나의 요즘 술버릇이었다. 복학한 이후 만만한 옛 학우들이 대부분 졸업한 후라 마땅한 술벗도 없었다. 하여 정신적 애인인 수학하고 연애하며 혼자 청승을 떠는 날이 잦았다.

"수학동네라는 곳에서 하는 낯선 타향살이, 이제 그만 하는 건 어떻니?"

"천만에. 문학판에서 X되고 보이, 그제야 정신이 차려지는 거 있제. 수학동네야말로 나의 원초적 고향임을 새삼 깨달았다 카이. 어쭙잖은 소설 쓰느라 스스로에게 내린 수금령(數禁令)을 해제하고서 보니까.

나한테 소설이 돈 많은 유부녀라면 수학은 긴 머리 숫처녀임을 확인했다네."

절망감은 대단했다. 희대의 문제작, 대단한 야심작이라고 굳게 믿었건만 태작도 못 됨을 확인했으므로. 시쳇말로 '쪽팔려서' 얼굴을 들고 다닐 수가 없었다. 자존감이 제로였다. 심지어 기형도가 정치부에서 문화부로 자청해서 옮겨 한가해졌으므로 자주 보자고 해도 못 들은 척했다. 기형도에게 먼저 전화를 걸 염치조차 없었다.

문우(文友)로서 자격이 없다고 봐 가능한 한 멀리하려고 해도 틈만 나면 기형도는 나를 찾았다. 내가 있을 곳은 뻔했다. 낮에는 수학 관련 논문이나 뒤적이고 저녁에는 학교 앞 단골 술집 몇 곳 중 한 곳에는 반드시 있었으니까.

1986년 한 해를 그렇게 보냈다. 기형도 입에서 "그러다 죽어, 그러다 죽어"라는 소리를 자장가같이 들으며, 한없이 무력하게. 자의에 의한 슬럼프가 아니라 타의에 의해 강요된 슬럼프라 더 슬럼프를 탔다. 기형도가 '절망은 인간을 용감하게 하고 희망은 그 용감을 구체화시킨다'[52]는 류의 위로의 말을 수시로 던졌지만 코똥만 뀌었을 따름이다.

"『그림 없는 그림책』은 어떻게 됐니? 군대 가기 전까지 거의 복구했잖아. 그냥 썩여두고 있는 거니?"

"별걸 다 기억하고 있네, 우리 친구가. 하기야 기형도의 기억력은 비상하기로 유명하니까."

사람에게도 운이 있듯, 문학에도 운이 있듯, 수학에도 운이 있을까. 있었다. 유하나의 채근에 입대하기 전까지 기를 써서 복원하여 건넸

다. 그런데 웬 일? 유하나가 며칠 안 돼 미안해서 어쩔 줄 몰라 하지 않는가.

"이 일을 어쩌누. 논문 검토를 의뢰하려고 펜실베이니아대학에 계시는 임덕상[53] 교수님한테 연락했더니, 아뿔싸, 불과 며칠 전에 별세하셨다지 뭐니. 암으로."

검토할 만한 사람이 국내에는 없고 외국에 단 한 명 있었는데 그 사람마저 죽었다! 방법이 없었다. 유하나와 알밤교수가 다른 방법을 찾아보겠다고 했지만 김이 팍 샜다. 재수 없는 놈은 접시물에 빠져도 익사한다고 했던가. 수학계 노벨상으로 이름난 필즈상 수상자 중 대수기하학 전공자들이 가장 많다는 사실만으로도 그 중요성을 인정받는 대수기하학 세계와의 인연은 그러구리 종말을 고하였다. 일도일념으로 장기간 총력 매진한 분야여서 후유증이 생각 이상으로 오래 갔다.

"어쩜 좋으니, 허승구. 초록은 동색이라고 나랑 의외로 닮은 구석이 많아, 우리 허승구하고는. 허승구도 잘 알 거야, 내가 종속이론 같은 정치경제학에 관심이 많았다는 것. SKY 대학 경제학과에서 나온 정치경제학 계통 석사논문들까지 내가 웬만큼 훑어보았거든. 좀 더 깊이 공부할 생각으로 접근하자 선생이 없더라고. SKY 어느 대학에도 정치경제학 계통의 주제로 박사학위를 받은 사람이 아무도 없었으니까. 당연히 전공 교수조차 한 명도 없지 뭐니? 대수기하학 모양으로. 정치경제학이 발달한 나라로 유학갈 수도 있겠지만 허승구가 잘 알다시피 우리집 경제사정이⋯⋯"

전생에 무슨 관계였을까. 만일 전생이 있었다면 분명 예사로운 관계가 아니었을 성싶다.

"허승구, 지금부터 내가 하는 말 잘 들어. 그대 작품이 본심에도 못 올라가 나도 솔직히 의아했거든. 나 역시 예심도 통과하지 못하리라고는 보지 않았어. 생애 첫 작품이 옛날에 벌써 본심에 오르내린 전력이 있는 역전의 용사니까. 승구가 부정탄다고 나한테 원고를 보여주지 않아서 잘은 모르겠지만, 현실은 현실이니만큼, 호랑이를 그리려다 의욕만 넘쳐 고양이를 그린 모양이구나 했지, 뭐. 그러다 우연히 니가 투고한 월간 문예지 사무실에 들렀다가 특급 정보를 들었지 뭐니."

"기형도, 잘 들어! 나 이제 소설 더 이상 안 써. 진짜로. 소질이, 재주가 없는 걸 처절히 확인했으니까. 그러니 허튼 수작으로 꼬실 생각은 아예 안 했으면 좋겠구마는. 누가 뭐래도 나 이제는 수학과 대학원에 갈란다. 우리 학교로 갈지, 카이스트(KAIST)로 갈지, 아니면 외국으로 튈지만 남았다니까."

"허승구만의 수학이, 갈라파고스처럼 수학과란 이름의 대륙이랑 너무 떨어진 채 과도하게 따로 진화한 걸로 보여. 당연히 접점을 찾고 싶겠지. 좋아, 좋아. 그렇게 하더라도 일단 내 말부터 다 듣고 판단해. 그 월간 문예지 편집장과 이런저런 담소를 나누다가 지나가는 말로 그러더라. 요즘 작가 지망생 중에 군대 이야기를 투고하는 경우가 왕왕 있는데 애시당초 심사에서 배제한다잖니. 그 같은 사정을 지면(紙面)에 밝힐 수 없어서 답답하다고 하지 뭐야. 특히 1980년 이후의 군대 이야기는 어떤 이야기가 됐든 성역이라나. 월남전 이야기까지는 어느 정도 자유롭게 다뤄도 상관없는데 12·12사태 이후 군대 이야기는 숫제 예심조차 안 넘긴다잖아. 문제 소지를 원천 차단하는 차원에서."

"뭐라꼬?"

"상부의 명시적인 무슨 지침은 없는데 알아서 기는 것 같아. 이래저래 하도 당해 생존 차원에서 알아서 가이드라인[54]을 만들었다고나 할까."

"그래서 내가 오지게 당했다 이 말이제? 아, 정말 야마 도네. 에이 XX, 이 군바리 꼴통·새끼들을⋯⋯"

울화통이 터져 겉으로는 큰소리로 쌍욕을 하면서도 속으로는 완전히 사망선고 받았던 자존심이 어느새 부활해 조금씩 조금씩 꿈틀거리는 것을 느낄 수 있었다.

5

804. 2685.

벌써 몇 번째인가. 밤 11시가 넘은 시각인데도 불구하고 내가 공중전화 박스에서 기형도네로 줄곧 연락을 취한 것은 그만한 이유가 있었다. 기형도가 몹시 보고 싶어 했던 수상한 영감을 드디어 만나서다.

그런데 어머니는 형도가 아직 집에 들어오지 않았다고 한다. 신문사에서도 퇴근한 지 오래라는 말만 반복했다. 기형도가 자주 가는 인사동 카페 「이화」 등에 연락해도 마찬가지였다.

1987년 1학기 개강을 앞두고 졸업하기 위한 학점을 따져보았다. 8월 졸업이 가능할 것으로 예상했는데 딱 6학점이 모자라지 않는가. 6

학점 때문에 한 번 더 등록금을 내야 하다니. 1학년 때부터 학점 관리를 포기한 원죄 때문이기는 하지만 짜증이 폭발했다.

되는 일이 없었다.

없는 핑계를 만들어서라도 마시는데 그만한 구실도 없어 신촌 로터리 근처 「미네르바」란 카페에서 퍼마셨다. 만취 직전이라 봉원사 아래에서 자취하는 후배한테 하룻밤 신세를 지려고 비틀거리며 걸어갔다. 그런데 봉원사 아래 고가도로쯤 왔을 때였다. 전에 못 보던 포장마차가 보이지 않은가. 잠시 고민했으나 신촌 로터리 근방 「대야성빌딩」 2층에 있는 카페에서부터 걸어왔기 때문일까. 술이 조금 깬 듯해 한잔 더 보충하려고 들어간 게 결정적 계기였다. 당신 혼자서 은행알구이를 안주로 소주를 드는 수상한 영감을 만났으니까.

"어르신, 오랜만에 뵙습니다."

따져보니 벌써 8년 전이었다. 그런데 영감님은 그때나 지금이나 얼굴은 물론이고 차림새가 똑같았다. 여전했다.

"누구시더라?"

"절 모르시겠습니까? 8년 전 요맘 때 봉원사 경내에서 만나 저와 우리 친구 사주팔자를 봐주셨잖아예."

"기억에 없는데, 그래. 그런 적이 있었던가. 나는 한낱 사주팔자나 보는 점쟁이가 아닐세."

오래전 잠시 만났을 뿐이라 영감님이 기억하지 못할 수도 있겠다는 생각이 들면서도 당황스러웠다.

"내 사주 좀 다시 봐주이소. 1960년 10월 10일(음력). 허승구(許勝九)."

가방에서 공책을 꺼내 숫자와 글자를 삐뚤삐뚤 써서 내밀었다. 머리는 말짱했으나 손이 말을 안 듣는 것으로 보아 어지간히 마신 듯했다.

　"대림무용지상(大林無用之像)."

　8년 전과 똑같은 소리를 늘어놓은 후 첨가한 말이었다.

　"네에?"

　"멀리서 보니까 어떤 산의 숲이 매우 우거졌어. 헌데 집을 짓고자 연장을 들고 막상 다가갔더니 대들보는 고사하고 서까래용으로 쓸 나무도 하나 없다는 뜻일세."

　"와, 어르신!"

　솔깃했다. 갑자기 구미가 당긴다. 『그림 없는 그림책』이라는 수학 노트며, 장편소설 원고를 두고 말하는 것 같다.

　"이름도, 성도 바꿔야 돼. 밀운불우(密雲不雨: 구름은 몰려들었지만 정작 비는 오지 않는다는 뜻)에서 벗어나려면. 그 이름에, 그 사주팔자를 가지고 여태 살아 있었다는 게 용해. 기적이라고, 기적. 벌써 아홉 번도 더 죽었어야 할 팔자야. 요행히 이름 덕에 산 줄 알아. 열 번째 고비는 미리 준비하지 않으면 못 넘겨."

　"……"

　"자네는 술을 마셔도 사생결단으로 마시는 그 버릇이 문제일세. 이제부터는 고쳐야 돼. 사소한 것에 목숨 거는 인간만큼 바보가 어디 있는가. 연건괘(連蹇卦)를 스스로 불러들이는 행동이라니까. 연건괘란 일을 꼬이게 만드는 운수를 만든다는 의미일세."

　백번 천번 옳은 말씀이었다.

"어르신, 이름과 성을 바꾼다고 해서 사주팔자가 바뀐다는 게 영……"

"이 세상에 정해진 건 없어. 단지 정해진 것처럼 보일 뿐이지. 문제는 정해진 것처럼 보이는, 운명이란 허상에 대부분의 사람들이 혹한다는 거야. 숙명이니 뭐니 이름을 붙이며 속수무책으로 당하는 게 그 증거일세. 여기서 벗어나기 위한 비책 중의 하나가 개명이야. 단 개명을 잘못하면 오히려 신세를 조져. 열에 아홉은 개명이 더 명을 재촉하는 관계로, 일반인은 어지간하면 안 하는 게 나아. 예술인이나 종교인 같은 특수직업인은 괜찮지만."

"……"

"이름이 중요한 건 그 사람을 상징하기 때문일세. 그래서 아마도 『탈무드』에서 '이름보다 더 소중한 것은 없다'고 했을 거라. 우리 전통사회에서도 이를 알아 귀한 자식일수록 어릴 때는 '개똥이'니 '소똥이'니 하는 천한 이름으로 일부러 불렀어. 역설적인 의미로다."

화이트헤드도 '이름은 하나의 원초적 기호'라고 했지 않는가. 생각보다 영감님의 논리가 그럴싸했다. 술김에 들어서일까.

내친 김에 진자리에서 새 이름을 지어주려고 했다. 나는 급히 말렸다. 한 개인이 평생 소중하게 쓸지도 모를 이름을 장난처럼 순식간에, 그것도 술김에, 가볍게 짓는다 싶어서다.

"어르신, 저는 이만하면 됐습니다. 제 친구 사주 좀 봐주이소. 이름은 기형도(奇亨度)이고, 음력으로 1960년 2월 16일생입니다. 태어난 시는 어둠이 깔리기 직전이라니까 알아서 계산하이시소."

기형도 역시 나처럼 8년 전 당신이 한 말을 그대로 반복했다. 이로

써 적어도 아무렇게나 되는대로 말하지 않았음은 분명해졌다.

"내가 옛날에 216이 기묘한 수라고 말했던가. $1^3 \times 2^3 \times 3^3 = 216$이 되니까. 천지인, 즉 하늘은 1, 땅은 2, 사람은 3을 상징한다는 소리를 들었을 거야. 잘 보라고. 하늘 위에도 3이란 사람이 올라타 있고, 땅 위에도 그렇고, 사람 위에도 사람이 무등타고 있어. 천하에, 세상에 이보다 더 아름다운 이름을 떨치기도 힘든 사주야. 아쉽지만, 안타깝지만 살아서는 힘들어. 자고로 미인은 박명이거든. 살아생전에 영광을 보기 힘들 성싶어. 왜냐하면 전에도 말했겠지만 형통할 형(亨)은 애석하게도 제사 지낼 향(享)자와도 같은 뜻으로 쓰여. 삶을 팽(烹)자와도. 『서경』에 '수'가 벌써 '운명'이란 뜻으로 쓰였어. 이러한 이치를 다 감안해서 볼 때 아무래도 명이 짧은 듯해."

"……"

"분명히 기형도는 주변 사람들로부터 예의바르다는 소리를 많이 들을 거라. 이것도 추측일까? 아닐세. 형(亨)을 오상(五常)으로 풀면 '예(禮)'에 해당하거든."

사람을 혹하게 하는 요소가 확실히 있었다. 물론 따지자면 허점이 없는 것은 아니었다.

216이 분명 재미나는 수이기는 하지만 수학적으로는 아니기 때문이다. 영감님 말처럼 완벽함하고는 거리가 좀 있었다. 수학자들이 216을 '불완전 수'[55]라고 이름을 붙인 사실 하나만 보아도. 다시 말해 사람을 홀리게 하는 대목이 많지만 수비학을 벗어날 수는 없다는 이야기였다.

6

모처럼이었다. 문학회 출신 OB들이 1987년 5월 봄날에 양평 용문사 앞 민박집에 모인 것은. 모교 교수로 있는 69학번 선배부터 81학번 후배에 이르기까지 열댓 명이 옛 이야기를 지즐대며 음주가무를 즐겼다. 그후 문학회 야유회 공식대로 한 패는 '섰다판' 화투놀음에, 한 패는 바둑 같은 잡기에 빠졌다.

늘 그렇듯이 오늘도 나는 사람들이 노는 모습을 곁눈질하며 술을 자작한다.

"「조용필 9집」 나온 거 아는지 모르겠네. 엊그제 인터뷰도 하고 CD도 직접 받았는데, 이 노래가 가장 좋더라고."

뒤늦게 합세한 기형도가 특유의 톤으로 수선을 피웠다.

"어떤 노랜데?"

마침 심심하던 터라 내가 반색하며 적극 호응한다.

"「사나이 결심」이라고, 일제 때의 유행가를 리바이벌한 건데, 일단 들어보고 판단해."

나 혼자만 힘차게 박수를 쳤다. 다른 사람들은 각종 잡기에 빠져 건성으로 나왔다.

사나이 가는 길 앞에 웃음만이 있을소냐
결심하고 가는 길 가로막는 폭풍이 어이 없으랴
푸른 희망을 가슴에 움켜안고
떠나온 정든 고향을

내 다시 돌아갈 땐 열 구비 도는 길마다

꽃잎을 날려보리라

기형도가 부른 수많은 노래 가운데서 가장 가슴에 와 닿은 노래 중의 하나였다. 유치한 구석이 없지 않으나 '내 다시 돌아갈 땐 열 구비 도는 길마다/ 꽃잎을 날려보리라'는 가사가 특히 백미로 다가왔다. 입신양명했다고 거들먹거릴 생각을 하지 않고 꽃잎을 날려보겠다는 그 소박미가 비장한 곡조와 어우러지면서 서럽도록 아름답게 다가왔다.

"기형도, 한 번 더 부탁. 정말 가사가 좋네, 나한테는. 내가 산골 촌놈인 데다 부모님이 출세하라고 어린 나이에 대처로 보내서 그런지 몰라도 억수로 좋은 거 있제."

사람들이 노느라 자기 노래에 집중하지 않자 삐친 기형도도 밖으로 나가자는 나의 눈짓에 순순히 따라나왔다.

"역시 나를 알아주는 벗은 허승구밖에 없다니까."

기형도가 나 혼자만을 위해 불렀다. 좋았다. 용문사로 올라가는 호젓한 산길에서 부르고 또 불렀다. 한밤중이라 좁은 산길에 두 사람밖에 없어서일까. 더 좋았다.

"작년부터 방송담당 기자하면서 연예인 인터뷰 기사 많이 썼잖아. 여자 연예인 중 누가 제일 맘에 들더노? 개인적으로."

수명이 1,000년 넘어 천연기념물 제30호로 지정된 은행나무 아래에서 잠시 숨을 고르며 내가 가벼운 화젯거리로 말을 돌린다. 우리가 오래 그리고 자주 만나고, 두서없이 온갖 말을 모두 하는 편한 사이지만, 이런 류의 잡담은 처음이다.

"이경진. 작년 11월 말 KBS 일일극 「세월」에서 간호장교 역을 맡게 돼 봤는데, 죽여줘. 화장기가 없는데도 아름답고 선량하기가 쉽지 않거든. 노도순 누나처럼 예기치 못한 순간 터뜨리는 싱그러운 미소가 아주 일품인 거 있지."

노도순은 미국 아이비리그에 드는 한 대학 경제학과 박사과정에 다니고 있었다. 기형도가 좋아하는 줄 뻔히 알면서도 치사하게 오랫동안 방해만 해서 인간적으로 늘 미안했다.

"이경진만 해도 우리보다 몇 살 위잖아. 우리보다 어린 연예인 중에서는?"

"김혜수. 올 2월 초에 봤는데 정말 4월 풋보리처럼 풋풋하더라고. 얼마나 팔딱거리고 성성한지 말로는 다 못해. 이제 여고 1학년인데, 일약 스타덤에 오를 만하더라. 당차고 영리한 데다 166센티나 되는 큰 키도 장점이고. 이런 말 해도 될지 모르겠다만, 몸매가 죽여줘. 모르긴 해도 아마 앞으로도 김혜수 몸매 따라갈 만한 연예인 나오기 힘들 거야."

이처럼 시답지 않은 객소리보다는 수상한 영감님을 만난 이야기를 어떻게든 해야 된다고 여기면서도 여태 못하고 있었다.

가장 큰 이유는 그 영감님의 연락처를 확보하지 못한 잘못 때문이다. 다음 날 후배 자취방에서 깨어나 어젯밤 영감님이 한 말을 메모한 공책을 폈다. 그런데 내가 썼지만 내가 못 알아볼 지경으로 엉망 아닌가. 취한 탓이었다. 반쯤 정신이 없는 와중에도 건진 건 있었다. 새 이름을 얻었으니까. 나의 음력 생일이 10월 10일이니만큼 『주역』 열한 번째 지천태(地天泰)괘에 나오는 '태(泰)'를 골랐니 뭐니 했지만 분명한 기억은 하나도 없었다. 다만 앞으로 문제의 이름만 사용하면 대길(大吉)하리라고 장담했다.

혹시나 하고 포장마차 여주인을 다시 만나 영감님에 대해 수소문하자 그날 처음 왔다지 않는가. 아차 싶었다. 내가 재차 찾아와 당신 신상을 물으면 영감님이 전해주라고 한 쪽지는 있었다. 거기에 적힌 '智者弗顯也(지혜로운 사람은 드러나지 않는다)'[56]와 '凡遇那見形(범부들이 내 얼굴 어이 알리)'[57]라는 철언(哲言)이 "용용 죽겠지" 하고 놀렸다.

정말 시은(市隱)인지, 시은 흉내를 내는 신비주의자 내지 소영웅주의자인지, 단순히 몸값을 올리려는 성명철학원 원장의 고도로 계산된 장난인지는 선뜻 판단이 서지 않았다.

7

개명 때문일까.

분명히 아니라고 여기지만, 필명으로 장편소설 공모에 응모했더니, 어렵쇼, 1987년 8월 29일에 당선 통고가 왔다. 거짓말처럼. 드디어, 마침내 그토록 바라마지 않던 소설가가 된 것이다. 기형도가 나보다 열배 백배 더 기뻐해줘 새삼 소중한 벗임을 알아보았다.

1988년 2월 입학 동기들에 비해 거의 꼴찌로 대학을 졸업한 이후에도 나와 기형도는 수시로 만나 밥과 술을 먹고 마셨다. 같은 대학 문학회 출신이란 공통근 위에, 시인과 소설가란 교집합까지 생겨 더 관계가 친밀해졌다. 동년배 문인들도 우리 두 사람을 한 묶음으로 보는 경향이 있었다. 어떤 자리에 두 사람 중 한 사람이 없으면 다른 사람의 안부를 꼭 묻는 게 그 증거였다.

중앙일보가 석간이란 점도 우리 두 사람을 더 가깝게 하는 데 일조했다. 석간의 특징 중의 하나였다. 기자가 아침 일찍 출근해야 한다는 것은. 문제는 집이 기형도가 출퇴근하기에는 너무 멀다는 점이었다. 그로 인해 갖가지 해프닝이 많았다. 밤늦게 차가 끊길 경우 매번 택시 타고 집에 갈 수는 없는 일. 자연히 평소에 상상도 못한 곳에서 눈을 붙이는 경우가 잦았다.

대표적인 장소를 하나를 손꼽으면「파고다극장」이었다. 1979년 첫 출입 이후 기형도가 틈틈이 가보자고 했지만 나의 냉랭한 반응에 엄두를 못 냈다. 그러다가 1980년대 중반경 언더그라운드에서 음악하는 이들이 거기서 한 번씩 공연한다고 하여 다시 찾았다.

"허승구, 내 말 좀 진지하게 경청해줬음 좋겠어. 나 말이야, 왜 뛰어난 많은 고대 서양철학자들이 동성애에 탐닉했는지, 왜 뛰어난 숱한 예술가들이 거기에 빠졌는지, 일반 동성애자들과 다른 점은 있는지, 다르다면 어느 정도 다른지, 무지 궁금했어. 어렸을 적부터. 이 문제를 전면적으로 다루는 소설을 언젠가는 한번 써보고 싶어. 그래서 하는 말인데, 우리 친구가 나를 좀 도와줘. 내가 동성애자가 아닌 관계로 혼자 출입하기가 좀 그렇거든. 우리 친구와 같이 있으면 파트너 관계인 줄 알고 다른 남자들이 관심을 안 보이잖아. 안심하고 취재가 가능해서 그래. 으응? 우리 친구도 동성애 소설을 써보는 좋은 기회로 삼으면 되잖아. 동성애란 주제로 공동소설집을 내는 것도 고려해볼 수 있잖아. 친구여, 부탁!"

공연을 즐기고 나와 기형도가 이태원에서 맛있는 독일 생맥주를 사며 진지하게 요청했다. 내키지 않았지만 간혹 엄청 생색을 내며 동행해주곤 하였다.

기타 등등의 이유도 있고 해서 대학 시절처럼 나와 함께 외박하고 출근하는 경우가 빈번했다. 심지어 1박 2일을 온전히 같이 있기도 하였다.

그런 날 일정을 대략 스케치하면 다음과 같다.

24시간 문을 여는 어떤 시설에서 함께 밤을 보낸 후 나는 늘어지게 더 자고 기형도는 서둘러 신문사로 갔다. 점심때쯤 내가 신문사로 찾아가면 기형도가 급한 일을 대충 처리한 후라 비교적 여유롭게 점심을 즐길 수 있었다. 석간신문이던 중앙일보 같은 경우 낮 12시 즈음이 초판 마감이라 점심때가 일반 회사로 치면 저녁때인 셈이라 다들 여유가 있었다. 그 바람에 둘이서만 점심을 할 때가 대부분이지만 때로는 기형도 선후배 및 동료 기자들하고도 자주 어울렸다. 신문사 맞은편 건물 단골 식당 등에서 부서별로, 동기별로 점심 후 방 얻어놓고 '고도리'를 치며 노는 대열에 나는 기자도 아니면서 기형도 친구라는 이유로 합류하곤 했다. 부장이 급히 찾을 경우 멀리 있으면 안 되는 직업을 가진 관계로 일종의 대기를 기자들은 그렇게 하였다.

심하면 기형도와 함께 숙직을 하기도 했다. 기형도가 숙직을 하는 날 신문사 편집국에서 머리를 맞대는 경우가 잦아서다. 기형도는 집에 가기 어중간한 날이면 동료 기자들의 야근이나 숙직을 대신하겠다고 자청하곤 했다. 그런 날 나와 연락이 닿으면 우리는 편집국에서 만났다. AP 같은 외신을 받는 텔렉스실에서 '삐삐'대는 소리를 들으며 온갖 잡담을 앞뒤 없이 나누는 식이었다.

화제가 떨어지면 우리는 둘만의 세미나를 열었다. 서로가 잘 아는 전공을 한두 시간에 걸쳐 집중적으로 설명하는 형식인데, 굉장히 효율적이었다. 서로가 서로의 선생이 되는 방식이 재미나기도 했다. 내가 정치외교학과에서 배우는 『아시아 정치론』『비교정치론』같은 전공에 일정한 소양을 가지게 된 것은 전적으로 기형도 덕이었다. 전공하지 않으면 배우기 힘든 '엑기스'를 기형도는 쾌히 제공했다. 나 또한 특기를 발휘하여 인문사회계 전공자들이 잘 모르는 수학요리를 수시로 맛보게 해주었다.

또 어떤 때는 특정 주제를 놓고 밤새도록 토론을 벌이기도 했다. 엥겔스가 변증법적 사유를 변수들 사이의 관계를 다루는 미적분학과 연결시켰는데 기형도가 나보고 어떻게 생각하느냐고 질문한 날이 대표적이다. 문제는 내가 변증법에 대해 소양이 없었다는 점이었다. 기형도 역시 반쪽이긴 마찬가지였다. 미적분학의 기본은 알지만 깊이 있게 공부한 적이 없는 관계로, 우리는 헛소리를 반복하지 않기 위하여 공책에 서로가 아는 밑천을 모조리 보여가며 무한정 떠들었다. 지적 자양분을 얻기 위한 생산적인 대화법이라고 무언중 동의했기 때문이다.

온갖 주제를 가지고 수시로 티격태격하기도 했지만 희한하게도 우리 사이에 기 싸움은 거의 없었다. 신기할 정도였다. 관계에 사달 한 번 나지 않은 것을 보면. 상극이었지만 체질적으로 서로가 보완제였다고나 할까.

"세상 만사 타이밍이 중요한데 타이밍을 놓쳤어. 5.16 수수께끼를 승구한테 1988년 5월이 올 때까지 이토록 길게 가지고 갈 마음은 없었는데, 어떻게 미적미적거리다 보니, 이렇게 됐지 뭐니. 쏘리, 대단히. 그동안 눈 뜨고 차마 못 볼 내 꼴을 보느라 고생한 데 대한 보상으로 한턱 거하게 내마. 올해 5.16은 청승 안 떨 테니, 미리 걱정 마. 그날 저녁은 최고로 맛있는 집에 예약해놓을 터이니, 점심은 가능하면 굶으면서, 이것이나 봐. 알았지? 미리 보면 안 돼! 그날 봤으면 해. 부탁!"

기형도가 어느 날 낡은 서류 봉투 하나를 나한테 안기며 신신당부한다. 봉투는 단단히 봉해져 있었다.

기형도가 하도 당부를 하였기에 망정이지 안 그랬으면 헤어지는 길로 서류 봉투를 열어보았으리라. 거듭 강조하자면, 5월 15일 밤에 개봉한 것은 모범생하고는 거리가 먼 나로서는 친구에게 적잖이 배려한 셈이다.

기형도가 내일 저녁 서울에서 가장 맛있다는 한정식집을 예약했다고 하여 속으로 기대를 하며 잠자리에 들었다. 그런데 웬일로 잠이 오지 않았다. 이리 뒤척 저리 뒤척이다가 하루 일찍 봉투를 개봉한다고 해서 무슨 탈이 나지는 않겠지 하며 봉투를 뜯었다.

신문 스크랩해놓은 것이 제일 많이 들어 있었다. 맨 먼저 한국일보 1975년 5월 18일자 7면 사회면이 통째로 눈에 들어왔다. '부처님 자비 온누리에'가 사회면 톱기사였다. 공휴일로 제정된 뒤 처음 맞는 4

월 초파일이라는 부연 기사도 보인다. 도대체 무엇을 보라고 넣어놓았을까. 의아했다. 바로 그 순간이었다. '여고생, 목졸려 피살'이란 제목의 기사가 동공을 찌르지 않는가.

예감이 좋지 않았다. 기사 앞의 '안양'이란 지명 표시가, 더욱.

17일 상오 8시 40분께 경기도 시흥군 서면 소하리 629 논 앞에서 서울 영등포구 가리봉동 정희여상 2년생 기순도 양(18)이 목이 졸려 숨진 채 발견됐다.

기 양의 시체를 처음 발견한 이 마을 학생에 의하면 기 양은 교복 하의와 팬티가 벗겨진 채 흙속에 파묻혀 있었다고 한다. 경찰은 기 양이 죽은 시간을 16일 밤 10시께로 추정하고 시체에 반항한 흔적이 있는 점으로 미루어 인근 불량배들 소행으로 보고 수사 중이다.

동아일보 1975년 5월 30일자에는 '여학생 폭행 살해 20대 범인 검거' 기사가 사회면에 다음과 같이 실려 있었다.

29일 밤 안양경찰서는 유○○(22. 시흥군 서면 소하리)를 강간 살인 등의 혐의로 구속했다. 유 씨는 지난 16일 밤 11시경 이웃 마을에 사는 정희여상 기순도 양(17)이 밤늦게 귀가하는 것을 보고 욕보인 후 목졸라 죽여 논에 파묻은 혐의다.

전신에 소름이 돋았다. 너무 애처롭고, 너무 잔인했다. 기형도가 스크랩해놓은 다른 신문들에도 대동소이한 기사가 실려 있었다.

아팠다.

그리고 참 슬펐다.

그 비애를 중학교 3학년 때 한창 예민한 시기에 겪고 삭이느라 얼마나 힘들었을까. 야심한 시각이라 전화 걸기가 주저됐지만 도저히 참을 수가 없었다. 기형도는 이렇게 말하였다.

"도스토옙스키는 이 세상을 연옥이라고 보았지만 난 그때 이 세상이 지옥으로 다가왔더랬어, 허승구. 순도 누나와 난, 특히 우리집 가정형편이 극도로 안 좋았을 때 일시적이었지만 둘이서 고아원도 같이 갔거든. 소사읍(현 부천시)에 있던 그 고아원에서 드넓은 세상에 우리 둘만 남겨졌다는 생각에, 아, 부둥켜안고…… 그런 누나였기에…… 확실한 건, 그때 순도 누나와 함께 나도 동시에 정서적으로는, 정신적으로는 사망했다는 거야."

9

"지방을 써올 줄은 정말 몰랐어. 고마워, 허승구. 소설가답게 발상이 좋아."

자취방에 서예 도구가 아무것도 없었다. 생각다 못해 집 근처 서예학원에 가서 양해를 구한 후 정성을 다해 썼다.

"형도가 한정식집을 예약했다는 생각이 나 따로 제사상을 차릴 필요가 없겠다 싶어 준비했니라."

"아, 감사 감사. 붓힘이 느껴져서 좋다. 생각보다, 아주."

"내가 우리 꼰대 땜에 어렸을 적 붓 좀 만져봤다 아이가."

기형도가 지방을 보고 좋아할 줄은 알았다. 하지만 내가 예상한 것보다 더 감격해 보람이 있었다. 우리는 상다리가 찢어지도록 잘 차린 한정식상을 제사상으로 만든 후 절을 하기 전에 먼저 내가 준비해온 시 한 편을 읽었다.

"윤동주의 「편지」야. '누나! 이 겨울에도/ 눈이 가득히 왔습니다. // 흰 봉투에/ 눈을 한 줌 넣고/ 글씨도 쓰지 말고/ 우표도 붙이지 말고/ 말쑥하게 그대로/ 편지를 부칠까요? // 누나 가신 나라엔/ 눈이 아니 온다기에.'"

이 시를 읽자 나도 그렇고, 기형도도 먹먹한 가슴을 보이기 싫어 얼른 방바닥으로 숨겼다. 절이란 형식을 빌려.

내가 「편지」를 고른 것은 기형도가 윤동주를 유다르게 생각한다는 점이 우선 고려됐다. 윤동주가 내면 성찰에만 그치지 않고 실천까지 꿈꾸었다는 점에서, 또 윤리적이고 미학적 진정성을 담박한 시로 풀어냈다는 점에서 기형도가 평소 가장 높이 쳤기 때문이다.

"이 시 좀 볼래."

기형도가 다른 날과 달리 음복 술을 한 잔 다 마신 후 술을 철철 따라달라고 한다. 내가 잔을 그득 채우자 지방 위에다 천천히 부었다. 그리고는 가방에서 정성스레 쓴 시 한 편을 보여주었다.

제목은 「가을 무덤 - 祭亡妹歌」였다. '누이야/ 네 파리한 얼굴에/ 철철 술을 부어주랴'가 첫 연이었다. 갑자기 코가 시큰해지면서 눈동자에 물기가 번져 다음 연을 더 이상 읽을 수가 없었다.

대학 1학년 겨울방학 때 백석의 시 「나와 나타샤와 흰 당나귀」의 첫

연 '가난한 내가/ 아름다운 나타샤를 사랑해서/ 오늘 밤은 푹푹 눈이 나린다' 이후, 시 첫 연을 읽고 이다지도 가슴이 아리고 시린 적은 일찍이 없었다.

10

"반지하방하고 반도체가 연결될까?"

기형도가 도곡동 언덕바지에 있는 내 자취방에 들어서며 경쾌한 음색으로 묻는다. 1988년 한여름이었다. 그는 강남 쪽에서 일이 늦게 끝나면 종종 내 자취방에서 자고 출근했다.

"있지. 지상에 있는 방하고 지하에 있는 방 사이 중간에 끼겨 있으니까. 반도체 역시 도체와 부도체 사이 중간에 끼겨 있다 아이가."

웃통을 벗은 채 팬티 바람으로 선풍기를 쐬며 책을 보고 있다가 글벗을 맞이한다.

"기억과 상상력의 반도체가 그럼 예술 혹은 문학? 음, 그럼 몸가락이 반도체? 우리 몸에서 왼쪽과 오른쪽 사이 정중앙에 있으니까."

기형도는 남자 성기를 '몸가락'이라고 표현하는 버릇이 있었다.

"오케이. 발상이 괜찮은데 그래. 몸통 정중앙이 있는 몸가락이 재주를 부리면 못하는 게 없으니까. 반도체처럼."

"어쩌면 예수도 일종의 반도체겠다?"

"신선한 비약 같은데. 기독교에서 하나님과 인간 중간에 놓인 존재라 하잖아, 예수를. 예수도 반도체처럼 시작은 미미했으나 결국 지구

촌을 접수했다는 점에서 공통점이 있구마는.”

“불교하고 반도체가 연결된 소지는?”

“있제. 인간이 어쩌면 하나의 D램(DRAM)인지도 모르니까. D램은 데이터 저장과 삭제를 반복하는데 인간도 어쩌면 D램처럼 윤회를 반복하는지도 모르는기라.”

“인간이 태어나면서 데이터를 저장하기 시작하다가 죽으면 삭제된다? 일부 천재처럼 데이터가 삭제 안 되고 태어날 수는 없나?”

“왜 없겠노. 1984년 전원이 꺼져도 데이터가 계속 저장되는 메모리 반도체, 낸드 플래시(Nand Flash)를 개발 안 했나.「인텔」에서 올해부터 상업용으로도 제작한다고 들었어.”

“요지경이군. 갈수록.”

“……”

“결국 허승구 좌우명하고도 통하는 것 같네. 반도체 원리가. 자네가 빠져 있던 대수기하학하고도. 대수학과 기하학 사이에 얼마나 다양한 스펙트럼이 있는지를 극적으로 잘 보여주는 학문이 대수기하학이라고 언젠가 말했잖아. ‘이곳과 저곳 사이에는 곳곳이 있다’는 이야기니까. 방정식의 개수가 미지수 개수보다 적어 해가 무수히 많은 부정방정식처럼 정답은 많고 많을 수 있으니까. 안 그러니? 수학도 옆에 오래 있다 보니까 나도 모르게 영향을 많이 받은 것 같으이. 하여간 반도체가 멋진 화두, 공안이 될 수도 있겠다는 생각이 드네. 많은 문제에. 시와 소설에도 적용이 가능하니까.”

“……”

“내년쯤 펴낼 계획으로 있는 내 시집 제목을『길 위에서 중얼거리다』로 정하고 싶은데, 어떻게 생각하니?"

기형도가 머리맡에 놓여 있는 월간 문예지『문학정신』8월호를 폈다. 나의 장편소설이 연재 중인 문예지이기도 한데 '80년대 후반기 젊은 시인 24인 신작 특집'에 실린 시 중의 한 편이「길 위에서 중얼거리다」였다.

"괜찮은데. 길이 도(道)니까. 도를 읊으므로, 말할 수 없는 도를 논해야 하므로, 비트겐슈타인이 말할 수 없는 것에 관해서는 침묵을 지켜야한다[58]고 했는데도 불구하고, 뭔 말을 해야 하는 곤혹스러움에 빠져 있으니, 중얼거릴 수밖에."

"……"

"추상적으로 말하면 두 점 사이의 거리, 구체적으로 예시하면 어떤 인간이 태어나는 특정 연월일시라는 점에서 죽는 점까지, 즉 시간이라는 이름의 거리가, 짧은지 긴지 먼지 가까운지, 언제 어느 순간에 끝날지도 모르면서, 무작정 길 위에 들어선 인간들에게 던지는, 그 무엇으로 다가와. 그 무엇이 나 허승구에게는, 아 인간들아, 수학에서의 metric space(거리공간) 하나 완벽히 이해 못 하면서 감히 길을 압네 어쩌네 하는, 시건방 떠는 인간들한테 던지는 잠언 같은데. 어떻게 보니까, 길 위에서 길을 찾는 어리석은 인간들에게 던지는 에피그램(epigram) 같기도 하고."

"노가리가 제법이다. 허승구 말버릇이 단순 투박하기로 유명했는데 어느새 레토릭(수사)이 무지 늘었다! 아니?"

중구난방으로 말잔치, 말희롱을 하다가 어느 순간 두 사람 다 까무룩 잠이 들었다.

7월 말이어서일까. 더워도 너무 더웠다. 선풍기를 제일 강풍에다 회전으로 틀어놓았지만 깊은 잠이 들지 않아 이리 뒤척 저리 뒤척였다.

"승구, 자니?"

먼저 잠이 깬 기형도가 묻는다. 꼭두새벽이었다.

"아니."

반수면 상태에서 하품하여 답한다.

"윤회 문제 말이야. 사실 나는 어려서부터 기독교를 믿어 윤회 같은 것에 관심이 없었거든. 허나 머리가 굵어지면서 철학 책을 가까이 하기 시작하며 약간 달라졌어. 피타고라스, 플라톤 같은 지적 천재들이 윤회설을 주장해서. 특히 내가 좋아한 쇼펜하우어가 윤회설 열혈 주창자였거든. 문제는 윤회에 심각한 모순이 있다는 거야. 무한한 우주에서는 모든 것이 무한히 반복한다는 모순을 윤회 역시 못 피해간다는 것. 똑같은 기형도 삶을 무한히 반복할 수도 있다는 게 말이 돼. 설령 가능할지라도 이게 대체 무슨 의미가 있지?"

"친구, 그 걱정이라면 안 해도 돼. 수학자들이 '여기저기를 순회하는 것은 반드시 돌아오는가'라는 문제를 풀었으니까. 실제로 3차원 위상 수학 세계에서는 여기저기를 순회하는 것은 반드시 되돌아올 필요가 없다고 증명[59]했다 아이가."

기형도가 수긍을 못해 수식을 최소화해서 최대한 쉽게 설명하자 그제야 반신반의하면서도 받아들인다.

"내가 비약하더라도 좀 이해해. 기순도 누나가 한 사나이의 어처구니없는 욕망의 희생자가 돼서, 더욱 쇼펜하우어에 빠지게 된 거제? 쇼펜하우어가 이 세상의 고통으로부터 도피할 수 있는 유일한 방법으로 제시한 게 욕망의 절멸이니까."

"응. 북송 시대 성리학 기초를 닦은 주돈이(周敦頤)도 아마 같은 논리를 편 걸로 알아."

한동안 침묵 끝에 기형도가 겨우겨우 입을 연다.

"누나를 강간하고 살해한 사람이 같은 교회에 다니는, 잘 아는 형이었거든. 그래서 교회도 발길을 끊게 됐어. 위안을 철학에서 찾았지. 누나를 죽인 범인이 안 잡힌 보름가량 처음으로 나중에 커서 판검사가 되어야겠다는 생각을 했지. 한때 순도 누나 사건을 맡은 담당검사 김태정(훗날 법무부 장관까지 지냄)이 나의 롤모델이었더랬어. 하지만 어느 날 문득 내가 유치한 복수놀음에 빠져 있다는 생각이 들지 뭐니. 나란 인간이 가소롭게 여겨지더라고. 가족의 기대를 저버릴 수 없어서 대학 정법계열에까지 입학했지만 그래서 고시를 접었어."

"이왕 말이 나온 김에 마저 물어보마. 언짢더라도 답 좀 해. 「파고다 극장」에 내가 강권해서 처음에는 갔지만 그다음부터는 형도가 먼저 적극 나섰다 아이가. 혹시 남자끼리는 적어도 강간하고 살해까지는 하지 않는다고 보고, 거기서 어떤 위안이나 평안을? 의식했든 무의식적으로 했든."

대꾸는 하지 않고 고개만 몇 차례 끄떡임으로써 수긍한다는 표시를 했다.

"순도 누나가 실제로 이대 혹은 숙대에 다니고 싶어 했나?"

신문에 난 기순도 관련 스크랩을 보고 그동안 의혹에 휩싸였던 이른바 5.16 수수께끼가 일거에 해소됐다. 그래도 확인 사살하는 차원에서 가볍게 접근한다.

또 형도는 말없이 고개만 주억거린다.

"유명 여대를 나와 멋있는 남자와 연애해서 순백색 드레스를 입고 결혼해 알콩달콩 살고 싶은 그 마음, 내가 비록 남자지만 그림이 그려져. 인형 문제 역시 어려서 가난 때문에 못 가진 게 한이 된 누나를 위한 배려?"

기형도가 피눈물이 나는지 엎어지며 이불에 얼굴을 박는다. 슬픔은 나이를 먹지 않을까.

11

1988년 10월 초였다.

기형도가 청탁 받은 시를 발표하기 직전에 먼저 나에게 보여주었다. '그해엔 왜 그토록 엄청난 눈이 나리었는지'로 시작하는 「삼촌의 죽음-겨울 판화 4」[60]였다. 서소문공원을 산책하던 도중 천주교기념탑 앞에서 보여주길래 내가 '그해 겨울엔'이 '그해엔'으로 축약됐다고 지적하자 기형도가 은근히 놀랐다. 1982년 처음 보여줄 당시 초고엔 「삼촌의 죽음-겨울 판화 7」이었다는 것까지 지적하자 더 질겁했다. 내가 기형도 시 중에서도 드물게 세세한 사항까지 기억하는 이유는 단순하다. 한창 폭음을 즐길 무렵이라 또 가방을 잃어버리는 실수를 저질렀고, 주머니에 남아 있는 것이라고는 기형도가 준 시 복사물 한 장밖에 없어서 보고 또 본 덕이었다.

"아, 경악 경악."

기형도 특유의 유쾌한 감탄사는 그것으로 끝이었다. 그 이후로는 눈에 띄게 의기소침해 있었다. '기 빠진 기'라고 내가 말장난을 해도 미소조차 잘 머금지 않았다. 다른 이유도 있겠지만 나는 결정적인 연유가 노도순 때문이라고 짐작하고 있었다.

내가 기형도의 최근 심중을 엿보게 된 계기는 그의 신문사 입사 동기 P기자가 제공했다.

"허승구 씨는 알지? 기형도가 대학 시절 짝사랑한 여자를!"

어느 날 기형도를 만나러 신문사로 가는 길에 우연히 만난 P기자가 뜬금없는 소리를 했다.

"잘 알지. 그런데 왜 갑자기 그런 소리를?"

"기형도가 며칠 전 외부에 취재 나갔다가 신문사로 돌아오는 길에 칼(KAL) 빌딩 앞 대로에서 대학 때 무지 짝사랑했다는 여자를 코앞에서 보았다는 거 아니요. 오가는 행인들이 많아 그 여자는 형도를 못 알아보았는데 마침 만삭이었다지 뭐요. 그 바람에 기형도가 싱숭생숭하다고 난리법석을 떨었다오. 그 뒤치다꺼리를 하느라 내가 고생 좀 했다오."

나는 P기자로부터 따끈따끈한 뉴스를 듣자마자 문제의 짝사랑녀가 노도순임을 즉시 알아보았다.

실제로 탐문해서 확인하자 그녀가 주인공이었다. 우리 두 사람 다 좋아한 노도순은 미국에서 박사학위를 취득한 후 귀국하여 정부 출연모 경제연구소에서 연구원으로 일하고 있었다. 결혼은 그 전에 동료 유학생과 했는데 노도순 소식은 일부러 기형도에게 전하지 않았다. 나 혼자 가슴 아픈 것만으로도 족하다고 보았기 때문이다.

"우리 허승구에게 나의 속감정을 오랫동안 숨긴 게 있는데, 듣고도 욕하지 않는다면, 하고 싶어."

피곤에 전 기형도가 하루는 내가 사는 도곡동 반지하방에 와서 자는 날 이불 속에서 가만히 말했다.

"해봐. 우리 사이에 그런 게 있었다는 게 신기한데 그래."

"좋아. 친구여, 미안. 이제야 하는 말이지만, 허승구 몰래 가끔 만났다, 노도순 누나를!"

"……"

"내가 먼저는 아니야. 언제나 누나가 먼저 연락을 넣었어. 맨 처음 따로 만난 장소는 상업은행 명동지점 앞에 있던 「카니발 다실」에서야. 클래식 감상하기 좋은 그곳에서 베토벤의 「운명」을 자주 들었더랬어. 슈베르트의 「미완성」도. 어떤 때는 「누리에」라는 데서 누나가 피자도 사줘서 잘 먹었지. 명동 성모병원 맞은편 YWCA 지하에 있던 곳이었어. 때로는 홍릉 갈비골목까지도 진출했지."

"……"

"허승구도 잘 알잖니, 내가 생각 이상으로 여자들로부터 관심을 많이 받은 걸. 그녀들이 떼로 날 쳐다보았지만 나는 뒤돌아선 채 다른 여자를…… 난 단순한 여자들의 일방적 관심이 아니라 딱 한 사람의 귀한 여자로부터 관심을 받고 싶었거든. 진실로, 친구여."

"……"

"우리 친구도 할 말 없을 거야. 허승구가 나를 일부러 배제한 걸 다 알아. 노도순 누나가 나와 같이 보자고 해도 허승구가 두 번에 한 번 꼴로 데리고 온다고 푸념했거든. 질투가 죄지, 인간 허승구 잘못은 아니니까 그 맘 이해해."

저도 모르는 사이에 얼굴이 서서히 붉어졌다. 「질투는 나의 힘」임을 내가 고백하기 전에 상대가 먼저 알아버렸을 때 느낄 법한 낭패감이 밀려왔다.

"내 이름이 형도라서 그런지 몰라도 나는 매사에 금도(襟度)를 넘지 않는 버릇이 있어. 그렇고 그런 유치한 삼각관계가 안 되기 위해 노력 많이 했단다. 하지만 남산에 올라 데이트할 때마다 내가 부르는 세레나데를 누나가 누구보다 좋아했기에 생각 이상으로 힘들었어. 열애 대신 냉애를 할 수밖에 없었으니까. 가진 게 탄식밖에 없다고 한숨깨나 쉬었지. 조금만 무리하면 노도순 누나와 잘될 수도 있었지만, 그렇게 되면, 우정전선에 이상이 생길 것이 뻔해서, 유학 가는 누나를 마지막으로 김포공항에서 배웅하는 것으로, 종을 쳤어. 원래 귀한 건 갖기 힘든 법. 골동품이든 예술품이든 사람이든. 누나가 출국하기 직전에 그러더라. 신파조로, 뽕짝조로. 가장 멋진 이성은 아직 못 만난 사람이라는 속언을 우리 함께 믿자고."

이제 영영 노도순 가슴에 우리들이 머물 공간이 없어졌다는 사실만으로도 우리들의 가슴은 황량한 겨울 벌판으로 바뀌었다.

12

"가수가 진짜로 입을 다물면 난 뭔 재미로 사노?"

기형도가 『외국문학』 1989년 봄호에 싣기 위해 청탁 받은 시 세 편

가운데 하나가 「가수는 입을 다무네」여서 내가 농을 던진다.

"다른 가수 노래 들으면 되지 뭐. 대타가 많은데 뭘 걱정이니?"

기형도가 시니컬하게 나왔다.

"다른 가수는 싫다면?"

"……."

"그 가수가 대체 불가능한 가수라면?"

"나를 평가절상해줘서 기분은 좋은데, 좀 과해."

그제야 기형도가 피식 웃는다. 모처럼 얼굴에 햇살이 짧게 돌았지만 이내 먹구름이 끼었다.

나는 월간 문예지에 집중 연재 중인 장편소설 원고 때문에, 기형도는 계간 문예지에 줄 시 때문이었다. 두 문예지를 함께 내는 출판사에 들렀다가 우연히 조우한 것은. 따로 약속하지 않아도 늘 만나던 대학 시절이 생각났다. 그만큼 우리의 인연은 질겼다.

"술 한 잔 사주겠니?"

대학로에 있는 출판사를 나오자마자 기형도가 별소리를 다했다. 점심시간이 갓 지난 대낮에, 그것도 술꾼 중의 술꾼 입이 아니라 기형도 입에서 술타령 소리가 나와, 내가 벙쪘다.

"천천히 마셔, 이 친구야. 술도 잘 못 마시면서 대체 와 카노?"

나보다 기형도가 먼저 그리고 빨리 연거푸 술잔을 비운 적이 있던가. 처음이다. 연초부터 전에 없던 행동을 하여 다그쳤다.

"더도 말고 덜도 말고 좋은 시인, 유명 시인이 아니라 좋은 시인이 되는 게 생의 목표인데, 초장부터 조짐이 영 안 좋아. 알아주는 한 출판사에 취재 갔다가 우연히 당대에 눈 밝다고 소문난 중견 시인들과 문학평론가 등등이 모여 나를 마구 난도질하는 소리를 들었지 뭐니. 그 씹는 수준이 나의 자존심을 찢고 빻는 수준이라 시간이 좀 지났는데도 정신을 차릴 수 없는 것 있지. 어우, 자존심 상해!"

나는 소설가여서 시는 물론 시단이 돌아가는 형편을 잘 몰라 금시초문이었다.

"중견 시인들의 편가르기와 문학평론가들의 인상비평, 정실비평의 폐해 같은데 그래. 법조인들은 법리를, 수학자들은 수리를, 하다 못해 일반인들도 도리를 따지는데 명색이 문인이 되어 가지고 문리(文理)를, 시리(詩理)를 못 따지다니? 오호, 통재로다!"

내가 노골적으로 역성을 들어도 기형도 얼굴이 펴지지 않는다.

"보이는 별보다 보이지 않는 별들이 백배 천배 많듯이……"

"……"

"천하의 보들레르도 자기 글이 지루하다는 이유로, 죽을 때까지 쓰디쓴 실패의 잔을 들었다고, 형도가 언제 안 그랬나."

그래도 소용없다. 기형도가 어지간히 힘든 모양이다. 힘들어도 죽는 소리를 하지 않기로 호가 난 친구가 기형도 아닌가.

"우리 간만에 모교나 한번 가볼까? 삭막한 서울에서 고향 같은 곳이 그래도 모교니까. 안 그래?"

취기에서 깨어나기 위함인지 마른세수를 한 기형도가 갑자기 제안했다. 특별한 약속이 없는 날이라 내가 동의하자 기형도가 택시를 잡았다.

서울대병원과 인사동, 금화터널을 거쳐 총장 공관이 있는 대학 후문 쪽으로 해서 학교에 들어갔다. 우리는 약속이나 한 듯 가장 먼저 연세문학회 서클룸이 있던 공간부터 찾는다. 어느덧 본관을 지키는 수위실로 바뀌어 있었다. 황량한 겨울 바람이 우리의 마음 속에서도 불었다. 과거로 잘못 불시착한 느낌을 지울 수가 없다.

1982년 4월 1일부터 다른 곳으로 자리를 옮긴 것을 잘 알면서도 굳이 옛 서클룸으로 온 이유는 무엇일까. 두 사람의 청춘이, 추억이, 꿈이 켜켜이 쌓여 있는 공간이어서다. 두 사람에게 강력한 중력으로 작용했던 공간이 사라졌다는 사실에 새삼 허망함을 느꼈다.

우리는 우리가 처음 만난 돌층계에 나란히 앉는다. 한동안 그 자리를 떠날 수가 없었다.

"형도도 참 윤동주문학상 받았지?"

로댕의 「생각하는 사나이」 포즈로 상당 시간 앉아 있다가 윤동주 시비 앞으로 간 것은 또 누가 가자고 말하지 않았건만 마치 프로그램화 되어 있는 로봇처럼 자동으로 발길이 향했기 때문이다.

"새삼스럽게……"

내가 다 알면서도 일부러 물었다. 즐거운 옛 기억을 상기함으로써 기분이 좀 좋아졌으면 하고 배려한 것이다.

기형도가 1983년 3학년으로 복학한 후 그해 말 교내 신문에서 제정, 시상하는 윤동주문학상에 「식목제」가 당선됐다. 그 사실은 기형도가 「연세춘추」를 군대에 있는 나한테 부쳐줘서 잘 알고 있었다.

"우리 형도가 입버릇처럼 말했제. 윤동주처럼 좋은 시인이 되는 게 꿈이라고. 나는 그 꿈이 반은 이루어졌다고 안 보나. 왜냐고? 윤동주문학상을 받았으니까."

"허승구님, 굳이 위로해주려고 애쓰실 필요는 없습니다."

"……."

"좀 가만히 여기에 있다가 가자."

나는 윤동주 시비 정면을 등지고 앉아 먼 산을 보았고, 기형도는 시비 주변을 서성였다.

기형도도 그렇고 나 역시 1989년은 문학 인생에서 중요한 해였다. 이르면 봄, 늦어도 초여름에는 각자 첫 시집과 첫 장편소설을 펴낼 계획으로 있었다. 기대 반 걱정 반이었다. 가능하면 출판기념회를 같이 열자는 데 합의를 보았다. 출판사가 다른 관계로 만일 그것이 여의치 않으면 출판기념을 빙자한 술자리만은 공동으로 마련하자고 입을 맞추었다.

"어어, 이것 봐라. 윤동주가 1945년 2월 16일에 죽었네."

술기운에 추운 줄 모르고 있다가 어느새 술이 깨면서 한기가 옷 속으로 파고들었다. 해도 뉘엿뉘엿 뒤로 자빠지기 직전이다. 학교 밖으로 나가 뜨거운 국물이라도 먹자고 하려는데 기형도가 시비 뒤로 나를 부른다.

정말이었다. 윤동주가 죽은 연도는 이미 알고 있었지만 날짜까지는 주목하지 않았지 않는가. 장기원기념관 의자 끝번호가 216이었음을 확인했을 때보다 더 기이했다. 무슨 조화일까.

"윤동주가 죽은 지 정확히 15년 후에 내가 태어났네."

내가 윤동주 사망일은 모르긴 해도 양력일 확률이 높고, 기형도 경우는 음력이지 않느냐는 식으로 입바른 소리를 하려다가 관두었다. 양력이든 음력이든 어쨌든 216이란 공통점은 있으므로. 그리고 윤동주의 그 무엇으로든, 기형도가 거기서 우선 힘을 얻는 게 급선무였다.

"216에 144를 더하면 360이 되잖아. 한 바퀴 도는. 다시 말해 360이라는 원의 각도가 우리한테 무얼 가르쳐줄까, 기형도? 한 바퀴 돌면 제자리에 온다는 것? 오늘 우리가 우연히 딱 10년 전의 공간으로 돌아왔듯, 백년 천년 전으로 돌아가면? 거꾸로, 백년 후 천년 후에 우리는 어떤 공간에 있을 것 같노?"

"글쎄다. 돌고 도는 게 인생이라는 시쳇말이 예사롭지 않다는 생각이 드네. 내가 87년 여름 유럽에 짧게 연수 갔다가 돌아오면서 허승구한테 선물로 사다준 비트겐슈타인의 『수학의 기초에 관한 고찰』[61]이란 책에 혹시 여기에 관해 언급한 것 없니?"

"그 책을 종교인들이 경전을 보듯 자주 가까이 하지만 딱히 떠오르는 건 없는 걸로 봐선…… 비트겐슈타인의 지적 라이벌인 괴델이 한 말은 기억나. 시간이 순환적이라고 못박았으니까. 말로만 하지 않고 증명까지 했어. 수학적으로. 아인슈타인의 일반상대성이론에 나오는 장(場) 방정식(field equation)을 풀어서. 시간이 흐르면 다시 과거로 돌아가는 것이 가능하게 됨을."

"그래? 심중한 문제로 다가오는 걸. 증명까지 했다니까. 휠러(J. Wheeier) 같은 물리학자가 우주의 일생이 순환반복된다고 했을 때보다 다른 무게로 다가와. 수천억 년 후 또는 수조 년 후 우리 또다시 지구 같은 행성에 태어나 대학 시험을 쳐서 같은 대학에 입학하여 다시 문학회라는 서클에 들어가 문학합네 어쩌네 반복할 수도 있단 얘기잖아. 물론 똑같이는 아니겠지. 이 역시 얼마 전 승구가 위상수학으로 그 원리를 설명했으니까. 하여간 이럴 줄 알았으면 학창 시절 굉박(宏博)한 수학공간을 좀 더 탐구할 걸 그랬어. 갈릴레오도 그랬다지. '내가 공부를 다시 시작하게 된다면 플라톤의 조언에 따라 수학부터 시작하겠다'고. 허승구가 언젠가 이야기했잖아. 위상수학자들은 물체 A를 연속적으로 변형시켜서 B를 만들 수 있으면 A와 B를 근본적으로 같은 것으로 본다고. 위상수학은 물론이고, 동일한 값이 무한히 반복되는 주기함수에 대한 이해만 깊어도, 주기를 깊이 있게 다루는 푸리에 변환만 잘 이해해도, 윤동주와 나 사이의 관계를…… 성경도 결국 위상수학 논리를 따른다는 생각이 드는 거 있지. 하나님이 예수라는 인간의 형태로 이 세상에 태어나게 해 자신의 실체를 보여준다고 강조하고 있으니까. 어쩌면 윤동주도……"

"정치한 수학공간에서 어쩐지 갑자기 황당한 만화공간으로 이사 가는 것 같은데 그래. 차라리 하루가 다르게 발전하고 있는 사이버 공간으로 가서 노는 건 어떤노?"

"사이버 공간?"

"사이버 공간도 수학에서 다루는 수많은 공간처럼 무궁무진한 세계 아이가."

"하기야 시간과 공간을 초월한 곳에 사이버 공간이 있을 줄은 불과 몇십 년 전만 해도 아무도 몰랐으니 앞으로 또 어떤 공간이 나올지 궁금해져. 꿈 같은 공간들이 줄줄이 사탕처럼 나오겠지. 그러한 환상 같은 공간보다 지금 나한텐 동굴 같은 안온한 공간이 더 그리워. 간절히."

기형도가 그 말을 끝으로 정문 앞에서 느닷없이 주저앉았다.

"와 카노? 왜, 어지럽나?"

"응. 현기증이 심하게 몰려오네. 점심을 부실하게 먹은 데다 뇌졸중

예방약도 안 먹고 무리하게 과음을 했더니 부작용이 생겼나 봐. 나 좀 잡아줄래?"

기형도를 부축해서 세브란스병원으로 가려니까 한사코 거절했다. 자기 병은 자기가 제일 잘 알고 있으므로 나보고는 신경끊는 게 도와주는 것이라지 않는가. 몹시 걱정스러웠지만 어련히 알아서 하겠지 하고 한발 물러났다.

연초부터 정신적으로든 육체적으로든 기형도 컨디션이 좋지 않은 것만은 틀림없다. 오늘도 술 후유증인지, 약을 제때 복용하지 않은 탓인지, 자기 시를 몰라주는 문단 주류에 대한 야속함 때문인지, 좌우간 우리의 기형도는 몹시 지쳐 있었다.

13

"승구야, 첫 책에 실을 사진은 찍었니?"

기형도가 신문사 앞에서 만나자마자 나에게 물었다. 같이 입사한 사진부 기자와 신문사를 나서면서 손인사로 내일 보자고 한 직후였다.

"이번주 안에는 찍을 예정이니라. 잘 아는 친구 동생이 마침 사진작가라서 부탁했더니 해주겠다 캐서. 그런데 형도는 어떻게 할 생각이야?"

"금방 헤어진 우리 21기 동기 사진기자한테 부탁해 찍었어. 지난주에. 그런데 표정을 좀 무겁게 가달라고 했더니 지나치게 심각한 표정이 나왔지 뭐니. 조금 걸려."

"형도 시가 전체적으로 무거우니까 괜찮을 거 같은데. 실제로 많은 시가 죽음 타령이니까. 그건 그렇고, 일단 민생고부터 해결하자. 오랜만에 청탁 받은 단편소설 한 편 써서 어디에 갖다주느라 점심을 굶었다 아이가."

"그러자. 그렇더라도 우리 신문사 앞에서 저녁을 먹긴 조금 그러니까, 조금 멀리 가자고. 내가 3월 1일자로 옮긴 편집부에서 회식하자는 걸 거절하고 나왔거든. 그러고선 친구와 회사 앞에서 저녁을 먹고 있으면 모양이 안 나오니까 말이야."

하여 우리는 무교동 어느 지하 일식집으로 갔다. 갓 개시한 메뉴 도다리쑥국을 시킨다.

"지하라서 그런지 동굴 같은 느낌이 들어 좋으네. 여기서 쑥국을 마늘과 함께 백일 동안 먹으면 곰이 사람이 되듯 인간은 무엇이 되려나?"

"아마 또라이가 나올 거야. 내 음력 생일이 10월 10일이니, 10×10=100이니까. 고로."

기형도가 216을 가지고 자주 노래 불러 나도 내 음력 생일을 가지고 장난친다.

속을 든든히 채운 우리는 도심 거리를 목적도 없이 무작정 거닐었다. 3월 3일, 금요일 밤이어서일까. 생각보다 거리에는 사람들이 많았다. 기형도는 길 위에서 중얼거리듯 노래를 했다. 가사 없이 음을 흥얼거리는 창법인 '스캣' 솜씨를 한참 자랑하다가 백설희의 「봄날은 간다」, 박인희의 「끝이 없는 길」, 블론디의 「call me」, 에벌리 브라더스의 「Let it be me」 등을 대중 없이 부르기도 하였다.

"허승구, 우리 저기 들어가서 쉬었다 가자."

그러잖아도 어지간히 돌아다녀 다리가 무겁다고 느꼈는데 어느 지하 카페를 가리킨다.

"지상에 있는 생맥주집이 안 낫나? 반지하에 살아선지 술집도 같은 값이면 지상이 더 땡기더라꼬."

"난 반대인데. 요즘 들어선 지하공간이 좋더라고. 특히 동굴 느낌이 나는 데가 이상하게 안온하게 다가와."

우리는 병맥주와 안주로 치즈를 시켰다. 형도는 술이 당기지 않는다며 포도 주스를 주문한다.

"엎친 데 덮친다고, 문단 주류로부터 반공개적으로 밀려났는데, 신문사에서도 똑같은 일을 당했지 뭐니."

"저번에 나한테 문화부에서 편집부로 왜 옮겼느냐니까 순환근무라고 했잖아."

"그렇게 포장했을 뿐이야, 실은. 승구도 알다시피 내가 웬만하면 개인 신상과 관련한 발언을 잘하지 않는 스타일이잖니. 설령 어쩌다 해도 스케치하듯 윤곽만 보여주잖아. 허승구가 유일하게 예외였음은 잘 알 거고."

기사 작성이 문제였다. 기형도는 탓했다, 자신을. '나의 완벽 콤플렉스에 공포를 느낀다'는 소리를 곧잘 한만큼 형도는 자기 문제를 잘 파악하고 있었다. 담당 부장과 정면으로 자주 충돌한 이유를 문제의 강박증에 돌리는 것만 보아도. 완벽이 왜 절벽과 동의어인지, 왜 자기착취 내지 자기취조인지를 나에게 어디 한두 번 설명했던가.

기형도는 자기가 쓴 기사에 부장일지라도 손을 대면 못 견뎌 하는 체질이었다. 해서 부장의 여러 차례에 걸친 구두 경고에도 계속 항명했다고 한다. 조판실까지 찾아가 강박적으로 월권을 거듭하자 마침내 폭발하고 만 거였다. 결과는 뻔했다. 3월이 오기 바쁘게 원치 않는 부서로의 발령이라는 제재를 받았으니까.

"엄청 스트레스를 받고 있는 중이야. 사실 신문기자라면 으레 감수하는 게 자기 기사에 대한 '크로스 체크'거든. 난 그 당연한 게 싫으니 어쩌면 좋으니? 신문사 측의 경고도 경고지만, 내가 얄량한 시인이라는 이유로, 다시 말해 글 좀 쓴다고 윗사람을 하시했다는 부장의 오해가 더 견디기 힘든 거 있지. 더 버겁다고."

남에 대한 배려심이 유난한 기형도이기에 적어도 나는 그 마음 십분 이해하였다.

고민 끝에 기형도는 자기를 아끼는 다른 부장을 찾아가 부탁했다고 한다. 잘못을 한만큼 그 대가를 치르겠으니 오해는 하지 말라는 당부를 전해달라고 한 것이다. 이에 부장이 "버릇 고치기 차원이므로 한 6개월만 근신해. 그러면, 원하는 부서로 발령내줄 거야. 윗선에서 이같은 합의가 있었으니 딴 걱정은 마"라고 했다지 않는가. 그래도 기형도는 신문사 조치를 생각 이상으로 심각하게 받아들였다. 물론 겉으로는 순환근무를 위해 전근해 왔다는 모양새를 취해 기형도에게 대놓고 공개적으로 망신을 준 것은 아니었다.

"신문기자가 된 이후 처음으로 회의감이 드는 거 있지. 기자되는 걸 한사코 말렸던 우리 정치외교학과 이○○ 교수님 말대로 학문 쪽이 내 체질에 더 맞는지도 모르겠다는 생각이 드네. 내가 똘똘하고 쌈박하게 굴자 이○○ 교수님이 되게 이뻐하셨거든. 학문의 길로 들어서면 당신 자리까지 물려주겠다는 의사표시를 넌지시 할 정도였으니까 알 만 하지? 그 유혹을 뿌리친 게 나도 언젠가 허승구처럼 제대로 된 장편소설 한 편 쓰고 싶다는 꿈 때문이야. 비록 지금은 시간을 못 내 시에 중점을 두고 있긴 하지만. 사실은 그 꿈을 달성하기 위한 방편으로 신문기자란 직업을 택했거든. 어니스트 헤밍웨이, 찰스 디킨스, 에밀 졸라, 조지 오웰, 마크 트웨인, 카를 마르크스, 가브리엘 G. 마르께스 같은 대가들이 모두 기자 출신이라…… 우리 모교에 갈까? 청송대에 가서 모처럼 한잔하는 거 어떻니? 비록 가난했지만 '날마다 축제'로 지낸 79년과 80년이 오늘따라 몹시 그립네."

"기분 전환에 도움이 된다면 기꺼이 가주마. 나 역시 축제의 일상화를 달성했던 그때가 자주 생각 안 나나. 난 대학을 공부하는 곳이라기보다는 무지막지 큰 술집으로 착각하고 살았던 것 같아. 그 당시엔 의식하지 못했는데 지금 가만히 생각해보니까."

우리는 벌써 알고 있었다. 청송대에서의 모닥불 피우기가 이제는 전설이, 금기가 됐음을. 그래도 우리는 택시를 타고 한번 가보았다.

예상대로였다. 모닥불은커녕 담배조차 피웠다가는 큰일날 분위기가 조성되어 있었다. 아쉬워 어떻게든 시도해보려고 내가 낙엽을 모으자 기형도가 포기하라고 고개를 내젓고는 차중락의 「낙엽 따라 가버린 사랑」을 불렀다. 처연하게, 사무치게. 산울림 2집에 나오는 「둘이서」도 불렀다. 나는 옛날처럼 소주를 병나발 불면서 기형도가 끝없이 부르는 노래를 안주로 삼았다. 안주는 푸짐하고 다양했다. 기형도가 작사·작곡한 「고목」과 신대철 시에 기형도가 곡을 붙인 「아주 행복해 보여요」를 필두로 좋은 노래란 노래는 다 나왔다. 갈비뼈를 기타 삼아 치는 시늉까지 선보이기도 했다.

역시 기형도였다. 노래가 아니라 시를 불렀다. 방정식과 함수 관계처럼 시와 노래가 뗄 수 없는 관계임을 기형도가 증명하고 또 증명했다. 풀어도 풀어도 끝없는 세계가 수학에만 있는 줄 알았는데 들어도 들어도 질리지 않는 세계가 음악에도 있음을 기형도가 온몸으로 보여주었다. 하기야 그리스 말 '푸시케'처럼 시와 음악은 본래 자웅동체라지 않던가. 무슨 강의시간에 어떤 교수로부터 이렇게 들은 듯도 한데 항상 취해서 수업을 들어서일까. 아삼삼하다.

"「고래 사냥」을 형도가 부르니까, 조범룡 형이 갑자기 생각나네. 「고래 사냥」은 그 형 십팔번이었다 아이가. 유난히 나를 갈구었지만 뒤끝은 없던 형이었는데……"

"나 역시. 집 전화번호가 44국에 7539인 것도."

"근 10년 전 전화번호까지 기억하다이! 하여간 기형도 기억력 하나만은 알아줘야 한다니까. 하기야 「포도밭 묘지 1,2」를 위시해 그 긴 시들을 기독교인들이 '주기도문'을 외우고, 불교도들이 '반야심경'을 외우듯 언제 어디서든 깡그리 암송하잖아, 아무리 자기 시라지만."

조범룡은 「고래 사냥」 2절 가사에 나오는 '모든 것을 한꺼번에 잃는다 해도'와 '자 떠나자 동해바다로/ 신화처럼 숨을 쉬는 고래 잡으러'란 구절을 현실에서 실제로 행동에 옮긴 경우였다. 1982년 6월 고래를 잡았는지 고래한테 잡혔는지는 확인되지 않았지만 익사체로 발견된 것만은 분명한 사실이다.

사인은 자살이었다. 단독군장으로 경계근무를 서던 도중에 바다로 뛰어들었다고 한다. 좀 극적이었던 것은 자살하기 며칠 전 군대에서 휴가 나온 조범룡과 문학회 사람들이 연일 폭음과 통음을 즐겼다는 점이다. 그 술이 미처 깨기도 전에 포항 앞바다에서 안타까운 뉴스가 들려왔다.

조범룡 모양으로 작품 속이 아니라 현실에서 비극의 주인공이 된 경우도 있지만 고시 공부를 위해 문학회를 떠난 김창수는 희극의 주인공이 됐다. 재학 중에 당당히 행정고시에 붙었으니까. 다른 서클들처럼 문학회 역시 희비극이 교차하는 사례가 그밖에도 많고 많았다.

"여보세요/ 거기 누구 없소/ 어둠은 늘 그렇게/ 벌써 깔려 있어."

발칙하고 도발적인 한영애의 「누구 없소」에 이어 피날레를 송창식의 「선운사」로 장식했다.

"동백꽃을/ 보신 적이 있나요/ 눈물처럼 후두둑/ 지는 꽃 말이예요."

겨우내 고운 자태를 뽐낸 동백꽃은 봄바람이 불면 한순간에 제 몸을 땅바닥으로 내던지지 않는가.

"와 카노? 또 어지럽나?"

기형도가 동백꽃 모양으로 「선운사」를 다 부르기도 전에 갑자기 주저앉았다. 얼마 전 대학 정문 앞에서의 일이 생각나 대단히 걱정스러웠다.

"그 정도는 아니야. 머리 전체가 아프고, 메스껍고, 시력 저하가 일어나지만."

내가 들쳐업고 세브란스병원으로 가려고 하자 또 뿌리쳤다. 끝까지.

"기형도, 우리가 청송대에서 노상 모닥불 피워놓고 놀던 때를 생각해보라고. 모닥불이 꺼질 듯하면 통상 이미 그땐 한 발 늦었잖아. 꺼질 기미를 조금이라도 보일 때 미리 손을 써야 안 꺼졌듯……"

"……"

"대학병원 신경외과 레지던트로 있는 허용녀도 그러더라. 내가 며칠 전 걱정스러워 전화로 물어봤거든. 걔 왈, 심인성 급사라는 게 있는데, 고혈압이 심할 경우 별다른 증상없이 1시간 내 갑자기 죽을 수도 있다고 겁주더라. 소리 없는 살인자라는 별명이 왜 고혈압에 붙었는지도 명심하라던데. 언제 어떻게 그 무서운 놈이 덮칠지 모르는 만큼 당장 휴가 내고 입원해서 종합검사 받으라 난리더라."

그래도 소용이 없었다. 다른 데는 지극히 이성적이면서도 정작 자기 몸 문제에는 막무가내로 나왔다. 비이성의 도가 지나쳤지만 제3자로서의 개입에는 한계가 있었다. 다음 행선지로 병원과 카페를 놓고 신경전을 벌였으나 신촌 로터리에 있는 「미네르바」로 향한 것은 결국 내가 쇠고집에 두손 들었기 때문이다.

"허승구가 대학 저학년 때까지만 해도 단순 무식 과격이 특징인 펑크록(punk rock) 같은 음악을 닮았다고 많은 사람들이 보았지. 난 외양만 그럴 뿐이라고 보았지만. 하여간 허승구는 나와 모든 것에서 대척점에 서 있었어. 정반대였다고. 내가 상식적 인간이었다면 넌 비상식적 인간이었고, 내가 시라면 넌 소설이었고, 내가 음악에서의 협화음이라면 너는 불협화음이었고, 내가 사람들에게 싹싹하고 다감했다면 넌 거칠며 무뚝뚝했고, 내가 거의 술을 못 마셨다면 넌 세상 술을 다 마실 듯 고래술을 자랑했고, 내가 음악과 미술에 능했다면 넌 아예 기능이 없었고, 내가 바둑과 장기 그리고 전자오락 같은 모든 잡기를 즐졌다면 너는 모든 잡기를 원초적으로 거부했고, 내가 곡선처럼 유한 스타일이라면 넌 직선처럼 강한 스타일이었고, 내가 감성적이라면 넌 감정적·격정적이었고, 내가 팔방미인이라면 넌 수학에 특화된 일방미인이었어. 강조하자면, 넌 수리력($力$)이 남달랐다면 난 암기력이 뛰어났고. 더 하라면 얼마든지 더 할 수 있어. 하다못해 대학 시절 내가 노트 필기를 썩 잘했다면, 넌 아예 안 한 것까지도 정반대니까. 중요한 건 극과 극은 통했다는 거야. 그리 생각 안 하니, 허승구?"

내가 부축하고 미네르바로 가자 미안했을까. 지난 10년을 마치 분수식 계산할 때 통분·약분하듯 두 사람 관계를 과감히 요약한다.

"혹시 10년 전쯤 「26×365=0」이란 국산영화 본 거 기억나니? 「대홍극장」에서. 시도 그렇고, 직장도 그렇고, 두 개 다 죽쑤어서 그런지 「29×365=0」이 아닐까라는 생각이 요즘 문득문득 들어."

내가 80년대 초 두 번에 걸쳐 장편소설 공모에 물먹었을 때, 기형도는 로댕 이야기로 나를 위로했다. 기형도 자기가 가장 좋아하는 작품 「영원한 청춘」을 빚은 천하의 로댕도, 미술학교 입시에서 3년 가까이 떨어졌음을 강조함으로써 힘을 실어주었지 않는가. 나 또한 그때 빚을 갚기 위해서라도 최선을 다하였다. 이에 기형도는 고맙다고 하면서도 '각자의 고독, 각자의 방황도 언제나 각자가 소유한 방파제 같은 것'[62]이라면서 입을 막았다.

"허승구가 신입생 때 나한테 무슨 술주정한 줄 아니? 학관 앞 돌층계에서 우리가 처음 만난 날도 그랬고, 그 이후로도 오랫동안 무지 취하기만 하면."

기형도가 병맥주로 입술을 조금 축이자마자 의미심장한 미소를 지었다.

"술꾼이 제일 싫어하는 게 뭔지 아나? 술 취해서 한 소리가 진심이냐 아니냐 하고 확인하려 들 때라고, 이 친구야."

"알아, 나도. 그래서 지금까지 입조심하다 처음으로 꺼내는 이야기야. 그때 허승구는 자기 꿈이, 이 세상에서 가장 어려운 수학 문제를 내는 거라고 밝혔어. 전 세계 후배 수학도들을 몇십 년, 몇백 년, 아니 몇천 년 끙끙 앓게 만드는 문제를 내고 싶노라고 했어. 기억나니?"

"낯뜨겁게 무단히 왜 옛날 얘기를 꺼내 사람을 씁쓸하게 만드노? 그랬제, 그 시절에. 직접 증명하지는 못하지만 굳게 믿고 있는 수학적 진술을 가리키는 추측(conjecture) 하나, 환상적인 추측 문제 하나 만들기가 오래된 꿈이기는 했제."

"이 세상에서 가장 어려운 수학 문제를 푸는 게 꿈이라고 했으면 그러려니 했을 거야, 아마도. 그런데 반대로 이야기해서 아주 신선했어. 나 역시 허승구 정도로 거창하지는 않았지만, 시간이 갈수록 기하급수로 해석에 골몰하는 문학도들이 늘어나는 시 한 편 남기는 게 꿈이었거든. 독자를 골탕 먹이기 위해서가 아니라 음미할수록 더 깊은 맛이 한없이 우러나오는 그런 시 말이다."

"철학시 같은 것 써보면 되겠네. 철학이라면 그 누구라도 우리 기형도 앞에 명함 내밀기 힘드니까."

"미상불 허승구한테는 수학이, 나한테는 철학이 종교였어, 분명히. 플라톤, 데카르트, 스피노자, 라이프니츠, 칸트, 화이트헤드, 러셀, 비트겐슈타인 같은, 수학적 베이스가 없으면 독파하기 힘든 철학자들을 허승구와 함께 자유분방히 논할 때가 가장 즐거웠던 것 같아. 좀 더 깊고 넓게 파고들어 언젠가는 난 본격 철학시에, 우리 허승구는 본격 수학소설에 한번……"

까마득히 잊고 있던 한때의 꿈을 기형도가 상기시켜 기분이 묘했다.

"우리 파고다 동굴에 가련?"

화장실에 다녀온 기형도의 예상 못한 제안이다. 파고다 동굴이라 함은 「파고다극장」을 우리 식으로 지칭하는 이름이었다.

파고다극장의 침침한 공간이 우리한테는 플라톤이 꿈꾼 동굴로 다가왔다. 플라톤 동굴이 강조하는 메시지를 쇼펜하우어가 변형해서 또 말하고, 그 말을 누구 누구가 확대 재생산해서 또또 말하며, 비현실적이면서도 현실적이고 현실적이면서도 비현실적인 파고다 동굴을, 우리는 만사가 귀찮고 싫을 때마다 거기서 곰과 호랑이처럼 웅크리고 있다가 밖으로 나오면 다시 사람이 되는 기분을 느껴, 근래 들어 심심찮게 가는 편이다. 거기는 분명 우리가 사랑한 자발적 유배지였다. 뿌리가 칙칙하고 어두운 곳으로 향할수록 가지와 잎은 더 풍성해진다는 잠언을 우리는 항상 의식하고 있었다.

"지금은 싫구마는. 아무리 멋진 소설 한 편 건진다고 할지라도. 오늘은 우리집 반지하 동굴이 더 땡기는데."

"파고다 동굴은 승구가 싫고, 반지하 동굴은 내가 싫고, 그러면 우리 진짜 동굴에 가서 한숨 자고 나올까?"

"문제는 진짜 동굴이 없다는 것."

"있다면?"

"에이, 구라가 좀 심하다."

"소하리 우리집 근처에 진짜 동굴이 있어. 일제 초기, 1912년 일본인들이 금을 캐던 광산(현 광명동굴)인데 어릴 적 거기 들어가서 꿈을 꾸곤 했지. 그러다 플라톤을 읽게 되고, 거기 나오는 동굴 비유를 보고, 아, 탄식했지. 허승구가 언필칭 입만 열면 떠드는 온갖 수학공간을 지겨워하지 않고 왜 다 들어준 줄 아니? 칸트가 그랬거든. 3차원 이상의 공간을 연구하는 건 기하학에서 유한한 인간의 이해력으로 수행할 수 있는 가장 수준 높은 연구[63]라고 일갈했기 때문이야."

"……"

"동굴 말이 나온 김에 우리 진짜 동굴에 한번 가보자. 우리들의 퀘렌시아(투우에서 마지막 일전을 앞두고 소가 숨을 고르는 공간)로. 생각보다 내부 온도가 적당해서 사시사철 언제 가도 좋아. 무릉도원같이."

가기 싫었지만 기형도가 집에 비싼 양주가 있다고 꼬드기는 바람에 우리는 신촌 로터리에서 택시를 탔다. 지상의 황량한 겨울로부터 지하의 따사한 봄으로 가기 위하여.

"동시대를 함께 살아가는 친구여, 궁핍한 시대엔 지상의 척도(尺度)가 없다고 읊었어. 휠덜린은. 그런데 아무리 궁핍한 시대일지라도 지상의 척도가 있다고 믿지, 우리 허승구는?"

기형도가 혼잣말하듯 가만히 들릴 듯 말 듯 웅얼거렸다.

"그래, 나는 그것이 수학임을. 나와 너, 그 어떤 것이든 대상과 대상 사이의 관계까지, 광범위하게 근본적으로 추상화시켜 확실히 정립해주니까. 인생이든 자연이든 문명이든 우주든 그 어떤 문제든 모든 정답은, 우리가 아직 못 풀어서 그렇지, 정답은 거기에 있다고 확신하구마는."

"그 놀라운 보편을 진실로 친구여 믿는가."

처음에는 놀리는 줄 알았다. 그런데 아니었다. 「포도밭 묘지 2」의 마지막 문장을 자꾸 되읊지 않는가. 탄식 반 경이 반이었다.

에필로그

이제 다시, 1989년 3월 6일 오후 6시경으로 돌아가면 '프롤로그'에서 언급했다시피 통화 전반부는 딱히 인상 깊은 대화는 없었다. 그러나 후반부는 달랐다.

"지금까지 오랫동안 참느라 혼났어. 오늘 또 못하면 순도 누나 사건처럼 타이밍을 못 맞출 것 같다는 생각이 들지 뭐니."

"대체 뭔 말 하려고? 허승구를 알고 보면 그냥 또라이가 아니라 진짜 또라이라는 기사라도 쓸라 카나?"

"그 정반대. 허승구는 귀재(鬼才) 소유자야. 예외적 인간이기도 하고. 누가 뭐래도 너만의 방식으로 부르는 아리아(독창)가 보기 좋아. 그런 점에서 별재(別才)이자 기재(奇才) 소유자이기도 하지."

느닷없다. 대뜸 단정했다. 큰소리로.

"기재라면 너야말로…… 철학적 자의식이 탁월한 음유시인이니까. 고마하자, 우리. 남이 들으면 '놀고 있네'라고 하기 딱 알맞으니까."

"기림이 조금 심했나? 아니야, 허승구. 내가 아는 한 허승구야말로……"

 필설로 차마 옮기기 힘든 소리를 줄줄줄 늘어놓았다. 지금까지 나를 아는 사람 가운데 백 명 중 아흔아홉 명은 나를 또라이라고 불렀다. 겨우 한 명 정도가 부르는 찬송가를 기형도가 부를 줄이야. 그 한 명조차 내가 자기들이 어려워하는 수학 문제를 쉽게 풀 때마다 별생각 없이 하는, 영양가 없는 빈말하고는 차원이 달랐다. 10년을 함께 보낸, 20대를 같이 지낸 문우로부터 듣는 영혼 있는 극찬이라 각별했다.

 인간이 참 간사했다. 막역한 글벗으로부터 극구칭찬을 듣자 기분이 등비급수로 용솟음쳤다. 많은 사람들로부터 '스페셜'하다는 소리를 듣는 기형도한테 듣는 말이라 더 입이 찢어졌다.

 난생처음이다. 나를 알아준 사람은. 유일했다. 나를 진정으로 알아주는 사람이 이 세상에 최소한 한 사람은 있다는 느낌이 선사하는 든든함은 억만금하고도 바꿀 수 없을 만큼 값졌다. 술은 하루를 취하게 하겠지만 기형도의 황금 잎은 월계관이 되어 나를 평생 취하게 할 것 같았다.

 "남자는 자기를 알아주는 사람을 위해 죽을 수도 있다 했제. 예로부터. 나를 혹시 기형도교(敎) 순교자로 만들 계산이 아니라면 이제 고마해."

 "기형도교 베드로가 돼주면 안 돼? 짜웅하는 말이 아닌 만큼 액면 그대로 믿어줬음 해. 오늘 통화 즐거웠어."

 "형도야, 충고 하나 하마. 너를 좋아하는 한 여자 후배가 나한테 얼마 전에 불평하더라고. 형도 오빠는 여러 사람들과 같이 놀다가 헤어질 때 비단 자기뿐 아니라 다른 여자 후배들한테도 '오늘 즐거웠어'라는 멘트를 날린다고. 그 여자 후배 말뜻인즉슨 좀 이상하다는 거야. 일테면 데이트나 연애라도 한 후에나 어울리는 멘트라는 거제"

"아, 그래. 미처 거기까진 생각 못 하고 상투어를 남발했네. 그래도 남자한테는 해도 되겠지? 허승구, 오늘 즐거웠어. 내일도 즐겁기를!"

"……"

"아니, 길게 즐겁기를! 허승구가 시시때때로 술에 취해 있었지만 나는 너란 인간에 늘 취해 있었어. 분명히 알아줘, 이것만은. 지난 십년 간 기 싸움 한번 안 하고 지낸 것도 고맙고. 오늘 마지막으로 하고 싶은 말은, 음, 진짜 진짜 좋아했다는 거야, 허승구를! 허승구가 생각하는 것 이상으로. 허승구는 '언제나 나의 기억 속에, 성곽 옆에 서 있는 푸른 종려나무로 남아 있어. 나는 지치고 외로운 시간마다 그 고요한 그림자 밑에서 피리를 불며'[64] 쉬었단다. 이 사실을, 잊으면 안 돼, 영원히."

전율이었다. 남자가 남자를 사로잡고 뒤흔들고 휘저어놓을 수 있다는 것은 처음으로 알았다.

이것이 끝이다. 만난 지 십년이 꽉 차서 그 기념으로 우리 관계를 나름대로 결산하는 줄 알았지 않는가. 한데 그것이 영영 끝일 줄이야. 우리들의 가수가 그리고는 영구히 입을 다물었다.

후기

　같은 공간에 늘 있던 기형도. 그가 어느 날 오밤중에 '뇌졸중'이란 병명을 최후로 남기고 황급히 간 다른 공간이 내가 어려서부터 몰입했던 어떤 수학공간하고 연결될까, 안 될까. 예나 지금이나 여전히 궁금하다. 그림을 흔히 구상화와 추상화로 구분하듯 이 세상이라는 구상세계와 저세상이란 추상세계로 나눌 수는 없을까. 다시 말해 이 우주라는 자연공간, 저세상이라는 수학공간이 실제로 있는 건 아닐까. 이 같은 20대 고민을 나는 아직도 진지하게 하고 있는 중이다.

　그 어떤 공간이 됐든, 가능하면 기형도가 원하던 철학적 공간 내지 시적 공간이었으면 좋겠다는 생각이 들기는 한다. 좌우간 나도 언젠가 갈 문제의 공간에서 기형도를 만났을 때, 아니 그런 공간이 있어서 만난다면 술 한잔 얻어먹겠다는 삿된 욕심에, 목울대가 뜨거워지는 그의 절창을 다시 듣고 싶다는 이기적인 생각에, 나는 지난 29년간 기형도에 관한 일이라면 매사에 앞장섰다.

　소설 속에서도 누차 강조했다시피 기형도에게는 철학이, 나에게는 수학이 종교였다. 그것도 광신도. 요즘 말로 하면 완벽한 '덕후'였다. 실제로 우리는 대학 시절 가관이었다. 문청 특유의 치기와 지적 허세가 상승작용을 일으켜 걷잡을 수 없었다. 도도했다. 과하게 경도되어 있었기에 지극히 현학적이었다. 단편적으로 남아 있는 엽서나 편지 등을 지금 시점에서 돌이켜보아도 대단했다. 재현이 불가능할 정도로 사변적이었다. 하여 작품 속에서는 맛보기만 보여줄 수밖에 없었다. 장편소설이란 큰 그릇에 담기에는 도저히 무리였다. 이 사실이 못내 아쉽다.

이 세미-픽션을 쓴 계기는 기형도문학관 유품 수집을 총책임지고 난 후다.

여러 정황상 내가 아니면 할 수 없는 일이라 부득이 먼저 간 글벗을 위하여 무거운 짐을 졌다. 해서 2016년 4월부터 2017년 11월 10일 개관일까지, 기형도와 인연이 조금이라도 닿는 사람이라면 누가 됐든 집중적으로 수소문하고, 통화하고, 만났다. 그 과정에서 기형도 매력을 숱하게 공유하기도 하고 재발견하기도 했다. 하지만 잘못 알려진 경우도 있었다. 특히 사이버 공간에서의 기형도는 내가 알던 기형도가 아니었다. 완전히 딴사람이 되어 있었다. 이건 아니었다. 천부당만부당한 일이었다. 살아 있는 문우로서 악랄한 폄훼를 더 이상 묵과할 수가 없을 정도였다. 일종의 의무감을 느꼈다. 그래서 가능하면 기형도의 푸른 날을 있는 그대로 복원하는 데 중점을 두었다. 독자들의 최종 판단을 돕자는 취지다.

작품 속에서도 언급했지만 새삼 가슴 아픈 사실이 하나 있다. 기형도는 살아생전 자기가 이토록 유명한 시인이 될 줄 몰랐다는 것. 대체 불가능한 자신만의 언어로 죽음을 기막히게 노래했지만, 자신이 천착한 '죽음의 언어' '죽음의 묵시록'이 사람들이 외면하고 싶은 주제여서, 더욱. 프랑스 철학자이자 수학자인 달랑베르(1717-1783)가 '사원 속에는 죽은 훌륭한 사람들이 살고 있다. 그러나 그들은 살아 있는 동안에는 들어갈 수 없었다'고 한 말 그대로였다. 대학 시절 기형도가 왜 키에르케고르 키에르케고르 했는지는 사후에 '시인이란 무엇인가. 그 마음은 남모르는 고뇌에 괴로움을 당하면서 그 탄식과 비명이 아름다운 음악으로 바뀌게 하는 입술을 가진 불행한 인간이다'라는 키에르케고르 글을 접하고 나서, 다시 한번 이해가 됐다. 이보다 기형도를 더 잘 설명하거나 묘사하는 글을 읽어본 적이 드물다.

구상 단계에서부터 주저가 많이 됐다. 유품 수집을 책임지기 전까지만 해도 단 한 번도 기형도를 소설로 써보겠다는 생각 자체를 꿈에서조차 하지 않았기 때문이다. 무엇보다 내가 지독한 음치라는 사실 때문이다. 그 주제에 감히 탁월한 가수에 관한 글을 쓴다? 또 시에 대한 이해가 깊지 않다는 점이다. 거기다가 그 당시 풍속이 요즘 잣대로 보면 불편한 대목이 많다는 점도 걸림돌이었다. 가령 지금의 젊은 여성들이 볼 때 그 즈음의 남녀 관계, 나아가 여성들을 재현하고, 여성들을 대상화하고 이를 표현하는 언어 등이 불편함을 줄 수도 있겠다는 생각도 들었다. 하지만 그 시절 어법을 복구하는데 최선을 다하자는 목적 때문에 서술했을 뿐 다른 의도는 없음을 분명히 하고자 한다.

이래저래 많은 부분에서 무모해도 너무 무모했을 줄 안다. 심히 부끄럽다. 하지만 내 영혼을 평생 사로잡는 발언을 유언으로 남기고 홀연히 사라진 기형도에 관한 이야기를 만 29년이 지난만큼 이제는 해도 되겠다 싶은 생각도 들었다. 작품 속에서도 수차례 다루었지만 기형도는 실제로 죽기 전날뿐만 아니라 여러 번 나에게 감격이란 이름의 선물을 주었다. 왜 그랬을까. 그 전후 사정을 이해하려면 불가피하게 본인의 젊은 날 비망록을 있는 그대로 공개할 수밖에 없었다. 소설이란 형식을 빌렸지만, 허승구를 다룬 대목 대부분도 '팩트'지만 보기에 따라 어리석은 자화자찬 같아 마음이 무겁다. 잘 알겠지만 수학 관련 이야기는 결코 창작할 수 있는 영역이 아니다. 본인이 직접 경험하지 않고는 단 한 줄도 못 쓰는 세계이기 때문이다. 이 점을 유의해서 보라. 그러면, 리얼리티를 살리기 위한 작가의 고충을 어느 정도 이해하리라고 본다.

아마도 거의 틀림없이 여기까지 읽은 독자들 중 상당수가 고개를 갸우뚱거릴 것이다. 도대체 어디까지가 허구이고, 어디까지가 사실인지에 대한 궁금증이 폭증할 것으로 보인다. 나의 답은 시종일관 간단하다. 몇몇 소설적 장치 이외에 대부분의 에피소드 등등이 실제로 있었던 일이었음을 분명히 해둔다. 물론 오래전에 벌어진 일이라 기억의 착오로 인해 부분적으로 잘못 기술됐거나 잘못 고증했을 수는 있다. 그러한 점이 차후에 발견되면 그때 그때 수정할 계획이다. 아울러 긴 이야기를 했음에도 불구하고 기형도 삶의 근원적 총체성은 고사하고 그 일각도 보여주지 못했다는 우려도 솔직히 든다.

돌이켜보면 내가 20대 때 가진 것이라곤 객기 하나뿐이었다. 그 객기를 미워하지 않고 잘 받아준 여러 벗들한테 늦었지만 고마움을 전한다. 수많은 지인들에게도. 특히 나의 몹쓸 객기를 누구보다 어여쁘게 봐주고 또 흔쾌히 힘까지 준 기형도에게. 나를 비롯해 여러 사람들을 기살린 후 정작 자기는 '기죽은' 기형도. 새삼, 기막히다!
　이로써 기형도를 위한 레퀴엠을 끝낸다.

미주*

1. 브레히트의 시 「살아남은 자의 비애」에 '오직 운이 좋았던 덕택에 나는 그 많은 벗들보다 오래 살아 남았다'는 구절이 나옴.

2. 기형도의 미완성 시 「내 인생의 중세」 첫 구절.

3. 여기서 '책'이란 '대 죽(竹)' 밑에 '묶을 속(束)'을 한 글자로, 점치는 댓가지를 말한다.

4. 『전한서』에 따르면 예로부터 6이 하늘의 수, 5가 땅의 수라고 인정했다는 이야기도 있다. 이와는 달리 『주역』 주해가들은 5는 하늘에 의해 비롯된 일련의 홀수들(1, 3, 5, 7, 9)의 중심이고, 6은 땅에 의해 비롯된 일련의 짝수들(2, 4, 6, 8, 10)의 중심이라고 본다. 그 연장선상에서 하늘의 수(태양수)를 9(1+3+5), 땅의 수(태음수)를 6(2+4)이라고 보는 것이다. 천수를 25(1+3+5+7+9), 지수를 30이라고 보는 것 역시 같은 맥락이다.
마르셀 그라네, 유병태 역, 『중국 사유』, 한길사, 2010년, 159~214쪽. 김석진, 『대산 주역강의(3)』, 한길사, 1999년, 96~137쪽.

5. 70년대 흑백 TV 시절 「소머즈」라는 시리즈 드라마를 방영했는데 많은 청소년들의 가슴을 설레게 했다. 여주인공 실제 이름은 린지 와그너(Lindsay Wagner)였다. 1949년생인데 1973년에 제작된 「하버드대학의 공부벌레들」에서 '수잔' 역을 맡기도 했다.

6. 아래 5번째 성냥 1개를 움직여 $\sqrt{1}$을 만드는 데 핵심이 있다. 그러면 $\frac{1}{\sqrt{1}}$ = 1이 된다는 것을 금세 알 수 있으니까.

7. 성냥개비 10개로 FIVE라는 글자를 만든다. 이 가운데 FE를 이루고 있는 7개의 성냥개비를 빼면 IV, 즉 4가 남게 된다.
폴 임 엮음, 『수학하는 학문의 기쁨』, 천지서관, 1994년, 342~350쪽.

8. 이규태, 『한국인의 성과 미신』, 기린원, 1985년, 150쪽.

9. '순간은 영원하다'는 것은 괴테의 명언.

10. 『○양의 정화』는 포오린 레야쥬(Pauline Réage: 1907~1998)란 프랑스 여류 작가가 1954년에 발표했다. 우리나라에는 1961년 하드커버 번역판이 나왔다. 역 자는 이문헌, 출판사는 신문원사이다.

11. 이규태, 앞의 책, 302~303쪽.

12. 한국 현대수학과 연세대 수학과 초석을 다진 장기원 교수가 불의의 사고로 돌 아가신 후 동문 제자들의 기부금과 재단의 지원으로 1971년에 지은 건물이다. 학 술회의 등을 할 수 있는 공간으로 활용됐고, 200여 명을 수용할 수 있는 강당에선 '연세문학의 밤'이 해마다 열리곤 했다. 현재는 철거됐고, 연세-삼성 학술정보원 7 층 안에 '장기원국제회의실' 형태로 명맥을 유지하고 있다.

13. 1919년 제1회 수물과(수학과와 물리학과 전신) 졸업생인 장세운이 그 주인공 이다. 그는 미국으로 건너가 시카고대에서 학사와 석사, 1938년 미국 노스웨스턴 대에서 「월진스키의 관점에서 본 곡면의 아핀 미분기하학」이라는 논문으로 한국 인 최초로 수학 박사학위를 취득했다.

14. 수학에서는 이것을 미분계수(derivative)라고 표현하기도 한다.

15. 1934년 프랑스 파리에서 젊은 수학자들이 카페에 모여 산만한 기존의 수학을 가지런히 정리하고자 조직한 단체 이름이다. 회원 한 사람, 한 사람 이름 대신 부르바키라는 이름을 씀으로써 모임의 정체를 숨겨 궁금증을 불러일으켰다. 수학계 전체를 향한 일종의 블랙 코미디였다. 그들이 펴낸 많은 수학책 중에서도 『일반 위상수학』과 『군과 리 대수학』 등은 현재까지도 전 세계 수학도들이 아끼는 편이다.

16. 함수 $f:x \to y$의 치역과 공역이 서로 같고, f가 일대일함수이면 이 함수를 일대일대응이라고 한다.

17. 독일 동방정책의 설계자 에곤 바는 서독 외무부 정책기획실장 시절부터 부하 직원들에게 집요할 정도로 '생각할 수 없는 것을 생각하라'고 독려했다고 한다. 에곤 바의 그런 집념으로 그 당시로서는 상상할 수 없었던 모스크바 조약(1970), 바르샤바 조약(1970), 동서독 기본조약(1972)이 체결됐다. 이 세 조약은 통일로 가는 과정에서 피해갈 수 없는 3대 관문이었다.
중앙일보. 2017년 5월 19일자 '김영희 칼럼'.

18. 플라톤의 대화 편 『고르기아스』에 나오는 표현.

19. 『맹자』 「이루장구 하」에 나오는 '人有不爲也 而後可以有爲'라는 구절을 우리말로 옮긴 것.

20. 『Principles of Algebraic Geometry』 Phillip Griffiths and Joseph Harris, 하버드대학 출판부, 1978년.

21. 호모토피는 공간의 위상불변으로 닫힌 고리들이라고 정의한다. 그러한 두 개의 고리를 각각 연속적으로 다른 하나로 변형할 수 있으면 호모토픽하다고 표현한다. 여기에 나오는 이 문제는 대수적 위상수학을 전공하는 전문 수학자들도 쩔쩔매는 난제 중의 하나이다.
티모시 가워스 외 엮음, 금종해 외 옮김, 『Mathematics 1』, 승산, 2014년, 647쪽.

22. 죽림칠현 중의 한 명인 유영(劉怜)의「주덕송(酒德頌)」에 나오는 한 대목.

23. 이백(李白)의「장진주(將進酒)」의 한 대목.

24. 이하(李賀: 793~819)의「장진주」한 대목.

25. 橫手一郞,『미적분학 예제연습(1)』, 森北出版, 1978, 1600엔.

26. 여기에서 다루는 정다면체를 '플라톤 입체'라고 부른다. 정사면체, 정육면체, 정팔면체, 정십이면체, 정이십면체가 그 보기이다. 플라톤 입체는 모두 뛰어난 대칭성을 갖고 있다.

27. 유협, 최동호 역,『문심조룡』, 민음사, 1994년, 495-502쪽.

28. 기형도가 1984년 4월 하순에 문우한테 보낸 엽서에 나오는 문장.

29. 윌리엄 마블 사하키안, 이종철 역,『철학의 이해』, 문예출판사, 1986, 84쪽.

30. 기형도의 시「위험한 가계 · 1969」에 보이는 구절.

31.『Handbook of Mathematics』, L.Kuipers & R.Timman, pergamon press, 1969.

32.『EDM(Encyclopedic Dictionary of Mathematics)』, second edition, The MIT press, 1968.

33. F=ma는 뉴튼의 운동법칙을 말한다. 여기서 F는 순힘, m은 비례상수, a는 가속도를 가리킨다.

34. $E=mc^2$. 그 유명한 아인슈타인 방정식이다. 물체의 총에너지(E)는 그 물체의

질량과 광속의 제곱의 곱과 같다는 뜻이다.

35. Kim, Jehpill, A note on upper semicontinuous decompositions of the n-sphere. Duke Math. J. 33 1966, 683-687. (Reviewer : O. G. Harrold) 54. 78.

36. 유소, 『인문지』 '八觀'에 이와 유사한 말이 나온다.

37. 『법구경』에 '국자는 아무리 국 속을 드나들어도 국맛을 모른다'는 게송이 보인다.

38. 주희, 여조겸 편저, 엽채 집해, 이광호 역주, 『근사록집해』 1권, 아카넷, 2004년, 246쪽.

39. 화이트헤드, 오채환 역, 『수학이란 무엇인가』, 궁리, 2009년, 141쪽.

40. 장 폴 사르트르가 『문학이란 무엇인가』에서 한 말.

41. 최재경, 『과학의 지평』 No.50 2014. 하나, 7쪽.

42. 다양체란 점의 집합이자 공간의 형태, 공간의 배경이다. n차원 다양체란 각 점 주변이 n차원 유클리드 공간의 한 점 주변과 일대일 대응되는 수학적 대상이라고 표현할 수 있다. 다양체의 간단한 예가 원과 포물선이다.

43. 기형도의 시 「우중(雨中)의 나이」 마지막 '6'을 참고할 것.

44. 이현구, 김홍종, 『미적분학』, 서울대출판부, 1995년, 78쪽.

45. 1920년대에 미국의 H.M.모스가 개척한 함수의 특이점에 관한 기본 이론이다. 미분가능 다양체를 그 위에 정의된 매끄러운 함수로 분석하는 분야라고 보면 된다.

46. G. Debreu, 『Theory of value』, New York: John Wiley, 1959.

47. 『기형도 전집』, 문학과지성사, 1999년, 319쪽.

48. 수학 박사학위를 최초로 받은 여성 수학자로 유명한 소피아 코발렙스카야 (1850~1891)의 말.

49. 기형도가 초고는 이때 썼지만, 발표는 「포도밭 묘지 1」 같은 경우 『한국문학』 1986년 10월호에, 「포도밭 묘지 2」 같은 경우 『현대문학』 1986년 11월호에 한 다.

50. 「소리 1」은 1983년 8월경 초고를 썼고, 지면에 발표는 하지 않았다. 사후에 발간된 시집에는 실려 있다.

51. 발표는 『문학사상』 1985년 12월호에 함.

52. 기형도가 1985년 4월 7일, 『현대일본시선』이란 책을 문학회 후배한테 선물하 며 속표지에 배서한 내용.

53. 임덕상 교수는 1928년 한국에서 태어나 1982년 11월 18일 54세로 영면했다. 서울대를 나와 1957년 인디아나대학에서 박사학위를 받았고, 1965년 이후 펜실 베이니아대학 수학과에 재직했다. 그는 '대수적 k - 이론'의 씨앗을 뿌리는 데 일 조했을 뿐만 아니라 '기하학적 위상수학' 분야에도 큰 영향을 미쳤다.

54. 1988년 4월 16일 중앙일보에 실린 정규웅(문학평론가) 칼럼을 참고하면 도움 이 될 것이다. 첫 문단만 그대로 옮긴다.
「군인 이야기를 소설로 써서는 안 된다」는 명문화된 규제조항이 있는 것이 아닌 데도 우리 문단에서 군인 혹은 군대를 소설 소재로 삼는 것은 금기에 가까운 일이 었다. 소설가들 자신에게 있어서나 소설을 다루는 신문과 잡지 편집자들에게 있 어서나 「군대 이야기」는 자기검열 혹은 내부검열의 제1조에 해당하는 것이었고,

그것은 당사자들의 「몸조심」을 위해서는 부득이하다는 것이 문단의 공공연한 양해사항이었다.

55. 216이 십진법에 대한 '불완전 수'임은 존 콘웨이라는 수학자가 명명했다. 데이비드 웰스, 『소수, 수학 최대의 미스터리』, 심재관 역, 한승, 2007년, 106~107쪽.

56. 왕통(王通·580~617)의 「지학(止學)」에 나오는 한 구절.

57. 김달진 역주, 최동호 해설, 『한산시』, 세계사, 1992년, 359쪽.

58. 루트비히 비트겐슈타인, 이영철 역, 『논리-철학 논고』, 책세상, 2006년, 117쪽.

59. 시프라(B. Cipra), 김재겸·김한두 공역, 『오늘날 수리과학에서는 어떤 일이 일어나고 있는가(II)』, 교우사, 1996년, 181~196쪽.

60. 『문학사상』 1988년 11월호.

61. Remarks on the Foundations of Mathematics, ed. G. H. Von Wright & G. E. M. Ansconbe, trans. G. E. M. Ansconbe, The MIT press, Cambridge, 1978.

62. 1983년 11월 15일, 기형도가 후배한테 보낸 편지에 나오는 문구.

63. 마틴 가드너, 과학세대 역, 『양손잡이 자연세계』, 까치, 1993년, 192쪽.

64. 기형도가 1984년 12월 29일 종로2가 동화서적에서 박이문의 『노장사상』이란 책 속표지에 메모를 하였는데 그 내용 중 일부.